EU VOS ABRAÇO, MILHÕES

MOACYR SCLIAR

Eu vos abraço, milhões

3ª reimpressão

Copyright © 2010 by Moacyr Scliar

Grafia atualizada segundo o Acordo Ortográfico da Língua
Portuguesa de 1990, que entrou em vigor no Brasil em 2009.

Capa
Victor Burton

Fotos de capa
Jornal *A Plebe*, 1º de maio de 1923, coleção particular.
Cristo Redentor e soldados, coleção George Ermakoff.

Edição
Heloisa Jahn

Preparação
Eliane Santoro

Revisão
Marise S. Leal
Carmen S. da Costa

Os personagens e as situações desta obra são reais apenas no universo da ficção;
não se referem a pessoas e fatos concretos, e sobre eles não emitem opinião.

Dados Internacionais de Catalogação na Publicação (CIP)
(Câmara Brasileira do Livro, SP, Brasil)

Scliar, Moacyr
    Eu vos abraço, milhões / Moacyr Scliar. — São Paulo : Companhia das Letras, 2010.

    ISBN 978-85-359-1739-0

    1. Ficção brasileira I. Título.

10-08381   CDD-869.93

    Índice para catálogo sistemático:
    1. Ficção : Literatura brasileira 869.93

[2013]
Todos os direitos desta edição reservados à
EDITORA SCHWARCZ S.A.
Rua Bandeira Paulista 702 cj. 32
04532-002 — São Paulo — SP
Telefone (11) 3707-3500
Fax (11) 3707-3501
www.companhiadasletras.com.br
www.blogdacompanhia.com.br

EU VOS ABRAÇO, MILHÕES

De uma coisa posso me orgulhar, caro neto: poucos chegam, como eu, a uma idade tão avançada, àquela idade que as pessoas costumam chamar de provecta. Mais: poucos mantêm tamanha lucidez. Não estou falando só em raciocinar, em pensar; estou falando em lembrar. Coisa importante, lembrar. Aquela coisa de "recordar é viver" não passa, naturalmente, de um lugar-comum que jovens como você considerariam até algo meio burro: se a gente se dedica a recordar, quanto tempo sobra para a vida propriamente dita? A vida, que, para vocês, transcorre principalmente no mundo exterior, no relacionamento com os outros? Esse cálculo precisa levar em conta a expectativa de vida, precisa quantificar (como?) prazeres e emoções. É difícil de fazer, exige uma contabilidade especial que não está ao alcance nem mesmo das pessoas vividas e supostamente sábias. Que eu saiba, não há nenhum programa de computador que possa ajudar — e, mesmo que houvesse, eu não saberia usá-lo, sou avesso a essas coisas. Vejo-me diante de uma espinhosa tarefa: combinar muito bem a vivência interior, representada sobretudo pela recordação e pela reflexão, com a vivência exterior, inevitavelmente limitada pela solidão, pela incapacidade física, pelo fato de que tenho mais amigos entre os mortos do que entre os vivos. E, de novo, qual a fórmula adequada para essa combinação? Setenta por cento de vivência interior com trinta por cento de vivência exterior? Quarenta por cento de interior com sessenta por cento de exterior? O clássico meio a meio? Ou quem sabe quarenta e cinco por cento de cada — os dez por cento que sobram ficando reservados para aquele misterioso e indefinido território que não é nem interior nem exterior, mas que pode estar em cima, embaixo, ou em dimensão nenhuma?

Não sei. Só sei que recordar é bom, e é das poucas possibilidades que me restam, de modo que recordo. É uma espécie de exercício emocional, é um estímulo para os meus cansados neurônios, mas é sobretudo um prazer. Um prazer melancólico, decerto, mas um prazer, sim, resultante da facilidade com que evoco pessoas, acontecimentos, lugares, uma facilidade que às vezes surpreende a mim próprio. Para alguns, mesmo não muito velhos, o rio da memória é um curso de água barrenta que flui, lento e ominoso, trazendo destroços, detritos, cadáveres, restos disso ou daquilo; para mim, não: é uma vigorosa corrente de água límpida e fresca. Dos barquinhos que nela alegres navegam, lembranças, às vezes melancólicas, mas em geral risonhas, acenam-me, gentis, amistosas. Estou falando, claro, de memórias remotas, daquelas que estão ligadas à minha juventude. As coisas do cotidiano, eu as esqueço com a maior facilidade. Esqueço de apagar a luz, esqueço onde larguei o relógio, esqueço de dar a descarga no vaso sanitário, esqueço até os nomes das pessoas da casa geriátrica onde resido — por opção minha, devo dizer: meus filhos prefeririam que eu continuasse no apartamento, ou então que fosse morar com eles, coisa que recusei: não quero dar trabalho a ninguém.

Esquecer, meu neto, é um truque que a natureza usa para nos desligar aos poucos da realidade da existência. Mas não precisamos encarar esse fato como coisa inevitável, mesmo porque lembrar pode ser uma coisa agradável, particularmente quando se traduz na possibilidade de narrar recordações para uma pessoa como tu, meu neto. Considero-te especial, mesmo que nossos encontros tenham sido raros, ou talvez exatamente por causa disso. Vimo-nos cinco ou seis vezes, não mais, e sempre rapidamente. Eu sabia que isso iria acontecer: quando teu pai, jovem médico, foi para os Estados Unidos, tive o pressentimento de que não mais voltaria. Dito e feito: fez uma carreira bem-sucedida, casou com uma colega médica, tornou-se tão americano que até fala com sotaque. Só retornava esporadicamente e por curtos períodos. Alegava que tinha compromissos, mas o fato é que aparentemente não se sentia muito bem aqui. Por quê, não sei, e nunca lhe perguntei. As relações entre pais e filhos muitas vezes estão envoltas em bruma misteriosa, na qual realidade e fantasia se misturam. Eu mesmo pouco posso te dizer de minha mãe (com quem, no entanto, convivi bastante e numa fase difícil de minha vida), e menos ainda de meu pai. Espero que entre nós seja diferente, e a carta que me mandaste reforça essa expectativa. Aliás, parabéns pelo teu português. Para quem nasceu e se criou nos Estados Unidos, é excelente. Teu pai se preocupou em te manter ligado às tuas raízes brasileiras, coisa que sempre admirei.

Numa carta (que gostarias fosse um e-mail, mas, como te disse, não sei usar essas coisas) tu me perguntaste se sou feliz. Uma indagação casual, uma curiosidade, ou o resultado de uma inquietude de neto? Prefiro acreditar nesta última possibilidade: afinal, e, como já disseste mais de uma vez, estás em busca de tuas origens e queres saber tudo sobre mim. Talvez estejas, na verdade, te indagando se tu próprio és, ou podes ser, feliz, se a felicidade está embutida no genoma que te leguei. Inquietação legítima, mas, no meu caso, a pergunta soa um tanto absurda. Pode-se dizer feliz, um macróbio como eu? Se sim, quais os critérios para definir felicidade, em tal precária situação? O simples fato de estar vivo, razoavelmente lúcido e de poder ainda saborear uma costela gorda, mesmo com dentadura postiça, de poder tomar chimarrão?

De qualquer modo, tua pergunta me fez pensar. E, tendo pensado a respeito, acho que posso responder afirmativamente: sim, sou feliz. Quão feliz? Que nota eu atingiria na escala de felicidade, se é que tal coisa existe? Dez sei que não, mas do zero também escapo. E acho que estou acima de cinco, acima da média; se houvesse um exame vestibular de felicidade, provavelmente eu nele passaria; arranhando, mas passaria. Descontada a inevitável angústia — parte existencial, parte neurose propriamente dita (a velhice não nos poupa disso) —, acho que na maior parte do tempo sou razoavelmente feliz. Poderia ser mais feliz, se não tivesse essas dores pelo corpo, se escutasse melhor, se enxergasse melhor... se urinasse melhor já seria uma coisa muito boa. Eu queria, meu neto, que minha urina fluísse impetuosa e alegre como o rio da memória de que te falei antes. Mas a próstata, meu caro, a próstata de um idoso é qualquer coisa de inimaginável em termos de obstáculo e de transtorno. "Crescei e multiplicai-vos", disse Deus, e a próstata segue esse ditame à sua maneira; não pode multiplicar-se, a não ser através das metástases de um câncer, o que seria, contudo, contraproducente, porque poderia levar ao óbito o corpo que a aloja; mas "crescei" — por que não? Todos querem crescer, sobretudo os empreendedores, e a próstata, a minha pelo menos, é, antes de tudo isso, uma ambiciosa empreendedora. Seu sonho é, mediante um processo de imperialismo biológico, expandir-se, rechaçando para a periferia o frágil, inócuo, descartável portador, o portador em quem o destino a colocou, reduzindo-o a um gnomo enfezado, grotesco, um ser encarquilhado e atrófico que por algum tempo, e antes de desaparecer por completo, servirá de suporte para a descomunal e arrogante glândula. Que agora nem sequer tem a ver com reprodução ("Chega de fornecer o substrato para teus malditos espermatozoides, velho de merda, espermatozoides que aliás nem mais existem, tua semente de há muito se extinguiu"), e menos ainda com sexo; tem a ver com vida, sim, mas na sua expressão mais primitiva e brutal. No fundo, é uma ressentida, a próstata. Acha que lhe foi atribuído um papel secundário na vida sexual: a mão acaricia, a boca beija, o pênis penetra; a próstata trabalha em silêncio; ademais, é invisível. Mulher alguma dirá para o amado: "Que bela próstata tu tens, querido, nunca vi próstata tão bela".

Isso não justificaria, claro, os rancores glandulares. O anonimato só é problema em caso de hipertrofia do ego, não de hipertrofia prostática. A próstata deveria saber que o prazer do orgasmo, aquele clímax da paixão, resulta, em boa parte, da passagem pela uretra da onda espermática, em grande parte nela, próstata, gerada. Alguns dos decibéis do *Aaah* que então emitimos (emitíamos, no caso da minha categoria geriátrica) certamente são atribuíveis a isso. É o que tento explicar, nos diálogos que com a próstata frequentemente mantenho. Apelo à sua compreensão e solidariedade, lembro que afinal formamos uma entidade, e que, revoltando-se contra mim, ela só tem a perder, como só tinham a perder os órgãos que, no apólogo narrado por Menênio Agripa aos rebeldes plebeus de Roma, revoltaram-se contra o estômago, isto no quase quinhentos anos antes de Cristo. É claro que Menênio Agripa estava usando o corpo biológico como metáfora para o corpo social, com o único propósito de convencer os revoltados a aceitar o domínio da aristocracia romana; porém foi, reconheçamos, hábil na escolha dessa metáfora. No apólogo, os órgãos aceitaram a argumentação (e os plebeus também), mas a próstata, talvez porque me falte a habilidade do político romano, recusa-se a negociar. O que quer, a maldita, é mandar; quer a hegemonia, tem vocação imperial. E infelizmente acaba conseguindo seu objetivo. A próstata de fato domina os macróbios, e expressa esse domínio retendo a urina, fechando as comportas da imaginária represa que separa os líquidos do corpo dos líquidos do mundo, teoricamente uma unidade líquida, teoricamente a unidade fundamental. Como diziam (e a comparação, admito, é irônica) os revolucionários na guerra civil da Espanha: *no pasarán*, os líquidos que elaboramos; ficarão presos, se possível para sempre. Para os prostáticos, urinar representa uma incógnita ("Conseguirei?"), quando não um sofrimento, e até uma humilhação: o jato é fino, é fraco, é hesitante, é tímido, é medroso; às vezes reduz-se a um lamentável gotejamento. Há, no meu baixo-ventre, um permanente conflito: a bexiga, ainda elástica e impaciente, quer esvaziar-se da urina que a distende de forma grotesca; a próstata não deixa. E é a próstata que tem a última palavra. Impõe-se pelo tamanho, pela consistência. Ah, como eu gostaria de urinar, de urinar muito, de produzir uma torrente caudalosa de mijo, uma torrente capaz de encher o vaso, de inundar o banheiro, a casa, a cidade, o mundo, de criar um novo dilúvio, não destruidor como aquele a que só Noé, sua família e seus bichos sobreviveram; não, um dilúvio cálido, amável, um dilúvio em que todos pudessem navegar, fosse em seus caíques, fosse em seus iates; fosse em suas jangadas, fosse em transatlânticos (que volte o *Titanic*, será bem-vindo). É só o que eu quero, é a minha única e modesta ambição. Para muitos a realização é o dinheiro, o poder, a fama; eu só almejo urinar sem problemas. Mas a próstata, enigmática e implacável, não o permite. A próstata não é Deus, mas a próstata pretende-se Deus, e não descansará enquanto não o conseguir, enquanto não chegar ao poder absoluto. O sonho da próstata é sobressair, majestosa, sobre o território corporal, como o Corcovado sobre a baía da Guanabara (e logo entenderás a razão desta comparação). Mais que isso: as próstatas querem se unir. É parte de seu plano de dominação universal. Independentemente do lugar onde estejam, ao sul, ao norte, a leste, a oeste, nos trópicos ou nos polos, no campo ou na cidade, elas crescerão tanto, se expandirão de tal maneira, que, ultrapassando pela violência qualquer limite corporal ("Carcaça nenhuma nos aprisionará"), acabarão se encontrando. E aí: fusão, a formação de uma única, amorfa e descomunal massa prostática, que, estendendo-se vencedora sobre o mundo inteiro, destruindo vilas e cidades, subindo montanhas e penetrando em cavernas, gerará o planeta Próstata, precursor do universo Próstata. Nenhum toque retal nos alertará para essa possibilidade, nenhuma cirurgia, por radical que seja, a evitará.

Este domínio resultante da simples presença (estou aqui, obedeçam) é o sonho de qualquer tirano. Não se trata de um projeto revolucionário, "Próstatas de todo o mundo, uni-vos, nada tendes a perder a não ser a situação humilhante a que, por milênios, vos relegou a chamada humanidade"; não, nenhuma próstata-líder formulou tal consigna, que para mim, particularmente, seria até consoladora, ou pelo menos nostálgica, como adiante verás. Infelizmente trata-se de algo pior, muito pior; trata-se de uma aspiração intrínseca à natureza da glândula, jamais traduzida em palavras, muito menos em lemas. E talvez não chegue sequer a ser perversa, essa aspiração; talvez seja coisa natural, orgânica, a ampliação pura e simples do desejo darwiniano de sobrevivência, da lei do mais forte. Daí minha resignação.

Essa irresistível tendência para o gigantismo imperialista que caracteriza a próstata senil contrasta com a miniaturização da existência que ocorre na velhice. Coisas pequenas, minúsculas, passam a ter significado transcendental. Onde deixei a chave? Será que não pus muito sal na sopa? Aquele livro na prateleira está em posição adequada ou deveria estar mais para a esquerda, mais para a direita? Dúvidas que geram conflitos dilacerantes, raiva, frustração. Mesmo porque só pensamos nas coisas pequenas para não ter de pensar nas coisas maiores, questões tipo: qual o sentido da vida?, e: quanto tempo me resta?

Mas chega dessas ruminações desagradáveis e malucas. Deixa-me contar algo de minha vida. Velhos gostam disso, de falar sobre o passado, principalmente quando, como no meu caso, há muito a dizer sobre esse passado, e quando existe alguém como tu, interessado no que contamos. Mesmo porque, meu querido neto, temos convivido tão pouco, que não sabes quase nada sobre mim, assim como eu não sei quase nada sobre ti. Lembro bem tua vivacidade, teu riso fácil, teus comentários inteligentes sobre vários assuntos; mas ignoro quase tudo acerca da vida que levas, tuas atividades, teus amigos, tuas namoradas. Em suma, és o meu neto enigmático, pois com os outros convivo bastante. Por outro lado, e já que queres saber de mim, aqui vão algumas coisas sobre este teu distante avô, coisas que, espero, te interessarão.

Nasci no interior do Rio Grande do Sul, nos arredores da cidade de Santo Ângelo, nas Missões. Região histórica: lá, no século dezessete, os jesuítas reuniram os guaranis para uma inusitada experiência de vida religiosa e comunitária; lá, portugueses, espanhóis e índios travaram batalhas sem fim, batalhas que acabaram por extinguir as reduções missioneiras. É uma região de imensas planícies e vastos horizontes. Acho que esse lugar de alguma maneira condicionou meu destino, tanto pela história (que eu conhecia bastante, desde criança: mais de uma vez, com meus colegas de escola, visitei as ruínas das Missões, e depois li muito a respeito), como pelo belo, inspirador cenário geográfico: planície imensa, coxilhas, vastos horizontes. Vastos, ainda que imprecisos. Vastos, ainda que enigmáticos. Vastidão e enigma: isso deve ter fascinado os jesuítas quando ali chegaram, como até hoje fascina os visitantes. Mas eles não vieram admirar a paisagem, vieram com uma missão, catequizar os indígenas, e disso resultaram povoações e depois cidades, como a de Santo Ângelo. A verdade é que foram corajosos, aqueles padres. À época o Brasil era basicamente o litoral, e dali os portugueses, que como caranguejos (para usar a comparação de Frei Vicente do Salvador) ficavam teimosamente junto ao mar, não queriam sair, com medo de penetrar num território desconhecido e hostil. Anchieta escrevia seus versos na areia da praia; as ondas desfaziam-nos, mas afinal eram apenas versos, e era praia, e era o mar azul, e do outro lado do mar estava Portugal. Nas Missões o mar era uma abstração; as coxilhas talvez evocassem as ondas do oceano, e evocavam, mas ao fim e ao cabo aquilo era terra. Uma terra na qual a fé tinha de lançar raízes, e disso os jesuítas se encarregaram. E aí surgiram as igrejas, as casas de pedra, as cidades guaranis, das quais dão testemunho agora as ruínas.

Era um belo lugar para passar a infância, mas a verdade é que o cotidiano de nossa família não era fácil. Morávamos numa casa pequena, no meio do campo; não tínhamos água corrente nem luz elétrica — a iluminação dependia dos lampiões a querosene. E olha que nossa moradia era bem melhor do que os ranchos da peonada: meu pai era o capataz daquela estância. Pobre pai, pobre homem; a vida dele, curta vida, poderia ser resumida em duas palavras: lutou, sofreu. Lutou muito, sofreu muito. De família pobre, não cursou escola, mal sabia ler e escrever. Em raros momentos, contudo, passava por uma rápida e extraordinária transformação. Quando montava a cavalo, por exemplo.

Num instante estava ali, ao lado de seu cavalo baio, um homem encurvado, humilde, insignificante, cara de bugre e aparência sofrida. No instante seguinte, e com incrível agilidade, pulava para a sela e pronto, era outro homem, homem de verdade, um gaúcho digno, altivo. Uma imagem que me deixava orgulhoso e que nunca esqueci.

A estância pertencia ao coronel Nicácio. Naquela região havia dois coronéis, primos entre si, e até parecidos fisicamente, mas muito diferentes como pessoas. O coronel Arnoldo, patriarca à antiga, era um homem bondoso, que cuidava de seus peões como se fossem filhos, ainda que lhes pagasse pouco. Já o coronel Nicácio era um tipo tirânico, irascível, responsável, segundo se dizia, por não poucas mortes, quase sempre por degola, segundo o antigo costume da região; falava com saudades do tempo da escravidão e tratava com a maior brutalidade seus empregados, o capataz inclusive. Disso fui testemunha, num episódio decisivo em minha vida.

Um dia (uma segunda-feira: lembro como se fosse hoje) o coronel Nicácio mandou chamar meu pai: queria resolver algum assunto urgente. Eu estava em casa e papai pediu que eu o acompanhasse. Por que o fez, até hoje não sei. Talvez só pela companhia; ou talvez quisesse exibir o filho do qual se orgulhava, e que o coronel mal conhecia. O certo é que, como não tardei a constatar, ele não poderia ter escolhido ocasião pior.

Fomos até a casa do estancieiro, uma casa colonial, grande, mas simples, como costumavam ser as casas dos proprietários rurais do Rio Grande do Sul, gente que valorizava mais o poder do que a riqueza, gente que não gostava de ostentação. O coronel, homem enorme, barrigudo, de grandes bigodes e costeletas, estava sentado na rede, na varanda, de bombacha, camisa aberta, tomando chimarrão e fumando seu palheiro. Subimos os degraus de pedra, cumprimentamos (mal nos respondeu) e ali ficamos, diante do homem que, olhos semicerrados, fitava-nos. Finalmente meu pai, visivelmente ansioso, optou por romper o silêncio:

— O senhor mandou me chamar, coronel, aqui estou, às suas ordens.

O coronel não respondeu. Fitava o empregado, impassível. De repente, e com uma agilidade inesperada, saltou da rede, e com um tapa arrancou o chapéu que papai tinha na cabeça.

— Falta de respeito! — bradou.

Papai, confuso, amedrontado, não disse nada: baixou a cabeça, simplesmente, e ali ficou imóvel, fitando o chão.

— Pega teu chapéu — vociferou o coronel — e some daqui. Só volta quando tiveres aprendido a respeitar o teu patrão. Comigo só se fala de cabeça descoberta, ouviste?

Sem uma palavra, papai apanhou o chapéu. Em silêncio, descemos as escadas da casa e seguimos pela trilha que nos levaria para casa. O dia estava muito bonito; nenhuma nuvem no céu, o sol brilhando. Nas coxilhas bois pastavam, plácidos, e os quero-queros voejavam. Enfim, a bela paisagem de sempre, coisa de cartão-postal.

Mas eu ia triste. Mais que triste, angustiado. Gostava muito de meu pai, homem que se sacrificava pela família, a mulher e os dois filhos, dos quais eu era o menor — o mais velho estava servindo no exército. Aos quinze anos já tinha suficiente experiência da vida para saber que o incidente na varanda representava para meu pai uma derrota provavelmente definitiva, a culminância da sucessão de derrotas em que sua áspera vida até ali se constituíra: pobre, semianalfabeto, dependente de um patrão cruel, ele era o protótipo do perdedor. Muitas vezes, depois disso, me perguntei por que, afinal, ele — como um verdadeiro gaúcho, como aqueles valentes gaúchos das histórias que me contava, como os gaúchos que, espada na mão, tinham enfrentado os castelhanos — não reagira à estúpida agressão; no fundo eu ansiara por isso, por uma reação à altura. Bem queria eu ter visto papai se atirar sobre aquele velho nojento, aos gritos: eu te mato, miserável, quem tu pensas que és, latifundiário de merda.

"Latifundiário de merda"? Não, meu pai não diria aquilo. Meu pai sabia o que era um estancieiro, mas não sabia o que era um latifundiário. Nem eu, aliás; não naquele momento, pelo menos. Mas quando, pela primeira vez, ouvi a palavra, quando descobri seu significado, tive certeza de que não mais sairia de meu vocabulário e muito menos de minha vida. Latifundiário: o termo imponente, ameaçador, parecia ter sido criado para designar o coronel Nicácio; "latifundiário" era a palavra que eu gravaria na sua testa com ferro em brasa se e quando tivesse oportunidade para isso. Verdade que não havia muito espaço para tal tipo de vingança. Porque não era um latifúndio, aquela testa; não era uma fronte ampla, gloriosa, uma fronte de sábio, de intelectual. Não, era uma testa estreita, mesquinha, obtusa, limitada por cabelos já grisalhos que se fundiam nas típicas suíças de caudilho, e pelas bastas e autoritárias sobrancelhas que guarneciam os olhinhos desconfiados e cruéis. Algumas rugas, ali; não as rugas nascidas da ansiedade, da perplexidade diante da vida; não o ômega melancólico dos antigos, que traduzia tristeza existencial, mas também inteligência e conhecimento. Um componente de melancolia aquelas rugas podiam ter, mas isso não chegava a neutralizar a arrogância e a prepotência que eram a marca registrada do estancieiro.

Não, naquele radioso dia de verão eu ainda não sabia o que era um latifundiário. Mais: eu ainda não descobrira a História, com H maiúsculo. Eu era um piá ingênuo, ainda que sofrido.

Mais tarde vim a concluir que meu sofrimento decorria exatamente disso, da ingenuidade, do desconhecimento da problemática social, da ausência, em meu vocabulário, de palavras como latifundiário, proletário, revolucionário, palavras-chave capazes de abrir as portas do entendimento, de gerar luz onde antes reinava a escuridão de uma desamparada ignorância.

Antes de entrarmos em casa meu pai se voltou para mim e me fez, numa voz fraca, rouca, cansada — o cansaço de uma vida de duros esforços, de uma vida que, não por acaso, terminaria poucos anos depois —, dois pedidos. O primeiro: que eu não contasse o sucedido a minha mãe nem a meu irmão. O segundo: que eu estudasse muito, que arranjasse uma profissão capaz de me libertar daquela existência miserável.

Esse segundo pedido era reforçado por uma frustração. Meu irmão Fulgêncio, três anos mais velho que eu, abandonara o colégio no quinto ano do curso primário. Queria ficar rico e acreditava que para isso era mais importante a esperteza que um diploma. Seu sonho era tornar-se um empresário bem-sucedido; de momento, trabalhava como ajudante para o seu Amâncio, dono de uma vendinha de beira de estrada, mas era, assim ele acreditava, coisa transitória; breve estaria em situação muito melhor. Fizera amizade com um corretor paulista que viera à região vender algum tipo de seguro para proprietários rurais. O homem anotara seu nome numa caderneta, e isso, para o Fulgêncio, era uma esperança, quase uma garantia: o Arlindo vai arranjar alguma coisa boa para mim, disso tenho certeza. Mas, prognósticos gloriosos e/ou ilusórios à parte, sua situação era precária, não havia perspectiva concreta de nada, de nenhuma atividade rendosa. Meus pais já se haviam conformado com isso. Era em mim que depositavam sua esperança, a esperança de que eu seguisse um caminho diferente, que terminasse os estudos, que conseguisse um título universitário.

* * *

Não era, quero te deixar claro, uma esperança infundada. Por causa de problemas de saúde na infância, comecei a estudar relativamente tarde, mas, devo dizer, com enorme disposição. Cursava a escola em Santo Ângelo, a oito quilômetros de nossa casa (um trajeto que eu fazia a pé). A cidade tinha cerca de sessenta mil habitantes; crescera muito com o movimento migratório do final do século dezenove: alemães, poloneses, russos para ali acorriam em busca de uma vida melhor. Nomes como Kassel, Licht, Beck, Grass, Ritter eram comuns na região. O coronel Nicácio, descendente dos senhores da guerra que haviam conquistado a região aos espanhóis, falava com desprezo dos colonos que trabalhavam em suas pequenas propriedades rurais, e dos gringos em geral: nós lutamos contra os castelhanos, nós expandimos a ferro e fogo a fronteira do Rio Grande; agora chegam esses gringos e se instalam como se isto fosse deles. Mais: suspeitava que entre os imigrantes houvesse elementos subversivos. Exemplos, de fato, não lhe faltariam: o alemão Frederico Kniestedt, sindicalista revolucionário; o russo Elias Iltchenco, que fundara, com outros, uma colônia agrícola comunitária em Erebango; o também russo Ossep Stefanovitch, ator conhecido por sua atuação em peças teatrais libertárias; o libanês Abílio de Nequete. Os sapateiros italianos, e eles eram muitos no Rio Grande, tinham fama de anarquistas. Mas acho que ao coronel incomodava mesmo a prosperidade de Santo Ângelo, que tinha um ativo comércio — grandes lojas, várias delas com marquise, o que para mim era motivo de admiração — e fábricas: de cerveja, de produtos alimentícios, de móveis. Ah, sim, e um cinema, o Apollo, que jamais frequentei, mas cujos cartazes mirava com admiração.

Eu era excelente aluno, o orgulho de minha professora, dona

Doroteia, uma senhora já madura, muito culta e sobretudo muito gentil e afetuosa. Foi ela quem me introduziu à leitura; presenteou-me com vários livros, que eu lia e relia sem cessar. O autor predileto de dona Doroteia — e nisso ela podia ser considerada avançada para seu tempo — era Machado de Assis, o Machadinho, como ela dizia. No Rio Grande do Sul de então o escritor ainda era pouco conhecido, mas dona Doroteia tinha todos os seus livros e incluiu vários em seu programa de ensino. Anualmente organizava na escola um concurso de redações sobre Machado. Naquele ano concorri, ganhei, e fui premiado com um exemplar de *Dom Casmurro*. Voltei para casa orgulhosíssimo, mostrei o livro a meus pais e meu irmão. Todos festejaram meu triunfo — mas o troféu, como já verás, teve um destino inesperado.

Machado, dizia dona Doroteia, era um exemplo para os brasileiros, sobretudo os humildes, como era o caso da maioria dos alunos: descendente de escravos, mulato, pobre, epiléptico, gago, não frequentara escola; pois esse menino superara todos os obstáculos para tornar-se o maior escritor brasileiro.

— Quando vocês acharem que a sorte foi madrasta para vocês — proclamava a professora —, pensem na história do Machado: se ele conseguiu alcançar o seu ideal, vocês também conseguirão.

O que explicava o fato de o escritor ter-se transformado, para muita gente, em um verdadeiro ídolo. Para comprová-lo, dona Doroteia exibia um recorte já antigo do *Jornal do Commercio*, do Rio de Janeiro. Tratava-se de um texto de Euclides da Cunha narrando um episódio ocorrido na casa de Machado de Assis, pouco antes da morte do escritor, vinte anos antes. A Machado, acamado, o corpo frágil devastado pela doença, faziam companhia amigos ilustres: Coelho Neto, Graça Aranha, Mário de Alencar, José Veríssimo, Raimundo Correia, além do próprio Euclides. De súbito, dizia a crônica, "ouviram-se umas tímidas pancadas na porta principal da entrada. Abriram-na. Apareceu um desconhecido: um adolescente de dezesseis a dezoito anos no máximo. Perguntaram-lhe o nome. Declarou ser desnecessário dizê-lo: ninguém ali o conhecia; não conhecia, por sua vez, ninguém; não conhecia o próprio dono da casa, a não ser pela leitura de seus livros, que o encantavam. Por isso, ao ler nos jornais da tarde que o escritor se achava em estado gravíssimo, tivera o pensamento de visitá-lo. Relutara contra essa ideia, não tendo quem o apresentasse: mas não lograra vencê-la. Que o desculpassem, portanto. Se não lhe era dado ver o enfermo, dessem-lhe ao menos notícias certas do seu estado. E o anônimo juvenil — vindo da noite — foi conduzido ao quarto do doente. Chegou. Não disse uma palavra. Ajoelhou-se. Tomou a mão do mestre; beijou-a num belo gesto de carinho filial. Aconchegou-a depois por algum tempo ao peito. Levantou-se e, sem dizer palavra, saiu. À porta, José Veríssimo perguntou-lhe o nome. Disse-lho. Mas deve ficar anônimo. Qualquer que seja o destino dessa criança, ela nunca mais subirá tanto na vida".

E concluía dona Doroteia, emocionada:

— Não sei o nome desse jovem; e não importa. Pelo que diz Euclides da Cunha, ele tinha mais ou menos a idade de vocês, e deveria servir de exemplo para a juventude brasileira. A dedicação que mostrou por Machado é a dedicação que todos devemos ter pela literatura do grande escritor. Machado morreu, mas sua obra está aí, para que vocês a conheçam e admirem.

Eu escutava, impressionado. Dona Doroteia era uma figura importante para mim; de certa forma condicionou meu destino. Não só pelo que me ensinou, não só pelos livros que me fez ler; isso foi importante, mas decisivo mesmo foi o fato de ela ser mãe do Eugênio, o Geninho.

Geninho tinha vinte e poucos anos quando o conheci — o que ocorreu por acaso. Um dia veio à escola falar com a mãe. Era hora do recreio, e eu, no pátio, conversava com dona Doroteia quando ele apareceu, um rapaz alto, magro, de olhar inquieto, basta cabeleira. A professora apresentou-me:

— Este é o Valdomiro, o Valdo, meu melhor aluno. — E acrescentou, orgulhosa: — Grande leitor, meu filho. Como tu.

Que Geninho era um grande leitor parecia evidente: naquele momento portava um livro debaixo do braço. Movido pela curiosidade e vencendo a timidez, indaguei que livro era.

Vacilou um instante, e até hoje pergunto-me a razão de tal hesitação. Correspondia, acho, a uma ambivalência: a resposta, disso ele bem sabia, poderia dar início a um irreversível processo de mudança numa cabeça jovem e imatura, e quais seriam as consequências disso? Estaria eu pronto para mudar? Talvez, no fundo, bem no fundo, tenha achado que o melhor seria deixar-me em paz na minha ingênua, mas quem sabe feliz, ignorância. Por outro lado, animava-o, como logo vim a descobrir, a vocação do educador, certamente herdada da mãe, e que, associada à vocação do líder, também inata nele, representava um estímulo para que introduzisse pessoas, sobretudo jovens, a ideias novas, mesmo que tais ideias fossem inquietantes, principalmente se tais ideias fossem inquietantes; para ele, inquietude era, como logo vim a descobrir, um estímulo, o motor para a mudança pessoal e social.

O certo é que naquele momento Geninho claramente viveu um dilema. Responder à minha pergunta — ou desconversar, não é nada importante, é só um livro que estou lendo nas horas vagas? Precisava decidir, contudo, porque o tempo, e a História, não se detêm: a sineta já anunciava o fim do recreio, quem sabe o fim de todos os recreios, quem sabe o início da batalha final, aquela que, para os místicos, oporia o Bem e o Mal, a Luz e as

Trevas, mas que, como depois constatei, para Geninho e seus companheiros marcaria a definitiva vitória do progresso sobre a reação, do trabalho sobre o capital, da justiça sobre a opressão. E ele, bem de acordo com seu temperamento, decidiu: num gesto triunfante, mas afetuoso, mostrou-me a capa do livro. Era o *Manifesto Comunista*, numa das primeiras traduções que apareceram no Brasil.

Eu não sabia o que era comunismo. Talvez tivesse ouvido a palavra, talvez tivesse lido a respeito em algum jornal, mas não me chamara a atenção; no colégio o assunto não era mencionado, mesmo porque dona Doroteia, ao contrário do filho, não gostava de política, não permitia que o assunto fosse discutido em aula. Agora, porém, eu me dava conta de que comunismo era uma coisa suficientemente importante para gerar um livro, vistoso livro, aliás: na capa, um homem à frente de uma multidão desfraldava uma bandeira vermelha.

Perguntei se se tratava de um romance. Geninho riu: não, não era um romance, ainda que pudesse ser lido como tal, de tão bem escrito. Mas era uma obra importante, uma obra que tinha mudado o rumo da humanidade:

— Se quiseres, podemos conversar mais sobre o assunto.

A proposta não agradou muito a dona Doroteia: acho que o Valdo é muito jovem para falar sobre essas coisas, ponderou, num tom a que não faltavam acidez e autoritarismo, e que talvez explicassem algo da motivação que levara o filho a ser um contestador. De todo modo Geninho era, como a mãe, determinado. Tendo decidido que me introduziria ao comunismo, ele agora faria isso. Poderia contar com minha curiosidade, e também com um certo grau de desamparo. Eu não tinha amigos mais velhos; meu irmão Fulgêncio não me dava bola; eu precisava de alguém que me orientasse e servisse de guia, um guru. De imediato, e apesar da contrariedade da dona Doroteia, aceitei o convite.

Combinamos que nos encontraríamos naquele mesmo dia e nos dias seguintes, sempre depois das aulas, para ler e discutir o *Manifesto*. Mal sabia eu que a partir daí minha vida passaria por uma mudança radical.

Geninho, que fazia parte de uma célula comunista (uma das primeiras do Rio Grande do Sul, acho), era não só um revolucionário convicto, como também um excelente didata. Não se limitava a ler para mim o texto, a comentá-lo; vivia-o, por assim dizer; encenava-o, como se aquilo fosse o roteiro de um grande espetáculo (e, pensando bem, não fora essa a intenção de Marx e Engels, prover a humanidade de um roteiro que desse ordem e sentido ao espetáculo da História, dividindo-o em atos, prevendo um início, um meio e um glorioso fim?). Ouvindo-o, eu tinha a impressão de testemunhar de maneira pungente a tragédia dos oprimidos e ao mesmo tempo de participar de suas esperanças de um mundo melhor. A mim, o *Manifesto* impunha-se tanto pela lógica como pela emoção. Demonstrava, de maneira cabal e definitiva, que a história da humanidade é a história da luta de classes, uma luta opondo oprimidos e opressores: senhores e escravos, barões e servos, patrões e empregados, latifundiários e peões. E convocava-me a tomar parte nessa luta ao lado dos fracos e desamparados.

Uma convocação a que eu não poderia deixar de atender. Porque eu presenciara um episódio dessa luta. Eu vira um latifundiário — sim, agora, e graças a Geninho, a palavra se tornara para mim familiar, abominavelmente familiar — agredir o seu capataz, que acontecia ser meu pai, agredi-lo e humilhá-lo cruelmente. E tinha visto o capataz aceitar em silêncio a humilhação. Por quê?

Porque meu pai, isso agora ficava claro para mim, não tinha

consciência de classe. Na sua postura reverente e genuflexa diante do coronel Nicácio, não se dava conta de sua verdadeira posição: era um empregado, ainda que de confiança, e como tal tinha muito mais em comum com os peões da estância do que com o latifundário. Coisa que não percebia, ou negava. Sim, convivia com os peões, tomava chimarrão com eles no galpão, ouvia suas histórias, suas queixas, mas não se identificava com a peonada, porque capataz é capataz, capataz se julga mais próximo do patrão que dos empregados, mesmo tratando-se de um patrão despótico como o coronel Nicácio (ou talvez por causa disso). Por outro lado, os peões tampouco se davam conta de sua situação, não lutavam por mudanças. Em geral eram homens sem família, morando numa habitação coletiva, e raramente saíam da estância; não conviviam com outros trabalhadores, rurais e urbanos, não se uniam às massas.

Massas: Geninho venerava aquela palavra. E eu passei a venerá-la também. Massas não era só um termo, era uma definição, era a chave para a compreensão da sociedade, era (mas Marx e Engels, materialistas convictos, não concordariam com isso, ou então concordariam, mas apenas intimamente, sem admiti-lo em público) uma palavra mágica, o abracadabra da revolução. Em nome das massas, as pessoas, sobretudo as insignificantes como eu, renunciariam, jubilosas, às suas pobres identidades; seriam englobadas por uma impetuosa torrente da flamejante lava revolucionária que, brotando da cratera da justa indignação, desceria as encostas do vulcão da História e, destruindo tudo à sua frente, todos os bastiões do capitalismo, abriria caminho para a Justiça e a Fraternidade.

Temos de falar às massas, dizia Geninho, temos de mobilizá-las, temos de prepará-las para a sua grande missão. Eu concordava, emocionado. O problema era que não falávamos a massa alguma. Falávamos entre nós. Nossos debates sobre as grandes questões da luta revolucionária eram ótimos, estimulantes, mas não nos satisfaziam inteiramente porque nada tinham de dialético, aquela oposição entre tese e antítese da qual deve surgir a inspiradora síntese. Eu concordava com tudo o que Geninho dizia; guiava-me não apenas a admiração que por ele sentia como também o princípio (ao qual ele me introduzira) do coletivismo ideológico, segundo o qual todos os militantes da causa comunista deveriam pensar da mesma maneira. Mas isso não bastava. Eu queria uma polêmica, uma boa polêmica como aquelas que Marx, Engels e Lênin tinham mantido tantas vezes com adversários diversos, mostrando que, em política, sobretudo em política revolucionária, o confronto é essencial. Queria um duelo de ideias, queria um inimigo a quem pudesse arrasar com a verdade marxista-leninista. Não precisava ser um interlocutor real, de carne e osso; não, o debate poderia se realizar no plano do imaginário. E eu já tinha até escolhido o inimigo: o coronel Nicácio, obviamente. Que eu enfrentaria num lugar mais do que adequado: o Tribunal do Povo, onde todos os inimigos da revolução seriam julgados e inevitavelmente condenados. Na minha fantasia, o Tribunal funcionava num amplíssimo salão, sempre lotado de operários e camponeses. Falando da tribuna da acusação (tribuna de defesa não havia), eu, com triunfante retórica, triturava o desprezível tirano, humilhava-o: olhem para esse homem, eu bradava, e perguntem-se: de onde tira ele tanta arrogância, tanta prepotência? Que direito tem de oprimir o campesinato? Em que se baseia para fazê-lo? Que argumentos usa para se justificar? Sim, intitula-se dono de uma grande estância, mas quem disse que as terras são propriedade dele? As terras são do povo. Como tudo, aliás. Tudo é do povo: terras, fábricas, bancos. O povo precisa tomar consciência de que esse homem não passa de um usurpador. De um ladrão, porque toda propriedade é um roubo.

Àquela altura as massas que lotavam o Tribunal do Povo já estavam de pé; todos sacudiam no ar os punhos fechados, aos gritos: morte ao capitalismo, abaixo os latifundiários. A um gesto meu calavam-se; não era pequeno o respeito que eu lhes inspirava. E eu concluía pedindo em voz tonitruante que o coronel fosse executado.

Pedindo a quem? Bem, isso era um problema: o Tribunal do Povo não tinha juiz, não poderia ter juiz, não um juiz comum, pelo menos, um magistrado convencional, um meritíssimo qualquer, originário de um regime no qual, para mim, a justiça nunca poderia ser imparcial. Mas quem então daria a sentença? De início eu pensara em confiar essa tarefa a alguém de importância transcendente na história da humanidade: Marx, por exemplo, um Marx imaginário, implacavelmente severo e objetivo em seus veredictos.

Mas isso, eu tinha de admitir, não seria justo: mesmo vilão, o coronel tinha direito a um julgamento imparcial, com acusação e defesa. Marx inevitavelmente o condenaria, como já condenara de antemão o capitalismo; com isso o réu poderia alegar que não recebera um veredicto justo. Claro, as balas o calariam, ou a forca, ou a guilhotina; mas o seu protesto, talvez por causa de meus escrúpulos pequeno-burgueses não devidamente eliminados, continuaria a ressoar dentro de mim.

Pensei muito sobre como configurar essa suprema corte e por fim dei-me conta de que a própria expressão Tribunal do Povo era a resposta. Povo! O povo seria o juiz, o júri, o carrasco. Porque o povo é soberano. O povo julgaria, o povo, de forma unânime, daria a sentença (sempre uma condenação à morte), o povo liquidaria os inimigos da revolução na forca, na guilhotina, à bala. Ah, e cada execução seria uma celebração.

Esses devaneios eu os guardava para mim, não os comentava com Geninho. Ele era um cara objetivo, falava com base em seus conhecimentos, obtidos sobretudo por meio da leitura de livros, de jornais, de revistas. Devaneios não faziam parte de seu universo mental, era o que eu achava (equivocadamente, como depois descobri). Isso não queria dizer que rejeitasse a ficção literária. Como a mãe, era um grande leitor; mas em matéria de preferências os dois divergiam por completo. Para começar, Geninho não lia Machado; na verdade detestava-o. Sim, tratava-se de um escritor famoso, talvez até escrevesse bem, só que, por suas origens humildes, por sua vasta cultura, deveria ter sido um grande revolucionário, alguém que colocasse sua literatura a serviço das causas progressistas: um escritor engajado, enfim. Isso não acontecera. Machado, sempre segundo Geninho, optara por subir na vida, arranjando um emprego público, casando com uma mulher branca e mais velha, unindo-se à intelectualidade dominante. Pior: só escrevia sobre temas burgueses, sobre dramas pessoais, intimistas; seus textos não mostravam o menor comprometimento com a mudança social; nas suas histórias não ocorriam protestos nem greves e muito menos revoluções. Os personagens, era fácil constatar, não tinham nem sombra de consciência de classe. Ou seja: o homem era um niilista, um cético, não acreditava no progresso, na capacidade de afirmação do ser humano, e por isso não merecia mais que desprezo. Geninho conhecia a história do rapaz que beijara a mão do escritor moribundo; mas, ao contrário da mãe, rotulava o episódio como grotesca manifestação de subserviência, de submissão, a um velho safado, mentiroso, enganador.

Em termos de livros, os referenciais de Geninho eram outros. Para começar, admirava Karl Marx, o homem que fizera da própria vida uma revolução, que renunciara a tudo para dedicar-se à causa. Tinha em seu quarto uma foto dele: um homem barbudo, de basta cabeleira, olhar severo e penetrante. Um profeta, como aqueles dos quais falava o padre Jonas em seus sermões. Sermões que, na minha infância, eu ouvia todos os domingos: minha mãe fazia questão de que eu fosse à missa com ela. Era uma mulher muito religiosa, uma católica devota que enchera nossa casa de imagens sacras, a começar pelo crucifixo sobre um altar na peça principal. Um crucifixo grande, antiquíssimo: segundo mamãe, pertencera a um sacerdote das Missões que fora assassinado por um índio rebelde enquanto rezava missa. O sangue que aparecia na imagem de Cristo era, em parte, dizia minha mãe, o sangue seco do jesuíta. E havia muito sangue. Das palmas das mãos (maravilhosamente trabalhadas pelo anônimo escultor: podia-se até ver a linha da vida) perfuradas por medonhos cravos, brotava o sangue, e também brotava da ferida no flanco, causada pela lança do soldado romano, e da fronte, onde cada espinho da infamante coroa penetrava implacável a pele. A expressão de Cristo era uma expressão de inaudito, de medonho sofrimento, o sofrimento levado ao ápice; olhar para aquele rosto contorcido de dor era para mim quase insuportável. Como é que alguém podia ter padecido tanto, eu, menino, me perguntava. Para meus amigos Jesus era bom, amável, generoso, uma divindade a quem recorriam para, por exemplo, pedir boas notas no colégio. Eu a Jesus não ousava pedir nada. Ele já tinha dado ao mundo a sua dor abissal, que mais poderiam os seres humanos pedir? A verdade, porém, é que a impressionante imagem me perseguia. Muitas vezes sonhei com Cristo arrancando as mãos do madeiro a que estavam pregadas, arrojando de si a coroa de espinhos e avançando, implacável, em minha direção para punir-me por meus pecados reais ou imaginários. Interessante: era só Cristo que eu temia. Deus-Pai, que eu imaginava como um velho de longas barbas brancas, cenho franzido e olhar severo, era uma divindade remota, distante, que não perderia tempo com um guri insignificante. E o Espírito Santo... Bem, representado como um pombo, era para mim mais uma entidade misteriosa, intrigante, do que qualquer outra coisa.

A religião que praticávamos, minha mãe e eu (meu pai ia à igreja, mas não parecia se importar muito com aquilo), era algo espontâneo, ingênuo. Nosso guia espiritual, o padre Jonas, homenzinho idoso, careca, encurvado, era, em sua fragilidade, uma figura patética. Fazia o que podia por seu pobre, reduzido rebanho; nos sermões, falava-nos com entusiasmo e unção numa vida futura em que os humildes obteriam, enfim, a compensação por seu sofrimento. E a verdade é que seus sermões, muito simples, deixavam emocionado o menino que eu era. Sim, eu acreditava; acreditava no céu e no inferno, procurava praticar o bem e evitar as tentações. E aí vinha o Geninho e me dizia que tudo aquilo era bobagem, que não existia Deus, nem céu, nem inferno, nem milagres, nada disso; que a religião era, nas palavras de Marx, o ópio do povo, uma forma de dominação criada pela burguesia.

O que me deixou estarrecido — e confuso, muito confuso. Para começar, eu não sabia o que era ópio. Geninho me explicou que se tratava de uma droga que deixava a pessoa mole, letárgica, imaginando coisas irreais. A religião fazia exatamente isso; inventava uma série de histórias mirabolantes, destinadas a convencer os ingênuos, os tolos. Como o viciado em ópio, os adeptos da religião, gente fraca, desmoralizada, uns vermes, podiam ser manipulados — em benefício dos capitalistas. Ou seja, ao fim e ao cabo era tudo uma grande mentira que o materialismo histórico desfazia com precisão científica, e sobretudo com grandeza — um triunfo da racionalidade. Marx acertara em cheio, proclamava Geninho, e tornara-se o grande teórico da revolução que corrigiria as desgraças do nosso mundo, nelas incluída a religião.

Essas coisas soavam para mim como uma verdadeira revelação. De repente, eu via a luz. De repente o caótico quadro do mundo e da vida adquiria sentido — graças à implacável lógica marxista. Tudo o que Marx e Engels diziam fazia sentido, tudo. O *Manifesto* realizava o milagre de colocar em ordem a minha confusa cabeça de adolescente; o *Manifesto* tinha resposta para todas as questões. O mundo que descrevia era um mundo binário, nitidamente dividido entre o justo e o injusto, o progressista e o reacionário; um mundo dividido — entre o Bem e o Mal? É: entre o Bem e o Mal. Mas não se tratava do Bem e do Mal de que nos falava o padre Jonas; não, era outro Bem, outro Mal. O Bem: o comunismo. O Mal: o capitalismo. A burguesia. O latifúndio. O coronel Nicácio arrancando o chapéu da cabeça de meu pai.

"A sociedade", dizia-me o *Manifesto* ("dizia-me", sim: era como se aquele texto tivesse sido escrito especialmente para mim, uma carta pessoal de Marx e Engels enviada através de um livro), "divide-se cada vez mais em dois vastos campos opostos, em duas grandes classes diametralmente opostas: a burguesia e o proletariado." O texto desfazia todos os mitos criados para iludir os oprimidos. Família? Conversa. O capitalismo "destrói todos os laços familiares do proletário, transforma as crianças em simples objetos de comércio, em simples instrumentos de trabalho". Pátria? Ficção para enganar tolos: "Operários não têm pátria", pelo menos não a pátria no sentido burguês do termo.

Agora: arrumar um mundo distorcido por séculos de equívocos e de crimes não seria fácil. Os objetivos do comunismo, diziam Marx e Engels, só seriam alcançados pela derrubada violenta da ordem social imperante. Faziam uma ameaça — "Que as classes dominantes tremam à ideia de uma revolução comunista" — seguida de uma promessa: "Os proletários nada têm a perder, a não ser suas cadeias. Têm um mundo a ganhar". E finalizavam com um apelo que, lido em voz vibrante pelo Geninho, fazia com que eu estremecesse de emoção: "Proletários de todo o mundo, uni-vos!". Eu não era proletário, obviamente, mas proletário eu me tornaria; e, unidos, nós, os proletários, partilharíamos um glorioso destino; tomaríamos o poder entoando o hino da Internacional Comunista, que Geninho fez questão de me ensinar: "De pé, ó vítimas da fome...".

De pé. Assim deveria estar o povo. De pé. Não agachado, como meu pai recolhendo o chapéu que o latifundiário arremessara ao solo. Não: de pé. De pé, e lutando, até a batalha final, aquela que terminaria com o triunfo definitivo do proletariado. De pé. De pé, e militando no Partido.

O que exigia um ingresso formal. Geninho mostrou-me a ficha que era preciso preencher. Continha um espaço para os dados de identificação (nome, idade, profissão) e também um questionário. Algumas perguntas ficaram gravadas em minha memória: "É contrário ao regime capitalista?", "Concorda com a necessidade de uma atuação tendente à abolição completa do regime capitalista?", "Concorda com o programa comunista?", "Aceita a Revolução Russa como fato histórico proveniente do próprio desequilíbrio do regime capitalista e como um dos maiores movimentos de transformação social?", "Aceita como necessária neste momento histórico a ditadura do proletariado?".

Perguntas. Semelhantes às do catecismo, diria alguém, algum reacionário. Talvez, mas perguntas de qualquer modo. Não se tratava de afirmação, e muito menos de uma ordem: tu deves ser contrário ao regime capitalista. Não, a ficha de inscrição dava oportunidade para que a pessoa fizesse uma opção: o ponto de exclamação, na frase, era substituído pelo mais dialético e mais democrático (no sentido de democracia popular, não de democracia burguesa) ponto de interrogação. Perguntas, portanto. E a todas eu responderia com um entusiasmado e emocionado "Sim". É contrário ao regime capitalista? Sim! Concorda com o programa comunista? Sim. Sim, sim, sim, claro que sim! Sim!

* * *

Pedi ao Geninho para de imediato assinar ficha no Partido. Ele riu: devagar com o andor, meu velho, não é coisa tão simples, tu precisas evoluir mais, quando chegar o momento receberás a ficha da minha mão, eu te prometo.

A ficha eu ainda não podia assinar. Mas, e sempre seguindo o exemplo de Geninho, resolvi colocar no meu quarto uma foto de Marx. De Engels, não; para dizer a verdade, o Engels não chegava a me convencer; era filho de um rico empresário, vivia bem... Além disso, a foto que dele obtive não me parecia retratar a imagem do revolucionário: muito tranquilo, muito urbano... Não sei. Idiossincrasia pessoal, talvez; ninguém está livre dessas coisas. Já Marx... Impressionava-me seu ar imponente, altaneiro, o olhar penetrante, e sobretudo a barba. Que barba, a do Marx! Uma barba abundante, generosa, a expressão pilosa do *Manifesto*. Minha barba ainda era ralinha, mas um dia, glorioso dia, eu teria uma barba como aquela.

Minha mãe não gostava da foto; um dia perguntou-me quem era, afinal, aquele barbudo. Para evitar problemas eu disse que se tratava de um famoso escritor. Mamãe, coitada, aceitou essa versão. Quem era ela, mulher humilde, inculta, para discutir as preferências literárias do filho e as fotos que as expressavam?

Fez-me mal, aquele episódio. Tirando as habituais lorotas que os filhos contam aos pais, era a primeira vez que eu mentia à minha mãe. Invadido pela culpa, contei a Geninho o que acontecera. Ouviu-me com atenção e simpatia, assegurou-me que eu tinha agido bem. Explicou que existem mentiras progressistas, assim como existem verdades reacionárias; que, na causa da revolução, qualquer meio é válido para se atingir um fim maior. Nesse sentido era importante que eu lesse as obras de Lênin, o grande herdeiro de Marx. Lênin, dizia Geninho, fora obrigado a lidar com os aspectos práticos da conquista do poder, e o fizera magistralmente: sabia o que dizer, quando dizer, como dizer. A ele se devia o triunfo da Revolução Russa de 1917, histórico e decisivo momento em que camponeses e operários, de armas na mão, haviam invadido o Palácio de Inverno, símbolo do poder tzarista. Lênin, dizia Geninho, definia com clareza seus objetivos, mas sabia que o caminho para atingi-los às vezes era tortuoso, avanços e recuos nele se alternando. Eu mentira? Em parte, apenas, porque afinal Marx era, sim, um escritor; não um romancista, não um poeta, mas um escritor, escrevera vários livros. Tratava-se, portanto, de outra versão da verdade, plenamente justificada pelas circunstâncias.

O entusiasmo de Geninho, o arrebatamento com que fazia seus comentários, me comoviam. Era um lutador, ele, um combatente da revolução. Apesar disso, apesar desse fervor revolucionário aparentemente inesgotável, vivia uma existência pacata. Para seu constrangimento (bem que gostaria de ser independente, mas não ganhava o suficiente) morava com os pais e com as três irmãs. Verdade que tinha um quarto só para ele, um aposento minúsculo, atulhado de livros: livros nas prateleiras, livros empilhados no chão. Na parede, além do retrato de Marx, um outro, de Castro Alves, poeta que venerava pela postura antiescravagista; e, emoldurada, uma frase em letras góticas: "Eu vos abraço, Milhões", esse "Milhões" com letra maiúscula.

A primeira vez que vi a inscrição, estranhei. Letras góticas? Não era coisa de religião? E que história era aquela de "Milhões"? Dinheiro — milhões de contos de réis? Mas por quê? Alusão irônica à ganância capitalista? Talvez, mas ironias em geral não agradavam a Geninho, cara franco, direto.

Depois de muito hesitar resolvi assumir minha ignorância e

perguntei-lhe a que se referia a frase. Explicou-me que se tratava de uma tradução, não literal, mas para ele inspiradora, de um verso do grande poeta alemão (por isso a letra gótica) Friedrich Schiller. Que não era comunista; em seu tempo, século dezoito, ainda não havia comunismo. Lutara, porém, pelos ideais de liberdade e justiça, e disso seu poema *Ode à alegria*, do qual fora extraído aquele verso, e que inspirara a *Nona Sinfonia* de Beethoven, dava testemunho. Abraçar os milhões de seres humanos que compunham as massas, esse deveria ser o nosso ideal.

Ideal. Geninho era o protótipo do idealista; sua confiança no futuro não tinha limites. No dia a dia, porém, não diferia muito de outros jovens de sua idade. Trabalhava numa pequena loja de Santo Ângelo e era um empregado modelar, segundo seu patrão, o velho Anastácio, que encontramos um dia na rua, e que elogiou muito o dedicado Geninho, a quem eu deveria imitar se quisesse subir na vida. Palavras que aliás deixaram meu amigo visivelmente constrangido: ser elogiado por um membro da classe patronal, e diante de um jovem admirador, era coisa que não lhe agradava muito.

Como muitos jovens de sua idade, Geninho tinha amigos, tinha namorada, a Carmela, moça quieta, modesta, nem feia nem bonita; jogava futebol, gostava de churrasco. Mas eu tinha certeza de que essa existência aparentemente banal, convencional, era, ao fim e ao cabo, um disfarce. Geninho estava atento, muito atento, às transformações do país. Estávamos no final dos anos 20, uma década agitada, confusa, exuberante, uma década que vira a Semana de Arte Moderna, o manifesto antropofágico de Oswald de Andrade e, principalmente, a fundação do Partido Comunista Brasileiro, que àquela altura contava apenas com umas poucas centenas de militantes; isso, porém, garantia Geninho, estava de acordo com as leis da História: as transformações sociais sempre são desencadeadas por uma pequena e lúcida vanguarda atrás da qual marcham as massas.

Fazer parte da vanguarda não era para qualquer um. Exigia uma mudança completa de pensamento e a eliminação de equívocos comuns, dos quais mesmo pessoas inteligentes não estavam livres. Geninho citava o exemplo de alguém que ele próprio conhecera em Santo Ângelo: Luís Carlos Prestes.

Nascido em Porto Alegre, militar, Prestes chegara a Santo Ângelo em 1922 (ano da fundação do Partido Comunista), integrando o 1º Batalhão Ferroviário, do qual o pai de Geninho, o velho cabo Zé Antônio, fazia parte. Desde o começo ficara claro que Prestes era homem sério, decente, corajoso. Não se conformava com a roubalheira nas obras de engenharia, então prática comum. Dizia a Zé Antônio e a Geninho que o Brasil precisava mudar.

Mudar como? Prestes apostava na educação: criou para seus soldados (na maioria analfabetos) uma escola, da qual era diretor e professor — professor dedicado, na opinião de ninguém menos que dona Doroteia, autoridade no assunto, com quem Prestes conversava frequentemente, pedindo orientação para seu trabalho de educador.

— Um homem muito bom, ele — garantia a professora. — Um homem abnegado, generoso, um homem que sonha com um mundo melhor, com um país melhor.

Só uma coisa dona Doroteia não perdoava a Prestes: o abandono da religião. Filho de militar positivista, o jovem Prestes não endossara o anticlericalismo do pai e resolvera tornar-se devoto católico; aos dezoito anos fizera-se batizar numa igreja do Rio de Janeiro, mas acabara optando pelo ateísmo. Com resultados catastróficos, garantia a professora: a partir daí, perdera todas as referências morais, tornara-se um subversivo. Ainda em Santo Ângelo, assumira a liderança de uma conspiração que tinha como objetivo derrubar o governo de Artur Bernardes.

Contrariando a mãe, Geninho via a coisa de outra maneira. O complô contra Bernardes era justificado: o mandatário tencionava entregar à Inglaterra o controle das alfândegas brasileiras, como forma de pagamento da dívida externa. Mas a justiça da causa, dizia Geninho, não fazia de Prestes um verdadeiro revolucionário; ele era antes um conspirador, inclusive aliado a velhos caudilhos gaúchos como Honório Lemes e Zeca Neto. Prestes precisava mudar, e mudar muito, antes de tornar-se comunista:

— É como diz o padre Jonas — afirmava, com um risinho irônico —, muitos são os chamados e poucos os escolhidos.

Eu queria ser dos escolhidos. Pedia — pedia não, implorava — a Geninho que me ajudasse a entrar no Partido. Ele não dizia nem que sim nem que não; talvez para não me magoar, optava por evasivas:

— Tu ainda és muito guri, Valdo, precisas aprender mais. Estuda Marx e Engels, estuda Lênin, estuda Stálin, e o teu dia chegará.

Promessa vaga. O meu dia chegaria? Quando? Dali a uma semana? Um mês? Um ano? Dez anos? Minha impaciência crescia.

Acabei descobrindo um jeito de assistir às reuniões da pequena célula comunista de que Geninho fazia parte. Tais reuniões ocorriam na loja do seu Anastácio. O velho fazia de conta que não sabia de nada, mas, tarde da noite, Geninho e seus companheiros para lá se dirigiam. E, entre peças de fazenda, sapatos femininos e manequins de sorriso fixo, decidiam o que fazer para implantar o comunismo no país.

O pequeno e velho prédio de madeira tinha dois pisos. No piso inferior funcionava a loja propriamente dita; no superior, ao qual se chegava por uma precária escadinha externa, ficava o depósito de mercadorias. Eu sabia que a chave da porta estava sobre um beiral; assim, logo depois que começava a reunião da célula (quartas à noite), galgava rapidamente os estreitos degraus, entrava no depósito e, sem fazer ruído, sem acender a luz, deitava no chão e ficava espiando pelas frinchas do assoalho o que acontecia lá embaixo.

Reunidos, os comunistas liam e discutiam o *Manifesto*, debatiam os últimos acontecimentos, traçavam planos (nunca postos em prática). Mas o que me fascinava mesmo eram as sessões de crítica e autocrítica que aconteciam uma vez por mês, e num ambiente carregado. Geninho, o coordenador do grupo, falava primeiro. Sua frase inicial era sempre a mesma:

— Camaradas, não passo de um burguês.

Uma pausa, e então começava a explicar por que se considerava um burguês. As razões eram várias e surpreendentes. Por exemplo: tinha, escondido em seu roupeiro, um terno de casemira inglesa (enfatizava a palavra "inglesa", que remetia ao reduto do colonialismo), uma camisa de seda, uma gravata italiana, tudo comprado em segredo de um contrabandista argentino. Na calada da noite vestia-se como um dândi (de novo, uma maldita palavra em inglês) e passeava de um lado para outro, olhando-se no espelho e sorrindo provocador para a própria imagem. O que era uma vergonha, uma perversão sem limites, sobretudo por causa da gravata, que não era sequer uma peça de vestuário, era um pedaço de pano decorativo, inútil, a bandeira da burguesia atada ao pescoço.

Revelações surpreendentes, que os camaradas ouviam em silêncio, ofendido silêncio, segundo me parecia. Quando Geninho terminava, um dos membros da célula — em geral o João, um funileiro conhecido pelo temperamento exaltado — pedia a palavra. Não para — como eu, admirador de Geninho, esperava — minimizar a culpa que meu amigo obviamente sentia, com frases do tipo ora, Geninho, o que é isso, tu não és burguês coisa nenhuma, afinal vestuário de bom gosto deveria estar ao alcance de todos, e estará, quando a revolução triunfar.

Não era o que o João dizia. Ao contrário, e com verdadeira fúria, caía de pau em cima do Geninho: é verdade, camarada, é a pura verdade, tu não passas de um burguês corrupto e abjeto, tu não vales nada, é por causa de gente como tu que a revolução ainda não aconteceu neste país.

Os outros falavam também, e com maior ou menor veemência (em geral menor: em matéria de agressividade, João era imbatível) condenavam igualmente o Geninho. Ele ouvia calado, cabeça baixa. Eu sentia pena do meu amigo; mas sabia que aquele julgamento, severo como era, representava uma medida revolucionária necessária. Afinal, e como dizia Marx, tratava-se de luta, de guerra, e numa guerra a compaixão pode ser uma atitude suicida. Da mesma maneira como o ferreiro dá forma ao metal golpeando-o enquanto está incandescente, Geninho precisava ser castigado para tornar-se um revolucionário coerente, duro, implacável.

Geninho não era o único a fazer sua autocrítica. Os outros, João inclusive, também se declaravam burgueses. João chegara a confessar — e fora para ele uma suprema humilhação — que adormecera lendo o *Manifesto*. Verdade, como declarara em sua defesa, que isso acontecera tarde da noite, depois de um dia de duro trabalho; e também era verdade que as letrinhas, pequenas, fatigavam seus olhos cansados, pouco acostumados à leitura. Mas nada disso o absolvia. Como ele próprio destacava, Marx sofrera escrevendo o documento. Sofrera fisicamente, inclusive; como ficava horas e horas sentado, estudando e pesquisando, desenvolvia dolorosos furúnculos nas nádegas.

— Porém Marx — acrescentava o velho João (não era tão velho; tinha uns cinquenta anos, mas para mim era um ancião) — sabia que os operários padeciam muito mais nas fábricas, na construção civil. E sua conclusão, camaradas, era um verdadeiro grito de guerra: "A burguesia vai pagar por meus furúnculos!". Era o que eu deveria dizer, também, acusar os burgueses, e não o livro. Por que o *Manifesto* é impresso em letras pequenas? Para que fique mais barato. E por que tem de ficar mais barato? Porque o povo não teria dinheiro para comprá-lo, se custasse caro. E por que o povo não teria dinheiro? Porque a burguesia o explora. As letras pequenas não têm culpa de nada, não posso acusá-las de nada. Devo lutar para lê-las, devo lutar contra o cansaço dos meus olhos, devo lutar contra o sono. Camaradas, não podemos cansar! Camaradas, não podemos dormir! Camaradas, temos de estar alertas e atentos, porque a qualquer momento as contradições do capitalismo explodirão e aí teremos de estar prontos para lutar nas barricadas!

Levantava-se, e junto com ele todos se levantavam e, emocionados, cantavam a *Internacional*. Cantavam em voz baixa, contida — burgueses poderiam estar escutando na rua —, mas cantavam, expressando nas notas vibrantes do hino revolucionário sua disposição para a luta.

A sessão de crítica e autocrítica não raro era pontuada por debates curiosos. Gostar de churrasco era coisa de burguês? E gostar de chimarrão? E — mas isso gerava controvérsia — foder a mulher dos outros? As opiniões variavam. Alguns lembravam que, como dissera Marx, o casamento era uma instituição burguesa; portanto, no regime comunista o amor livre deveria ser a regra. Outros ponderavam que aquilo poderia desviar os militantes de sua verdadeira missão; melhor, portanto, deixar o amor livre para mais tarde.

Um dos camaradas confessou, quase chorando, que adorava jogar xadrez. Xadrez! Um jogo de reis, rainhas, bispos (a tradicional e retrógrada união entre monarquia e clero), as torres evocativas dos castelos da nobreza; os cavalos, do alto dos quais os senhores feudais e os estancieiros como o coronel Nicácio contemplavam, sobranceiros — quem? Os peões, claro. Os humildes peões que, no tabuleiro, constituíam a primeira linha de batalha, que eram sempre os primeiros a ser sacrificados, na guerra ou na insana busca de lucros do latifúndio. Agora: o pior, nas regras do jogo, era a implícita chantagem — astuta, pérfida, abjeta chantagem — representada pela enganosa oferta feita aos representantes do campesinato e do proletariado: meus caros peões, se vocês lutarem, se progredirem na vida, se, avançando penosamente, conseguirem chegar à última fileira do tabuleiro, vocês poderão se transformar (de acordo com a vontade do dono de vocês, naturalmente) numa figura mais poderosa, num bispo, numa torre, numa rainha. Não é um sonho isso, peonada? Peão virando rainha: tirando o problema da mudança de sexo, não é um sonho?

Proposta absolutamente indecente, que contudo sintetizava, e de maneira simbólica, as irreais, enganosas promessas do capitalismo: trabalhem bastante, obedeçam à burguesia, e vocês poderão, quem sabe, subir na vida. Ou seja: o xadrez era um truque das classes dominantes para desviar os revolucionários de seus verdadeiros objetivos.

Lá de cima eu ouvia aquilo e, fã do xadrez que era desde a infância, ficava chateado. E confuso: afinal de contas, e pelo que eu sabia, os soviéticos gostavam de xadrez; mais, os soviéticos eram campeões mundiais de xadrez, e isso, a meu ver, não apenas reabilitava o jogo como transformava-o num potencial instrumento revolucionário: estimulando a inteligência, o senso estratégico, a combatividade, o xadrez preparava as massas (ou ao menos a vanguarda revolucionária, ou ao menos os enxadristas) para a luta de classes. Claro, no futuro o xadrez poderia, e deveria, ser modificado em função da ideologia revolucionária. Para começar: nada de peças brancas contra peças negras: isso era coisa de racista tipo Ku-Klux-Klan. Talvez peças vermelhas contra peças de alguma cor característica da direita. O tipo de peças teria de ser reexaminado e as regras definidas de acordo com uma nova classificação: peças progressistas — os peões — e peças reacionárias — o resto: o rei, a rainha, o bispo, o cavalo, a torre. Por disposição revolucionária, toda partida terminaria obrigatoriamente com a vitória dos peões, mesmo que isso irritasse os enxadristas adeptos das velhas regras.

Isolado, pela distância geográfica, das lideranças do comunismo, o grupo liderado por Geninho adotava uma prática um tanto improvisada. Geninho fazia o papel de coordenador, mas — e isso ele próprio reconhecia — faltava-lhes um líder, alguém que pudesse orientá-los, esclarecer as dúvidas, que não eram poucas, traçar um rumo de ação. O comunismo brasileiro contava com uma figura assim, uma figura que Geninho admirava: Astrojildo Pereira. Não o conhecia pessoalmente, pois Astrojildo vivia no Rio de Janeiro, mas sabia tudo sobre aquele militante ainda jovem e já lendário. Geninho lia o jornal dirigido por Astrojildo, *A Classe Operária*, órgão oficial do Partido Comunista Brasileiro; mais que isso, copiara sua biografia no caderno em que escrevia suas reflexões sobre a revolução. Por sugestão dele li mais de uma vez essa biografia. Assim fiquei sabendo que Astrojildo Pereira nascera em Rio Bonito, Rio de Janeiro, em 1890; que fizera seus estudos com os jesuítas pensando tornar-se frade, mas que, decepcionado com a religião, abandonara o colégio, optando pelo ateísmo e arranjando emprego como gráfico. Ingressara em organizações operárias anarcossindicalistas (casando, inclusive, com a filha de um líder anarquista); em 1918 fora detido ao organizar uma fracassada insurreição no Rio de Janeiro. Observação de Geninho, ao pé da página: "Erro, erro clamoroso, causado pela leitura dos jornais e folhetos anarquistas que o sogro lhe fornecia. O anarquismo não passa de um movimento romântico, exaltado, meio místico, que, por causa do extremismo, atrai jovens desmiolados, mas não leva a nada. Aparentemente ataca a religião organizada, o capitalismo, as oligarquias, mas não tem objetivos claros, não tem uma estratégia, só acredita no terrorismo. Versão infantil do impulso revolucionário".

Astrojildo felizmente se dera conta disso. Mudara de rumo, aderira ao marxismo-leninismo e participara da fundação do Partido Comunista, do qual se tornara secretário-geral.

Como Geninho, tornei-me admirador de Astrojildo Pereira. Como Geninho, lia *A Voz Operária*. E, como Geninho, passei a detestar os escritores e intelectuais considerados reacionários, a começar por Machado. Não era só uma rejeição de caráter literário; não, era ódio, ódio intenso, a soma de todos os meus ódios. Esse ódio foi num crescendo que até a mim impressionava; eu não podia sequer ouvir falar em Machado de Assis, tamanha era minha raiva contra ele. Alguma coisa tinha de fazer para descarregar aquele sentimento avassalador, que estava até me tirando o sono. Acabei por recorrer a um solitário e simbólico ato de protesto. Uma noite, insone, levantei da cama, peguei meu exemplar de *Dom Casmurro*, levei-o para a cozinha e, reavivando as brasas do fogão à lenha, queimei-o.

Estava ali, olhando as chamas cumprirem sua função vingativa, purificadora, quando de repente ouvi um ruído atrás de mim. Era minha mãe, bruscamente acordada de seu sempre agitado sono. O que estás fazendo, perguntou, assustada. Olhou para o fogão e deu-se conta:

— Mas tu estás queimando um livro, meu filho!

Pegou a capa, o que sobrava dela:

— O livro que ganhaste como prêmio da tua professora! Por que fizeste isso? Por quê? Que loucura é essa?

Eu ia responder com impaciência, com insolência: queimei porque quis queimar, porque essa coisa merecia ser queimada, estava pedindo para ser queimada, o autor não passa de um reacionário; de mais a mais, o livro é meu, faço com ele o que quiser (não, pensando bem, esta última frase eu não diria, representava uma defesa da propriedade privada); mas então senti um nó na garganta e comecei a chorar. Choro inexplicável, choro que me deixava profundamente envergonhado, mortificado mesmo. Quem estava chorando era o burguês que eu tinha dentro de mim. O burguês, sim. Um burguês gordinho, burguês astuto, safado, capaz de passar do riso obsceno para o sentido pranto com a maior desenvoltura. Um burguês como aqueles que, ao longo dos séculos, haviam enganado e oprimido os trabalhadores. Eu era filho de um empregado de estância, eu me considerava um revolucionário pronto a lutar por uma sociedade melhor, mas no fundo estava mais próximo do coronel Nicácio do que de Marx. No fundo queria beijar a mão, não do Machado, como fizera o misterioso rapaz mencionado por Euclides, mas a mão do latifundiário, aquela manopla bruta, peluda, a mão que fizera voar longe o chapéu do humilde capataz. Como todo burguês, eu sabia me curvar ao poder quando conveniente e sabia ser prepotente quando havia ocasião para tal. Em suma: eu era um réptil, um ser mesquinho, desprezível, um fraco, um covarde, merecia ser executado.

Mamãe me olhava, perplexa, sem saber o que fazer, o que dizer. Num impulso, abracei-a. Tratou de me acalmar, levou-me para o catre em que eu dormia, fez-me deitar. Quando achou que eu tinha dormido (pelo menos isso eu conseguia, em nome da causa: fingir que dormia) levantou-se e foi rezar diante do Cristo crucificado. De minha cama, pela porta aberta, eu a observava, seu torturado rosto iluminado pela chama vacilante da vela. E ela rezava, rezava sem parar. Àquela altura eu já não chorava mais, meus olhos estavam secos. Vencida, ao menos em parte, a patética crise emocional, eu recuperara um pouco do autodomínio que é componente essencial da militância, do engajamento. O revolucionário se levantava dentro de mim e se preparava para expulsar definitivamente o burguesinho chorão. Sim, eu queimara um livro de Machado, queimaria todos os livros de Machado se pudesse. Aqueles livros, como minhas lágrimas, exerciam um efeito deletério sobre convicções ainda não suficientemente testadas e consolidadas. Mas eu não deixaria que um escritor seduzido pelo poder e pela riqueza me desviasse do verdadeiro caminho. Machado tinha enganado muita gente, mas não enganaria a mim. As cinzas a que *Dom Casmurro* agora estava reduzido eram para mim simbólicas do destino que toda sua obra, e a obra de escritores reacionários, deveria ter.

Contei a Geninho que tinha queimado *Dom Casmurro*. Pensei que ele me felicitaria pela atitude corajosa ("Muito bem, camarada, primeiro queimamos obras reacionárias, depois os palácios burgueses"), e isso seria um apoio do qual eu estava precisando. Mas não. Olhou-me por um momento, suspirou e não disse nada. O que, para mim, resultou em amarga e ofendida surpresa.

Nos dias que se seguiram, contudo, dei-me conta de que o alheamento que me surpreendera nele, o olhar vazio, distante, persistiam. Não era comigo, aquilo. Algo estava se passando com

Geninho, algo que eu não entendia, mas que era preocupante, muito preocupante.

Não estava bem, o meu amigo. Mostrava-o sua aparência: em poucas semanas emagreceu vários quilos, parecia cansado, abatido, e seu rosto não raro se contraía numa careta de dor. A gravidade de seu estado ficou evidente quando, uma noite, pediu licença aos camaradas para deixar a sessão de crítica e autocrítica: estava se sentindo mal. Um pedido que, como era de esperar, valeu-lhe uma censura de João:

— Estamos no meio de uma discussão importante, camarada. Tu dizes que estás te sentindo mal, mas quem luta por um mundo melhor não pode fraquejar, não pode se sentir mal.

Deixou-me furioso, aquela observação. Para mim, Geninho estava doente, precisava consultar um médico. Foi o que, com risco de parecer metido, acabei por lhe dizer.

Não gostou. Não gostou nem um pouco: tu e minha família, resmungou, parece que vocês combinaram, ficam insistindo com essa coisa de consulta, de exames, mas eu não preciso de nada disso, não estou doente merda nenhuma, estou só um pouco cansado de tanta reunião, tanta coisa para ler, para estudar; mas vou melhorar, vais ver só, é questão de uns dias, umas semanas. Depois se arrependeu do desabafo; fez um comentário qualquer, que era para ser bem-humorado (mas não foi), e deu o assunto por encerrado.

O assunto não estava encerrado. Não podia estar encerrado; a deterioração física do Geninho era cada vez mais evidente, deixava-me cada vez mais inquieto. Por alguma razão que me escapava, estava cometendo um erro, um erro que certamente lhe custaria caro. Mas eu não tinha como insistir; acabaria brigando comigo, o que só pioraria a situação.

Para complicar ainda mais as coisas, minha mãe, que de

nada sabia, veio falar comigo. Muito chateada, disse que tinha um pedido a me fazer.

O pedido: que eu evitasse a companhia do Geninho. Tinha certeza de que aquela história de queimar o *Dom Casmurro* fora ideia dele. Mas havia uma segunda e poderosa razão para que eu terminasse com aquela amizade. O coronel Nicácio dissera a meu pai que detestava o Geninho, um subversivo que queria acabar com a propriedade privada; estava na hora de eu dar um fim à minha amizade com o comunista. Não é um conselho, advertiu o coronel, é uma ordem.

Como de costume, meu pai buscou o auxílio da mulher: que ela falasse comigo, que me transmitisse o recado. Mamãe não teve alternativa senão fazer o que o marido lhe pedia. Afinal o coronel era o patrão de meu pai, o homem de quem dependíamos para comer. Mas, se tinha alguma esperança de me convencer a romper com o Geninho, estava enganada. Minha reação foi imediata e violenta. Toda a raiva que eu sentia do coronel e toda a angústia que me dava o estado de meu amigo se somaram para desencadear em mim um ataque de fúria como eu jamais tivera. Quem era o coronel, um explorador dos pobres, um parasita social, para escolher os meus amigos? Será que ele se considerava um daqueles senhores feudais com poder de vida e morte sobre os servos? O coronel Nicácio podia mandar em quem quisesse, bradei, mas em mim não, nunca, nunca, prefiro morrer a obedecer às ordens daquele tirano.

Minha mãe, pálida, olhos arregalados, ouvia-me com terror crescente. Explicável: tinha medo de que o coronel se vingasse, quem sabe expulsando-nos da estância. Eu sabia dessa possibilidade, mas nem por isso me curvaria à vontade do latifundiário. Se tivéssemos de sair dali, sairíamos — de cabeça erguida, sem nos submeter à arbitrariedade. E meu pai aprenderia, por fim, a lutar por seus direitos.

O conflito não chegou a acontecer. Na semana seguinte Geninho foi hospitalizado em Santo Ângelo. Era grave, o que tinha: câncer. Que câncer era, não sei dizer, mas tão logo foi feito o diagnóstico, o doutor Eriberto, um homem seco, lacônico, declarou que se tratava de doença mortal.

Que eu acompanhei até o final. Foram três meses de sofrimento e, no final, de agonia. Emaciado, sem forças, Geninho permanecia deitado em seu leito na enfermaria do hospital, mas insistia em receber os amigos e sobretudo os camaradas. Continuavam fazendo as reuniões do partido, inclusive uma sessão de crítica e autocrítica (realizada aos cochichos) em que Geninho reprovou a si mesmo por ter, naquele mesmo dia, gritado com a servente da enfermaria que tropeçara e derramara uma caneca de chá sobre seu leito; coisa de burguês, disse, e de burguês arrogante. Por uma concessão especial dele eu estava presente, e constatei: pela primeira vez, ninguém o censurou, nem mesmo o funileiro João, que soluçava. Geninho parecia tranquilo, otimista mesmo. Não temos o direito de desesperar, dizia-me, nossa obrigação é acreditar, é ter confiança.

Apesar disso, sua condição se agravava dia a dia. O doutor Eriberto anunciou que era questão de semanas, talvez de dias. Aí, e só aí, entrei em pânico. Para agravar ainda mais a situação, o médico limitou as visitas. Eu agora só podia ter notícias de Geninho perguntando a dona Doroteia. Penoso para ela, penoso para mim.

Uma tarde, voltei para casa e lá estava ela, com minha mãe. Geninho morreu, foi a primeira coisa que pensei.

Não, Geninho não tinha morrido. Mas o que trouxera dona

Doroteia ali era isso, a morte iminente do filho. Diante do desfecho inevitável, disse, com um tremor na voz, havia algo que precisava urgentemente ser feito; para tanto contava comigo.

Perturbado, perguntei do que estava falando. Enxugou os olhos, explicou: como todo moribundo católico, Geninho precisava receber a extrema-unção. Estavam todos de acordo quanto a isso: ela, o marido, as filhas. Mas não o Geninho. Não o comunista Geninho, que não queria nem ouvir falar no assunto. Desesperada, ela bem que tentara; chegara a levar o padre Jonas ao hospital. A reação de Geninho fora medonha. Ele, que mal tinha forças para se mover na cama, pusera-se de pé e, aos berros, expulsara o sacerdote: não queria saber de extrema-unção, não se prestaria a uma palhaçada daquelas. Para dona Doroteia, fora a gota d'água que fizera transbordar o cálice de seu já insuportável sofrimento. Sem a extrema-unção, o filho estava irremediavelmente condenado ao inferno. Só uma pessoa poderia convencê-lo a mudar de ideia: eu.

Poucas vezes em minha vida passei por situação tão difícil. Agonizante embora, e ainda que de maneira agressiva, Geninho apenas se mostrara coerente com sua posição política. Mas como dizer isso à mãe dele? Como dizer que Geninho não queria se submeter ao ópio do povo, à religião? Eu vacilava. Minha mãe não se conteve; agarrou-se a mim, em prantos:

— Faz isso, filho, faz isso, faz isso pela dona Doroteia, faz isso por teu amigo, faz isso por mim.

O que eu poderia dizer? Faltava-me a firme convicção do Geninho, sua tremenda capacidade de resistência. Eu não era um líder, não era um revolucionário, não era nem mesmo um membro do Partido. Em silêncio, acenei afirmativamente com a cabeça. Despedi-me, saí, fui direto para o hospital.

No caminho assaltaram-me dúvidas, inquietantes dúvidas. Por que, mesmo, eu me dispusera a fazer o que dona Doroteia e minha mãe pediam? Por simples compaixão? Fraqueza sentimental? Ou seria o meu assentimento a manifestação de uma insuspeitada maturidade, capaz de me colocar acima de questiúnculas secundárias, tipo crer ou não crer? Ou ainda — mas isso era assustador —, quem sabe, no fundo, bem no fundo, eu acreditava em Deus, em Jesus, na extrema-unção? Quem sabe estava tentando salvar meu amigo de um inferno em que, no fundo, eu acreditava, em que nunca deixara de acreditar, um inferno no qual ele, descrente, queimaria para sempre? Quem sabe esperava vê-lo, cheio de júbilo apesar da agonia (ou cheio de júbilo, por causa da agonia), dizendo, numa trêmula voz algo como "Sim, eu creio, eu vi a luz, e estou salvo para sempre"?

Não lembro a que conclusão cheguei, se é que cheguei a alguma conclusão. O certo é que quando entrei no hospital já não me debatia em dúvidas. Faria o que tinha de fazer — transmitiria a Geninho o pedido de sua família — e pronto, teria cumprido minha missão, mesmo que passasse o resto da vida censurando-me por isso.

Fui à acanhada enfermaria em que o tinham colocado. Ali estava ele, deitado na cama, respirando com dificuldade. Seu estado piorara espantosamente nos últimos dias. Estava reduzido a um esqueleto, o pobre.

Aproximei-me da cama, segurei-lhe a mão. Abriu os olhos, fitou-me, reconheceu-me, sorriu. Numa voz que me saiu embargada, perguntei-lhe como estava. Lutando, respondeu, lutando contra a doença, brigando pela vida, camarada.

Camarada. Era a primeira vez que ele me chamava de camarada. Estremeci. Apesar da dor que eu sentia, foi um instante mágico, aquele; um verdadeiro rito de iniciação, que ocorria nas circunstâncias mais dramáticas. Naquele momento uma nova etapa de minha vida se iniciava: eu era agora o camarada Valdo.

51

Morrendo, Geninho recorria às suas derradeiras energias para me libertar das cadeias burguesas.

Tentei animá-lo, disse que ele ia melhorar, que era preciso ter confiança. Balançou a cabeça, resignado:

— Acho que é uma batalha perdida, Valdo. Estou no fim. É uma pena, gostaria de ter vivido um pouco mais. Vou deixar meus camaradas, meus amigos, minha família. Vou deixar a Carmela, coitada... Logo agora que a gente estava falando em ter filhos... Filhos, Valdo. Sempre gostei de criança, cheguei a me ver carregando um gurizinho no colo...

Fez força para sorrir:

— Mas vamos deixar os lamentos para depois. Me fala de ti, camarada. Me diz: o que estás fazendo? Já leste o livro que te emprestei?

O livro era *Que fazer?* (*Chto delat?*), pequena obra (noventa e poucas páginas) publicada em 1902, na qual Lênin expunha as bases práticas para a ação revolucionária: tornava-se necessário, argumentava, a formação de um partido revolucionário de vanguarda, já que, a depender de sua própria iniciativa, os operários nunca passariam do sindicalismo, da briga por reivindicações pontuais; jamais chegariam ao comunismo, à completa transformação da sociedade. O livro apressou a cisão entre os destemidos e lúcidos bolcheviques e os medíocres, medrosos mencheviques, e era considerado, por Geninho, essencial para a formação de um militante. Daí a razão de sua pergunta, à qual respondi afirmativamente: sim, já estava terminando a leitura, em breve devolveria o volume. Mentira: o livro continuava intocado na mesa de cabeceira, eu não tivera tempo nem disposição para abri-lo. Mas isso eu nunca diria ao Geninho. E na verdade ele já estava cogitando de outra coisa, de outro objetivo. Fitou-me, subitamente sério:

— Quero que te tornes um comunista, Valdo. Um comunista de verdade. Quero que continues o meu trabalho, que dediques todas as tuas forças a lutar pelo proletariado.

Nova pausa.

— Estive pensando... Acho que vais precisar de alguém que te ajude, que te oriente. Infelizmente os camaradas lá da célula não têm condições para isso. É gente boa, é gente de valor, mas é gente simples, sem instrução... Dois deles não sabiam ler nem escrever, eu é que lhes ensinei. Não, não podem te ajudar. Tens de encontrar alguém que seja um mestre para ti, alguém com conhecimento, com visão, com experiência da luta revolucionária. E eu sei quem deves procurar.

Calou-se, ofegante, depois continuou:

— Astrojildo Pereira, Valdo. Astrojildo Pereira é o homem. Tens de passar um tempo no Rio, uns seis meses, pelo menos, estudando com ele, aprendendo com ele.

Não deixava de ser irônico, aquilo. Eu fora ao hospital transmitir a Geninho um pedido de sua família: que consentisse em receber a extrema-unção. Isso não tinha acontecido. Era Geninho, o agonizante Geninho, quem estava me dizendo o que eu deveria fazer. E dizia-o com inacreditável firmeza, com admirável confiança.

Uma coisa ficou clara para mim naquele momento. Eu não sabia se Geninho estava me pedindo algo ou se estava me dando uma ordem; mas, pedido ou ordem, eu faria o que ele estava dizendo. Porque era meu amigo, meu camarada, e porque estava morrendo; mas também porque se tratava de uma tarefa revolucionária, minha primeira missão como comunista. Podes confiar em mim, Geninho, comecei a dizer, és um exemplo para mim, tudo que me disseres, eu–

Interrompeu-me com um gesto que, sem ser agressivo, representava uma advertência: não queria, não podia ouvir discursos emocionados, por mais sinceros que fossem; não havia tempo para isso. Vamos aos detalhes práticos, comandou, numa voz enérgica, ainda que fraca. Pediu que eu apanhasse na mesa de cabeceira uma folha de papel onde listara em letra trêmula, vacilante, meus próximos passos.

Era uma ajuda preciosa que me dava, por causa da minha pouca idade, da minha inexperiência. Para começar, eu nunca saíra do Rio Grande do Sul, nem mesmo da região de Santo Ângelo. Agora teria de viajar até o Rio de Janeiro, onde Astrojildo morava; teria de encontrá-lo, passar lá os seis meses mencionados por Geninho. Como pagar a viagem, como me sustentar durante aquele tempo todo?

Geninho pensara em tudo. De sob o travesseiro tirou (e que esforço lhe custou aquilo) dois envelopes e um livro. Um dos envelopes continha uma carta que escrevera, não para Astrojildo, cujo endereço ignorava, mas para um camarada que conhecia, Hércules Ferreira. Hércules morava no Rio e poderia me apresentar ao líder. O segundo envelope continha uma quantia em dinheiro.

— Não é muito — disse —, mas é tudo o que economizei. Deve dar para a viagem e para umas semanas em alguma pensão barata. Depois vais ter de te arranjar...

O livro era o *Manifesto Comunista*, que ele agora me dava de presente e que trazia uma dedicatória: "Ao meu camarada Valdo, com votos para que participe com confiança e com coragem na construção de um mundo melhor".

Não me contive e, em prantos, abracei-o. Naquele momento chegava o médico; mandou que eu saísse, queria examinar o doente.

Saí, e durante muito tempo fiquei parado na rua, diante do hospital. Vivera uma cena dilacerante, algo que me abalara como poucas coisas antes. Naqueles poucos minutos eu me transformara por completo. Para trás ficava a infância, suas brincadeiras, suas fantasias; agora, quisesse ou não, teria de me assumir como homem, como militante de uma causa que representaria uma vida de lutas, de sacrifícios, de riscos imensos — mas que poderia ser a vida que vale a pena ser vivida, o caminho que o *Manifesto Comunista* me indicava. Pobre Geninho. Pobre, pobre Geninho.

Tomei o rumo de casa e só depois de algum tempo me lembrei: e a extrema-unção? Eu não fora ao hospital para pedir a Geninho, em nome de sua mãe, que recebesse a extrema-unção?

Sim, eu fora ao hospital para isso. Mas não falara de extrema-unção. Eu poderia ponderar a mim próprio que isso resultara, por assim dizer, de uma decisão do próprio Geninho. Como que adivinhando de antemão o que eu iria lhe dizer, optara por me falar da importante tarefa que eu teria pela frente, a perspectiva da qual serviria para neutralizar qualquer resíduo de crença mística, religiosa, que eu tivesse dentro de mim.

Engenhosa ponderação; infelizmente, porém, não me convencia. Como dizer à dona Doroteia e a minha mãe que eu nem sequer mencionara a Geninho a extrema-unção, que, voluntariamente ou não, deixara de atender a um pedido formulado por duas mulheres aflitas, uma delas uma mãe esmagada pelo desespero? Aquilo me dava um sentimento de culpa muito grande e, em algum momento, devo ter pensado em voltar ao hospital: "A propósito, Geninho...".

Não voltei. "A propósito, Geninho..."? Nem pensar. Extrema-unção, aquilo era coisa superada, aquilo era passado; o relógio da História não anda para trás. Prossegui, fui para casa, onde mamãe e dona Doroteia me aguardavam, ansiosas. Com uma desenvoltura que nunca imaginara em mim, ao menos em circunstâncias tão penosas, contei-lhes uma mentira; uma mentira que se enquadrava na categoria das mentiras progressistas e que, ao mesmo tempo, tinha algo de piedoso: o estado de Geninho se agravara muito, eu não pudera falar com ele, o médico não permitira.

As duas começaram a chorar e tentei consolá-las como podia, no fundo sentindo-me mal, muito mal. Mas, mentindo, eu fora, ironicamente, profético. Na mesma noite Geninho entrou em coma. Morreu quatro dias depois, numa fria madrugada daquele inverno de 1929.

Não preciso te dizer, meu neto, que fiquei arrasado. Geninho era tudo para mim: era amigo, irmão, mestre, exemplo. Na manhã do enterro, e já saindo para ir ao cemitério, vi em meu quarto o *Que fazer?* (*Chto delat?*), que eu não só não havia devolvido, como também não lera, o que me deu um grande sentimento de culpa. Ocorreu-me então restituir, ainda que tardiamente, a obra e, ao mesmo tempo, fazer uma homenagem à memória de meu amigo; quando o caixão estivesse baixando à sepultura, eu colocaria sobre a tampa o livro, e diria algumas palavras, não só explicando meu gesto, mas proclamando que Geninho não morrera em vão, que seu exemplo inspiraria muitos outros lutadores da liberdade, entre os quais eu pretendia me incluir; um breve, mas inspirado discurso. Cheguei a pegar o pequeno volume, mas desisti. Para quem eu falaria? Para as poucas pessoas que iriam ao funeral? Para dona Doroteia, para o padre Jonas? Se Prestes ainda morasse em Santo Ângelo, e se estivesse presente ao sepultamento, minha iniciativa poderia ter algum sentido, até como apelo para que o líder tão admirado por Geninho encontrasse o verdadeiro caminho da revolução. Mais provavelmente, porém, a minha fala seria pouco importante, a pura e simples expressão de um rompante juvenil, da arrogância de um guri tolo querendo se exibir, nas piores circunstâncias para tal. De mais a mais, e do ponto de vista prático, enterrar o *Que fazer?* (*Chto Delat?*) era uma atitude no mínimo contraproducente, um erro tático: o livro do Lênin não fora feito para jazer numa sepultura, mesmo na sepultura de um jovem comunista; fora feito para ser lido: a mensagem leninista permanecia atual, tinha de ser divulgada — por mim, inclusive, desde que eu criasse vergonha na cara e terminasse a leitura. Deixei, pois, o livro no quarto e fui ao enterro, ao qual pouca gente compareceu, e que foi algo tão breve quanto penoso, as pessoas todas em prantos. Ao sair do cemitério, jurei a mim próprio que, em tributo à memória de Geninho, dedicaria minha vida aos ideais do comunismo: à luta contra o capitalismo, o latifúndio e o imperialismo, à construção de uma nova sociedade. E, para isso, viajaria para o Rio de Janeiro, procuraria Astrojildo Pereira, ingressaria no Partido.

Fácil de dizer, difícil de fazer. Era complicado, aquilo. Complicado, problemático. Como anunciar a decisão a meus pais? A viagem ao Rio era coisa que até poderiam aceitar; afinal eu já estava em idade de seguir meu próprio caminho, e o Rio era a capital federal, o ímã que atraía todos os brasileiros, inclusive e principalmente os gaúchos; mas como explicar o objetivo de tal viagem? Como dizer a eles que ia em busca de um líder revolucionário, que meu objetivo era, por intermédio desse líder, entrar no Partido Comunista? Nunca entenderiam, nunca aceitariam.

O melhor seria inventar uma história, mais uma; mais uma mentira progressista. Dela foi personagem o próprio Geninho (mas eu tinha certeza de que não lhe desagradaria essa póstuma cumplicidade). Contei a meus pais que, pouco antes de adoecer, ele arranjara um ótimo emprego numa grande empresa; impossibilitado de assumir, indicara meu nome. Para ser aceito eu teria de passar por um treinamento na matriz do Rio de Janeiro, coisa que duraria seis meses, um ano talvez, e depois voltaria ao Rio Grande. Falei-lhes em voz firme, sem vacilações; o que, acreditava eu, era evidência da inabalável convicção que agora governaria minha vida. Papai me ouviu — como sempre — em silêncio. Se acreditou ou não, nunca descobri. Também ele deixara a casa dos pais; mas fizera isso para virar empregado de um estancieiro arrogante, o que agora certamente lhe parecia um erro fatal: qualquer coisa, qualquer tipo de trabalho, sobretudo numa cidade grande, seria melhor do que ficar no campo e depender de gente como o coronel Nicácio.

Minha mãe, porém, ficou muito triste. Sim, os filhos um dia saem de casa, vão viver suas próprias vidas; mas isso não era, para ela, um consolo. Além do mais, acho que não acreditava em minha história, não totalmente, pelo menos. Mas discutir comigo seria inútil, isso sabia. Provavelmente eu acabaria tendo um ataque de fúria como aqueles que, assustada, já presenciara. Assim, e como sempre, buscou o apoio de seu guia espiritual, o padre Jonas. Que, segundo ela mesma me contou anos depois, saíra pela tangente, dizendo que aquilo era inevitável e aconselhou-a a rezar, rezar bastante. Daí em diante mamãe passaria horas diante do crucifixo, orando para que tudo desse certo comigo: Jesus, ajuda meu filho, eu te peço, Senhor, sofreste, sabes o que é o sofrimento, evita que ele sofra também.

Sofri muito, sim, com a morte de Geninho; era a primeira vez que eu perdia alguém tão próximo, e sobretudo tão importante para mim. Mas não poderia ficar lamentando sua morte; precisava cumprir a missão de que ele me incumbira e para isso comecei a tomar as providências necessárias. Os companheiros de Geninho se dispunham a ajudar, mas insistiam para que eu mantivesse em segredo o destino, e sobretudo o objetivo, de minha viagem; há muito policial disfarçado por aí, diziam, muito dedo-duro, o pessoal do Partido é um alvo preferido. O melhor seria evitar a estação ferroviária de Santo Ângelo, onde alguém poderia me reconhecer, e tomar o trem em Santa Maria, centro ferroviário do estado. Aquilo me pareceu uma cautela excessiva — afinal, que importância poderia ter um guri como eu embarcar num trem para o Rio? —, mas, para evitar discussões, disse que faria exatamente isso.

Nos dias que antecederam a viagem, meu estado de espírito oscilava entre a excitada expectativa e uma profunda tristeza. Profunda e explicável: era a primeira vez que me separaria dos meus pais, do meu irmão, dos meus amigos. Se tudo desse certo voltaria em alguns meses: eu tornando-me um verdadeiro comunista, o Partido provavelmente me mandaria de volta para o Rio Grande. Mas e se a disciplina revolucionária exigisse minha permanência no Rio? Se eu tivesse de viajar para o exterior, para a União Soviética, quem sabe para a África, para a Ásia, para integrar algum movimento revolucionário apoiado pela Internacional Comunista? Grande passo na carreira revolucionária, decerto, mas ao mesmo tempo representaria o afastamento quem sabe definitivo de minha família, de minha gente, de minha terra. Na noite antes da partida chorei muito, enterrando a cara no travesseiro para que meus pais não ouvissem.

De madrugada levantei e, sem me despedir (para não fraquejar), saí. Fazia frio, o nevoeiro cobria o campo, e eu ali, caminhando, sozinho, solitário como nunca. Cheguei à estrada e felizmente tive sorte; pouco tempo depois apareceu um velho caminhão. O chofer parou, perguntou para onde eu ia. Santa Maria, respondi. Então sobe, ele disse, te dou carona. Era loquaz, o homem, e me fez muitas perguntas, que eu respondia com evasivas: daí em diante, falar pouco e cautelosamente seria uma questão de sobrevivência, como Geninho enfatizara tantas vezes. O homem acabou desistindo da conversa.

Naquela época as estradas eram precárias, pouco mais do que picadas; chovia, o caminhão atolou, o que nos atrasou mais ainda; passava da meia-noite quando cheguei à estação ferroviária de Santa Maria. Tive de aguardar horas até o guichê abrir, e aí recebi uma notícia tão inesperada quanto, para mim, alarmante: a passagem era muito mais cara do que imagináramos, Geninho e eu. Mas o funcionário, um homem velho com uma venda no olho direito, me fez uma proposta: por uma pequena quantia me deixaria embarcar num vagão de carga:

— Tu aguardas aqui por perto. Assim que diminuir o movimento, te levo lá.

Recomendou-me também que providenciasse comida: pão, salame, queijo. O trem parava em várias estações, mas eu, passageiro clandestino, não podia correr o risco de descer para comer. Fiz o que ele disse: comprei os víveres necessários num armazém ali perto e fiquei esperando. Meia hora depois o homem saiu do guichê e fez um discreto sinal para que eu o seguisse. Passamos pelo agente ferroviário, que nos lançou um olhar indiferente (pelo jeito, arranjos como aquele eram habituais), e chegamos ao trem, a velha locomotiva soltando jatos de vapor. O velho olhou para os lados e abriu a porta de um vagão de carga num gesto rápido:

— Pula pra dentro, guri.

Mandou que me escondesse e me desejou boa viagem. Com um estrondo, a porta se fechou.

Olhei ao redor. Na semiobscuridade constatei que o vagão estava cheio de sacos de arroz, de milho, de feijão. Providencial: aquilo me serviria de cama e de esconderijo.

Soou o apito do trem e a locomotiva se pôs em movimento com um bufido. Não posso negar que aquilo foi um abalo, um susto. O que eu estava fazendo? O que, mesmo, eu estava fazendo? O que me esperava, naquela aventura meio maluca? Por um instante tive vontade de abrir a porta e saltar, voltar para minha casa, para os meus pais, esquecer aquela história de comunismo e de revolução. Mas cerrei os dentes com determinação, lembrando uma expressão de Geninho que naquele momento se revelava muito adequada: não podemos, dizia, perder o trem da História. Eu estava, literalmente, no trem da História, da minha história, ao menos. E aí também recordei um conto que, por recomendação de Geninho, eu tinha lido. Do escritor comunista norte-americano (sim, havia comunistas nos Estados Unidos, meu neto; poucos, mas havia) Michael Gold, intitula-se *Mais depressa, América, mais depressa*. A ação decorre em um trem particular, fretado por um milionário produtor de Hollywood que ali está, com uma jovem atriz de Hollywood. É o comboio da devassidão: atrizes desavergonhadas, intelectuais vendidos à indústria do cinema. Insistem para que a composição vá mais rápido, sempre mais rápido: "A América é um trem particular que esmaga os escorregadios trilhos da História. Mais depressa, América, mais depressa!". Na escuridão da noite sobrevém um terrível acidente. E aí a gloriosa redenção: "Um camponês vem correndo do escuro. Traz uma foice na mão. A ele se une um operário vestindo macacão e empunhando um martelo. Em silêncio, começam o trabalho de salvação. Desponta a aurora". Ao contrário do comboio burguês, corrupto, o trem no qual eu estava me conduziria a um destino revolucionário; dele eu desembarcaria para empunhar a foice e o martelo da revolução.

Isso, no futuro. No momento eu estava cansado, muito cansado. Sentei no chão de tábuas, recostei-me na pilha de sacos e adormeci.

* * *

Não sei quanto tempo dormi; só sei que de repente, o trem parado (parava muito, aquele trem), acordei com um ruidinho que vinha de trás dos sacos de cereais. Num primeiro momento, achei que fosse um rato. Havia um cabo de vassoura, ali; apanhei-o e fui em busca do que, imaginava, seria um indesejável companheiro de viagem.

Não era um rato. Era, como descobri ao galgar a pilha de sacos, uma guria que ali estava escondida, uma garota mais ou menos da minha idade — obviamente clandestina como eu. Ao me ver, assustou-se: arregalou os olhos, que, claros, contrastavam com a tez acobreada. Belos olhos, aliás. E belo rosto, e belo corpo, e belos seios, mal disfarçados pela leve blusa.

Passada a surpresa, um instantâneo e violento desejo apoderou-se de mim. Até então meu contato com o sexo feminino havia sido esporádico e nada gratificante. Como podes imaginar, meu caro neto, sexo, naquele época, era uma coisa complicada. Transar com gurias, nem pensar; elas tinham de casar virgens. No máximo, os rapazes podiam ir à zona, mas isso só depois de chegarem à adolescência (e mesmo assim tínhamos de arranjar a grana necessária). No meio-tempo vivíamos numa espécie de limbo sexual, em que práticas estranhas eram a regra.

Barranquear, por exemplo: os guris encostavam uma égua ou uma vaca num barranco e, as genitálias devidamente niveladas, se satisfaziam, ou, pelo menos, se aliviavam. Na estância havia uma égua, a dócil e resignada Formosa, que era a preferida da gurizada. O João Pedro (nome fictício; é preciso preservar as pessoas, mesmo em carta de avô para neto), filho de um ferreiro e meu amigo, era dos mais assíduos; seu inesgotável tesão nos deixava admirados. De fato, barranqueava tanto a Formosa, que um dia o próprio coronel, cavalgando pela estância, pegou-o em flagrante. João Pedro fugiu, mas o coronel, furioso, chamou o ferreiro e avisou que seu filho, aquele guri tarado, estava proibido de entrar na estância. A família mudou-se para Bagé, não mais o vi. Uns trinta anos depois encontrei-o em São Paulo, onde trabalhava como representante comercial. Fomos jantar, tomamos um bom vinho e, num momento de descontração, perguntei-lhe sobre a Formosa. Desconversou, eu também não insisti, mas três semanas depois recebi uma carta vinda de São Paulo, sem menção de remetente. Abri o envelope e encontrei um relato não muito longo do João Pedro; um texto com evidentes pretensões literárias, que tinha até título: "Memórias do barranco".

As revelações eram de uma franqueza surpreendente, dessas coisas que o cara pode escrever, mas não falar. "No início", dizia João Pedro, "eu procurava a Formosa como todos, apenas para descarregar o tesão." Aos poucos a coisa fora mudando, e uma estranha relação surgiu entre ele e a égua: "Muitas vezes a Formosa virava a cabeça e me olhava demoradamente". Aquele olhar perturbava-o muito, equivalia quase que a um mudo diálogo, a uma verdadeira, ainda que estranha, relação. A égua, a cujas ancas ele se agarrava de olhos fechados (de vergonha; não suportava o olhar da Formosa) — já não era um animal, era a vida, a própria vida na sua expressão mais primitiva, mais pura, mais autêntica; sugava-o, absorvia-o, incorporava-o à sua própria substância, como o protoplasma da ameba incorpora partículas, fazendo com que ele se dissolvesse "no caldo primevo, na geleia cósmica" (*sic*).

Vais achar que é muita imaginação e muita retórica para uma banal sacanagem de guri. Pode ser. Talvez João Pedro quisesse apenas descrever para um único — mas atento — leitor uma experiência que vivera e para a qual precisava agora encontrar sentido. Daí o texto, que decerto levou um bom tempo elaborando. Mas acho que ele era exceção. Para os guris da estância, foder a Formosa nada tinha a ver com caldos primevos ou geleias cósmicas; era uma prática furtiva, clandestina; algo que, apanhados em flagrante, eles não hesitariam em negar: "Ué, comendo égua!". Com João Pedro foi diferente, como ele próprio reconhecia em sua narrativa. Não conseguia esquecer a égua; ao contrário, costumava sonhar com ela, sonhos muitos perturbadores. O tempo passou, começou a namorar uma prima, acabou casando com ela. Era uma moça muito boa, mas queixava-se dele: tu és distraído, João Pedro, não me dás atenção, para ti eu não existo. Reclamações que, João Pedro reconhecia, tinham fundamento. "Formosa assombra minha vida até hoje", dizia, no final da carta. A frase não parecia uma confissão amargurada. Resignada, talvez, e até nostálgica, mas amargurada, não.

Eu não barranqueava. Não que não tivesse vontade: tinha, mas, filho de capataz, precisava me dar ao respeito. Durante boa parte da puberdade minha vida sexual se restringiu à tradicional masturbação, prática solitária e discreta, ainda que acompanhada de lúbricas fantasias. Fui iniciado no sexo propriamente dito por uma mulher chamada Lurdes, servente da escola, uma solteirona bruta, feia, que tinha especial predileção por guris novos. Durante as aulas ficava no pátio, a postos; se acontecia de algum rapaz aparecer, ou para ir ao banheiro, ou porque vinha procurá-la (fêmea medonha, mas fêmea, de qualquer maneira, e disponível, para muitos a única disponível), agarrava-o, levava-o para um depósito abandonado que ali existia e exigia uma relação rápida e silenciosa. Comigo aconteceu quatro vezes e nunca foi algo prazeroso. Útil sim, mas prazeroso não. E, quando ela queria beijar — e sempre queria beijar, era um tal de "me beija, me beija" —, a coisa chegava ao nível do repulsivo. Aquela boca sem dentes, cheirando a fumo e cachaça... Só os hormônios masculinos, mesmo, para nos estimular.

Era pois com admiração e inveja que eu olhava Geninho de

mãos dadas com a namorada. Namorada, não; companheira. Companheira era coisa muito diferente de namorada, ou noiva, ou mesmo esposa, termos usados pela burguesia. Partilhavam sentimentos, emoções, Geninho e Carmela, mas partilhavam também ideais, ou pelo menos era o que eu achava. Ela era uma menina quieta, reservada — difícil saber o que pensava. De todo modo os dois representavam para mim o modelo do amor proletário, e eu sonhava com o momento em que encontraria minha Carmela.

Teria chegado esse momento? Estaria aquela viagem de trem destinada a mudar minha vida em mais de um sentido?

Como é o teu nome?, perguntei à guria. Francisca, ela disse, em voz trêmula, assustada, e acrescentou:

— Mas todo mundo me chama de Chica.

Apresentei-me também e, sem entrar em detalhes, disse que estava indo para o Rio. Esse era igualmente o destino dela. Ia em busca do pai. Separado da mãe, ele, modesto funcionário público, conseguira transferência para a capital federal. Isso ocorrera três anos antes e desde então o homem não dera sinal de vida. A mãe estava vivendo em Santa Maria com um tal Ramão, um tipo irascível e violento que abusava da Chica. Disso todos sabiam, inclusive a mãe, mas ninguém ousava protestar: o Ramão andava sempre armado, já tinha meia dúzia de mortes nas costas, e não hesitaria em liquidar quem o desafiasse ou contrariasse. Chica decidira fugir de casa e procurar o pai. Como eu, recorrera ao homem da estação ferroviária; e, como eu, dera dinheiro a ele — uma parte do que roubara do Ramão.

E agora estávamos ali os dois, no mesmo vagão. Em mim, o desejo crescendo. O desejo e o afeto. Chica confiava em mim, e isso podia ser o primeiro passo para uma relação autêntica, uma relação como aquela que unira Geninho e Carmela.

Eu sabia que alguma coisa estava para acontecer, mas — falta de experiência — não sabia como fazer essa coisa acontecer, tinha medo de, com minha afobação, assustar ou magoar a guria. Fui ajudado pelo acaso. Quando anoiteceu, deitamo-nos sobre os sacos de cereais para dormir. Ali estávamos, lado a lado — eu sem conseguir adormecer — quando de repente, numa curva, um solavanco do trem, bendito solavanco, jogou a Chica em meus braços. No segundo seguinte estávamos nos beijando e nos acariciando furiosamente e fazendo amor. E amor fizemos, incontáveis vezes, naqueles dias e naquelas noites, enquanto o trem avançava lentamente (bendita lentidão) pelo sul do Brasil, pelos campos, pelas matas e fazendas, e vilas, e cidades. Houve um momento de particular encantamento: uma noite, a composição se deteve, no fundo de um vale situado entre montanhas, no Paraná. Um espesso nevoeiro baixou sobre a área, invadiu o vagão, e de repente ali estávamos, Chica e eu, criaturas marinhas no fundo de um profundo e misterioso oceano. Abraçamo-nos e permanecemos imóveis, em silêncio, esquecidos de tudo; e assim ficaríamos, acho, para todo o sempre.

Mas não dava para esquecer de tudo, mesmo porque o trem prosseguia rumo ao Rio. O que aconteceria quando chegássemos? Eu queria fazer de Chica minha companheira. Moraríamos juntos, nos filiaríamos à mesma célula do Partido Comunista; participaríamos de comícios, de demonstrações, de piquetes grevistas. Enfrentaríamos os mesmos inimigos, correríamos os mesmo riscos e celebraríamos juntos a vitória na batalha final, nós dois em meio às massas que invadiriam o palácio do Catete, no que seria o triunfo definitivo do comunismo no Brasil.

Claro, tudo isso supunha, por parte dela, uma mudança radical, mudança essa que dependia de mim, de meu esforço, de minha capacidade de doutriná-la. Ali estava eu diante de uma guria que não lera o *Manifesto*, que, na verdade, era inculta, que nem sequer sabia se expressar direito e que, pior, rezava quatro, cinco vezes por dia, ajoelhada no vagão, olhos erguidos para o alto, numa devoção que era um típico exemplo da ação do ópio do povo. Eu deveria exercer um papel de educador, de líder, agindo com habilidade, naturalmente, mas com determinação.

Dei início ao trabalho de proselitismo ideológico, que exigiria de mim uma prodigiosa capacidade de síntese: o tempo era escasso, e, lento embora, o trem avançava, com o que se reduzia implacavelmente meu prazo para mudar aquela tonta cabecinha. Comecei com um depoimento pessoal que representava, assim eu esperava, um forte apelo emocional; contei sobre minha amizade com Geninho e como aquilo mudara minha vida; como, graças a um grande companheiro, eu descobrira a verdade — a verdade que ela, também movida pelo sentimento (mas daí chegando ao estritamente racional), poderia descobrir. Em seguida entrei no tema propriamente dito, ministrando-lhe uma espécie de curso relâmpago de introdução ao pensamento revolucionário. Expliquei que a história da humanidade era a história da luta de classes, que essa luta terminaria com o triunfo do proletariado, ao qual nós dois, ela e eu, pertencíamos ou pertenceríamos; que o sonho do comunismo estava próximo e que líderes como Astrojildo Pereira nos conduziriam à vitória na batalha final.

Astrojildo, disse ela, que nome engraçado.

Foi seu único comentário durante minhas longas arengas. Aquilo me irritou, me deixou contrariado. Ela percebeu, pediu desculpas, alegando que nem sempre entendia o que eu dizia

("Me falta cabeça para isso"). Daí em diante não falou mais; ficava em silêncio, olhar perdido; ou então respondia com monossílabos às minhas perguntas. Ou seja: além de não entender minhas explicações, não estava interessada nelas; proletariado, burguesia, materialismo, essas palavras para ela não significavam nada, absolutamente nada.

Um dia antes de chegarmos, e depois de hesitar bastante, ela anunciou que decidira não morar comigo no Rio. Porque, coisa que não me dissera antes, pretendia convencer o pai a regressar para Santa Maria e reconciliar-se com a mãe, e só a isso se dedicaria. A custo contendo minha raiva, ponderei que parecia pouco provável que o conseguisse; se o homem não voltara antes, dificilmente o faria agora. Ela então acabou confessando: não era no pai e na mãe que pensava. Queria que voltassem a viver juntos, claro, acreditava em final feliz, mas seu real objetivo era outro: deixar livre o Ramão. Livre para ela, Chica. Aquele era o homem de sua vida, o macho esplêndido que acendera em seu corpo o fogo da paixão. Comigo, rapaz bonito, fogoso, gostara de fazer sexo, gostara bastante, até, e guardaria de nosso encontro saudosas lembranças. Mas só lembranças. Para viver, viver de verdade, viver todos os dias, queria o Ramão.

Aí perdi o controle. Eu não podia acreditar no que estava ouvindo, aquela demonstração de irracional, de tolo servilismo, de submissão feminina a um arrogante opressor. Tu estás enganada, bradei, esse Ramão te domina, ele é um tirano, um reacionário, tens que te rebelar.

Falei, falei. Ela, cabeça baixa, não dizia nada. Por fim resolvi acabar com aquilo. Não deixaria que a paixão, uma paixão de vagão de carga, uma paixão fugaz, ainda que intensa, me desviasse do caminho. Eu precisava ser forte, agora que estava prestes a me tornar um militante da luta de classes. Afinal um revolucionário tem de sacrificar muita coisa, inclusive seus sentimentos pessoais. Eu não era o homem da vida dela? Então ela não seria a mulher da minha vida, e eu deveria estar contente por ter descoberto o fato a tempo, antes de chegar ao Rio e a meu verdadeiro destino.

— Muito bem — falei, tentando manter-me calmo. — Se é assim, agora é cada um por si, não temos mais nada a ver um com o outro.

Chica ainda tentou me consolar acariciando meu rosto, mas eu a repeli com violência: me deixa, não quero mais nada contigo.

O final da viagem transcorreu em silêncio: silêncio ressentido e humilhado de minha parte; constrangido e culpado da parte dela.

Chegamos ao Rio de Janeiro numa noite muito bonita: a lua brilhava no céu estrelado, a temperatura era amena. Descemos do trem, ficamos uns minutos parados na plataforma da estação, imóveis, sem nos olhar. Por fim, ela se voltou para mim:

— Bem — disse, com um sorriso forçado —, acho que aqui nos despedimos.

Quis me dar o endereço do pai, mas recusei: não pretendia vê-la nunca mais. Suspirou, pegou suas coisas e foi embora.

Sentei-me num banco e fiquei ali durante horas. Arrasado: a verdade é que o sonho de um grande amor proletário se desfizera antes mesmo de começar. De onde tiraria forças, agora, para fazer o que tinha de fazer, para procurar Astrojildo Pereira e dar início a minha militância? Maldita hora aquela em que eu encontrara a Chica, maldita hora. Com o tempo eu acabaria por esquecê-la, mas como fazer o tempo passar, como fazer a torrente do tempo carregar para sempre aquela dolorosa lembrança? Havia ali um relógio, um grande relógio, e os ponteiros avançavam, mas com uma lentidão exasperante, uma lentidão que parecia debochar de mim. Cansado, meus olhos se fechavam; deitei no banco e acabei adormecendo — um sono bruto, pesado.

Acordei em meio a uma zoeira infernal. Ainda era cedo, cinco e meia da manhã, mas a estação já estava cheia de gente, pessoas embarcando nos trens, vendedores ambulantes apregoando seus produtos. Um policial me mirava, desconfiado. Antes que viesse me interrogar, saltei do banco, apanhei minha mochila — era o que eu tinha, uma mochila contendo alguma roupa, alguns livros, objetos de higiene — e saí para a avenida.

Ali, diante de mim, o Rio de Janeiro. Eu nunca estivera numa cidade tão grande; na verdade, afora Santo Ângelo, nunca estivera em cidade nenhuma. E o que estava vendo me assombrava: como eram grandes aqueles prédios, como eram movimentadas aquelas ruas! Carros, tantos carros. Ali estava o Ford Modelo A, lançado nos Estados Unidos no ano anterior, motor de 40 cavalos (capaz de fazer cem quilômetros por hora), freio nas quatro rodas, amortecedor hidráulico; ali estavam o Lincoln, o Chevrolet; e caminhões, e ônibus, e bondes (eu nunca tinha visto um bonde antes), carroças, bicicletas. E gente, gente, gente, milhares de pessoas. Massas? Eram as massas, o que eu estava vendo ali? Massas compactas, organizadas, galvanizadas pelo ideal revolucionário? Massas em marcha para tomar fábricas, bancos, mansões, o palácio do Catete? Massas bradando slogans, massas cantando a Internacional? Massas capazes de realizar os sonhos de Geninho (que saudades eu tinha dele!)?

Não. Não era isso que eu estava vendo. Multidão decerto eu via, uma profusão de homens, mulheres, crianças, velhos, moços, brancos, pretos, mulatos, bonitos, feios, aleijados, tudo. Mas massas? Não. Nada de massas. Só um confuso formigueiro humano que parecia atarantado, desorientado: fisionomias tensas, angustiadas, a expressar o sofrimento que era a regra sob o feroz regime capitalista. Mas, no meio daquela gente, gente arrastada pela torrente do cotidiano, gente de vidinha comum e alienada, certamente haveria pessoas lúcidas, conscientes, fortes. Quantas, eu não sabia, e não importava. Era preciso identificar o grupo, o seleto grupo que queria transformar o mundo, que transformaria o mundo. Gente como Astrojildo Pereira. Eu tinha de encontrá-lo; haveria de encontrá-lo e, guiado por ele, me tornaria um verdadeiro comunista. Quando isso acontecesse, aquela gente que ali estava, aquela pobre gente que se movia ao sabor dos contraditórios e perversos impulsos do capitalismo, aquela gente teria um líder atrás do qual marcharia, massa coesa, organizada. Marcharia, como eu marchava agora. Sim, apesar do cansaço, apesar de não saber para onde ia, apesar dos olhares curiosos, ou divertidos, ou até debochados que os cariocas me lançavam, eu marchava altivo, cabeça erguida. Os outros caminhavam, mas eu marchava. Para onde, ainda não sabia.

Andei muito, naquele dia. Andei pelo centro, andei por vários bairros. De repente, uma surpresa: estava diante do mar. Eu nunca vira o mar, só em fotos. Aquilo foi para mim uma grande emoção. O mar, vasto mar, era muito diferente do pampa, a grande planície ondulada na qual eu vivia. O pampa, ainda que imenso, era quieto, plácido, inocente mesmo; já o mar não, o mar era agitado, misterioso. No pampa, boizinhos pastavam, aguardando o momento de serem abatidos; no mar, nas profundezas do mar, criaturas misteriosas e ameaçadoras, polvos, tubarões, arraias, moviam-se em silêncio, prontas a atacar. O mar era poderoso como as massas, mas enigmático como as massas. Seria eu capaz de entender as massas? Seria eu capaz de conduzi-las? Ou sucumbiria à tentação do capital tornando-me um burguês fútil como aqueles burgueses que saíam do Copacabana Palace em roupa de banho e iam para a praia? Para eles, o mar era apenas diversão. Para mim, não. Para mim o mar carregava, em suas ondas, mil presságios. O mar anunciava que meu destino era incerto e que ainda teria de enfrentar muitas vicissitudes.

Isso não me impediu de, num impulso, tirar os sapatos e as meias, arregaçar as calças e entrar na água, sob o olhar divertido dos banhistas. Que rissem de mim, eu não me importava. O mar me acolhia, o contato daquela água fria era estimulante e, de algum modo, auspicioso.

Veio o crepúsculo, e me dei conta: o dia passara e eu não havia encontrado Astrojildo Pereira. Agora era tarde para procurá-lo. Paciência, ficaria para a manhã seguinte.

Voltei para o centro, entrei numa padaria, pedi um pão com manteiga e uma xícara de café: seria meu jantar. Para quem não tinha comido nada o dia inteiro era pouco, mas, por causa da excitação, eu estava sem fome; além disso precisava poupar meu escasso dinheiro.

Já era tarde, os fregueses tinham ido embora, mas eu não queria sair de lá. Sentia-me bem, ali, sentia-me acolhido, abrigado, mesmo sendo aquele um lugar de comércio, e não um refúgio proletário. Tratei de puxar conversa com o dono do estabelecimento, um homem careca, gordo, de ar resignado. Contei que era gaúcho, que vinha ao Rio pela primeira vez. Falei da viagem de trem, falei dos lugares por onde passara, falei da minha emoção ao ver o mar (não falei, porém, do que me trazia ali. Não falei de Astrojildo Pereira, não falei do Partido Comunista, não falei das massas. Tinha bem presente uma advertência do Geninho: a gente nunca sabe quando está na frente de um agente da burguesia, de um policial disfarçado, de um olheiro. E o cara bem podia ser isso; afinal, era proprietário, verdade que proprietário de uma padaria pequena, modesta, não muito limpa, mas proprietário mesmo assim: tinha uma empregada, cuja cara triste e chupada evidenciava a exploração a que sem dúvida era submetida. Mas eu precisava conversar com alguém; por causa da saudade, e da ansiedade, claro).

Não sei se o dono da padaria deu-se conta de meu desamparo; ouviu-me por algum tempo sem muito interesse e finalmente sua paciência se esgotou: disse que estava na hora de fechar, perguntou se eu queria mais alguma coisa. Decepcionado, respondi que não, que não queria mais nada. Despedi-me e saí.

Deveria seguir o conselho de Geninho e procurar uma pensão; mas àquela altura estava alarmado com os preços das coisas no Rio. Pelo jeito, meu dinheiro não duraria muito, era preciso poupar.

Em busca de um lugar barato para passar a noite, saí a caminhar pelo centro. Fazia calor e muitas pessoas dormiam sob as marquises. Cansado, resolvi fazer o mesmo. Dormir na rua era uma experiência nova para mim e certamente incômoda, mas, além de representar uma economia, significava partilhar, de algum modo, o destino daquela gente; uma atitude de solidariedade revolucionária, portanto. Procurei um lugar com menos luz (o que, como logo descobri, foi um erro) e me deitei, apoiando a cabeça na mochila. Apesar do desconforto do piso duro, em seguida adormeci.

Acordei de repente, sobressaltado, sentindo uma mão no bolso da calça. Era um mulatinho, menino ainda; ao ver que eu abrira os olhos, saiu correndo. De um salto levantei-me e corri atrás dele: espera aí, guri, quero falar contigo. E queria, mesmo, falar, só falar; queria explicar que ele estava agindo errado; expropriar propriedades, tudo bem, desde que se tratasse da propriedade capitalista, não o escasso dinheiro de alguém que viera para o Rio exatamente para lutar pelos pobres e oprimidos. Cometera um erro, o ladrãozinho, um erro compreensível: faltava-lhe consciência de classe (também lhe faltava, felizmente para mim, habilidade para roubar); disso precisava tomar conhecimento, e eu podia ajudá-lo. Mas corria velozmente, o moleque, e era óbvio que conhecia bem o centro. Em poucos minutos, perdi-o de vista.

Detive-me ofegante, desapontado. Se tivera a esperança de começar minha atividade revolucionária doutrinando aquele garoto (relatando depois, e com orgulho, o ocorrido a Astrojildo Pereira), eu me enganara.

Mas o pior ainda estava por vir. Quando voltei ao lugar onde deitara para dormir, constatei que a mochila sumira.

Foi um choque. Não tanto pelas roupas como pelos livros, entre os quais estava o *Manifesto* e o *Que fazer? (Chto delat?)*, cuja leitura, com a morte de Geninho, transformara-se em questão de honra.

Logo a mim tinham roubado. Logo a mim, um jovem que, movido pelo ideal e pela lealdade à memória de um companheiro morto, saíra de sua terra e viera para o Rio lutar pelos pobres, pelos oprimidos. Claro, o ladrão não sabia disso; mas, tendo aberto a mochila e visto os livros, podia ter-se dado conta de que o dono não era um burguês explorador, mas uma pessoa no mínimo culta e certamente progressista, devolvendo então o que furtara. Isso não acontecera, a desgraça caíra sobre mim, mais uma. Era demais, aquilo. Demais. O desespero agora me invadia, avassalador. Comecei a soluçar.

De repente uma mão pousou em meu ombro. Pousou amigavelmente, ternamente eu diria, mas isso não impediu um sobressalto. Voltei-me, assustado, furioso — mais um ladrão, um assaltante? —, e deparei com uma mulher ainda jovem. Uma prostituta, obviamente: maquiagem berrante, roupas sumárias. Vi você soluçando, disse, e me deu pena; o que aconteceu? Hesitei um instante e depois — que diabos, com alguém precisava falar — contei-lhe sobre a tentativa de assalto. Ela suspirou: é, aqui é assim mesmo, toda noite tem disso, você pode se considerar feliz por não ter levado uma facada na barriga.

Perguntou de onde eu era. Do Rio Grande do Sul, respondi, acho que com certo orgulho. Ela sorriu: gosto muito dos gaúchos, é gente boa, valente. Ficamos em silêncio um instante e ela disse que estava à minha disposição para uma trepada rápida. Apressou-se a acrescentar:

— É de graça. Para compensar o seu desgosto. Outra noite você vem aqui e me paga.

Sorriu, um sorriso sedutor, e eu, por incrível que pareça, instantaneamente fiquei de pau duro. Deveria ter recusado a oferta; afinal, o que é a prostituição senão uma sórdida manifestação do capitalismo? Mais, deveria ter chamado a atenção da mulher: tu és uma vítima do sistema, estás sendo explorada, rebela-te, luta. Mas àquela altura, tomado pelo desejo, eu não podia me conter. Abracei-a, beijei-a furiosamente. Ela me tomou pela mão, conduziu-me a um beco e ali, de pé, ela encostada à parede, tivemos uma relação tão rápida quanto fogosa. No fim, exausto, senti-me um pouco melhor, mas desconcertado; muitas coisas tinham acontecido nas últimas horas, coisas que me deixavam confuso, assustado mesmo. A moça, Denizete, percebeu-o, e mais uma vez me ajudou: levou-me a um lugar que, garantiu, era mais seguro — ela própria já tinha dormido ali. Havia uma marquise e, sob ela, um velho colchão, desocupado naquele momento. Agradeci efusivamente, prometi que um dia retribuiria o favor. Ela disse que eu a encontraria sempre por ali, beijou-me e se foi.

E então uma surpresa: junto ao colchão havia um monte de

lixo, e o que vi nele? Os meus livros! O *Manifesto*! O *Que fazer?* (*Chto delat?*)! Obviamente o ladrão os desprezara (mais uma evidência da falta de consciência de classe, o grande problema dos brasileiros), mas, de alguma maneira e ao menos parcialmente, eu fora indenizado. Beijei o *Manifesto*, guardei-o dentro da camisa, junto com o livro do Lênin, e deitei-me.

Só consegui adormecer pelas três ou quatro da manhã e logo tive de levantar-me, por causa das pessoas que passavam, algumas me olhando com surpresa, aliás justificada: eu não parecia um vagabundo comum. E de fato não era um vagabundo comum, desses que ficam andando pela rua sem destino, sem objetivo. Eu tinha um objetivo: encontrar Astrojildo Pereira. Por sorte conservara no bolso o endereço do camarada Hércules, um serralheiro que morava na zona norte da cidade. Hércules me levaria a Astrojildo, ou pelo menos assim o esperava.

Foi um caro custo chegar à casa de Hércules. Ficava longe do centro, numa rua que ninguém conhecia. Eu perguntava a um transeunte, a outro, a outro, e nada. Finalmente encontrei um homem que sabia como chegar lá, mas avisou que não seria fácil. Seguindo suas instruções, tomei um ônibus, cheguei à zona norte, mas aí me perdi de novo; mais perguntas, mais informações, e só por volta das sete da noite, morto de cansado, encontrei o lugar: uma pequena casa de subúrbio com um jardim e um portão de ferro, atrás do qual um grande cão rosnava.

Coisa que me surpreendeu, e contrariou: precisava, o camarada Hércules, guardar a casa com um feroz mastim daqueles? Aquilo era coisa de burguês cioso de sua propriedade, coisa de latifundiário — o coronel Nicácio tinha uma matilha de cachorros que eram verdadeiras feras.

Bati palmas, o cachorro agora latindo furiosamente. A porta

se abriu, e um homem, não muito alto, mas robusto, cabelo grisalho, pijama listrado e chinelos, apareceu: o camarada Hércules, obviamente. Quieto, Rex, gritou para o cachorro e me olhou, desconfiado:

— O amigo desejava alguma coisa?

Foi um choque. Sim, eu era um estranho, mas não deveria, naquele momento, ter funcionado o misterioso mecanismo de identificação, de empatia, pelo qual os revolucionários se reconhecem mutuamente, sentem-se unidos num mesmo ideal? Não deveria ele ter vindo em minha direção, braços abertos, bem-vindo, camarada, seja muito bem-vindo? Não o fizera, o que era para mim motivo de desalento, de decepção.

Hércules, acho, deu-se conta disso. Prendeu o cachorro, abriu o portão, tomou-me o braço: entre, meu jovem, entre, vamos conversar.

Fez-me sentar num banco do jardim, perguntou quem eu era e o que estava fazendo ali. O tom era afável, amistoso mesmo, e, agora encorajado, eu disse que vinha do Rio Grande do Sul em busca do Astrojildo Pereira.

À menção do nome do líder ele involuntariamente olhou para os lados para ver se ninguém nos ouvia ou observava. Compreensível: o Partido Comunista era então ilegal, como, excetuando um breve período, o fora desde praticamente a sua fundação. Tirou do bolso do pijama um enorme chaveiro (de novo, um detalhe desagradável: era muita chave para quem queria acabar com o domínio do privado), abriu a porta, que tinha se fechado com o vento, e convidou-me a entrar na casa.

Sentamo-nos na modesta sala de estar, em cujas paredes estavam penduradas várias fotos, provavelmente de pessoas da família, e, ao lado delas, um retrato, verdade que pequeno, de Stálin. O que foi para mim causa de emoção e de alívio: finalmente uma evidência de afinidade com o dono da casa. Ah, sim;

havia ainda um armário com uns poucos livros, o que para mim era encorajador; embora eu não pudesse ler os títulos, tinha certeza de que se tratava de literatura progressista. De resto, alguns vasos com flores artificiais, bibelôs, toalhinhas de renda; prováveis resíduos de um passado pequeno-burguês, convenientemente neutralizados pela foto e pelos livros.

— Conte-me sobre você — disse Hércules, num tom amistoso. — Você veio lá do sul, do Rio Grande? Deve ser uma longa viagem... Mas, diga, por que está procurando o Astrojildo?

Contei sobre a célula comunista de Santo Ângelo, sobre Geninho — sim, ele sabia quem era, mas ignorava que o rapaz tinha morrido, o que o deixou pesaroso, sinceramente pesaroso, segundo me pareceu — e sobre a recomendação para encontrar o líder do Partido. Interrompeu-me:

— Sei que esta notícia vai chatear você e vai lhe criar problemas, mas preciso lhe dizer: o Astrojildo não está no Brasil.

Foi, como ele previra, um choque. Achei até que estava brincando, mas sua expressão mostrava que, para meu azar, enorme azar, Hércules falava sério.

— Não está no Brasil? Onde está, então?

Hércules não respondeu de imediato; evidentemente relutava em revelar o paradeiro do líder a um garoto que não conhecia. Por fim, disse que Astrojildo estava em Moscou, para onde fora no início do ano. Era agora membro da direção da Internacional Comunista e trabalhava no secretariado para a América Latina. Posição importante: cabia-lhe organizar a luta de operários e camponeses em todo o continente. Um grande passo em sua carreira, segundo Hércules. Mas, para mim, má notícia, péssima notícia.

E agora? O que fazer? Perguntei quando Astrojildo voltaria.

Hércules suspirou: não tinha resposta para aquela pergunta. Nem ele, nem nenhum membro do Partido no Brasil, e nem o próprio Astrojildo. Sua volta, ainda que praticamente certa, dependeria das necessidades do movimento revolucionário. Como militante, não era dono de sua vida: tinha de estar onde sua presença fosse mais importante, e pelo tempo que fosse necessário.

Uma mulher apareceu na porta da sala. Como Hércules, era baixa, mas gorda, muito gorda. Usava um avental velho, rasgado, e enxugava um prato. O dono da casa nos apresentou: esta é minha mulher, Teresa; Teresa, este é o Valdo, um companheiro que veio lá do Sul. Ela acenou com a cabeça. Evidentemente não estava satisfeita com a inesperada visita, mas nada disse; sem uma palavra, voltou para a cozinha. Hércules, decerto acostumado às reações da mulher, deixou escapar um breve suspiro e voltou ao assunto:

— Pois é, Valdo, você veio falar com o Astrojildo, ele não está aqui. E agora, o que você vai fazer?

O que fazer, eu não sabia. Mas sabia o que não podia fazer, o que não devia fazer: não devia voltar para o Rio Grande sem ter cumprido minha promessa ao Geninho, sem ter passado pelo aprendizado que me tornaria um verdadeiro comunista. Isso, nem pensar. Foi o que disse a Hércules, que me ouviu atento, mas obviamente preocupado: minha decisão, ainda que lógica e racional, criava-lhe um problema.

Perguntou onde eu estava hospedado. Respondi que não estava hospedado em lugar algum, que tinha dormido na rua (não pude deixar de mencionar o episódio do roubo da mochila) e que, saindo dali, procuraria uma pensão para ficar. A propósito, poderia ele me indicar um lugar barato? Pensou um pouco:

— Depende do que você chama de lugar barato, Valdo. Desculpe a intromissão, mas quanto dinheiro você tem?

Quando eu disse, ele me olhou, alarmado:

— Mas, companheiro, isso não dá nem para uma semana no Rio! A vida aqui é muito cara.

Pensou um pouco, decidiu:

— Não, você não vai para pensão nenhuma. Vai ficar aqui em casa.

Protestei: não queria incomodar, não queria dar trabalho, ele já tinha me ajudado bastante. Mas Hércules, obviamente, era daqueles que, quando resolvem, não mudam de ideia:

— Não é incômodo, acredite. A casa é pequena, mas temos um quarto sobrando. Você se acomoda nele até achar coisa melhor.

Foi até a porta, chamou a mulher e, seco, anunciou:

— Temos um hóspede, mulher. O Valdo vai ficar um tempo aqui em casa.

De novo, ela não disse nada; mas sua contrariedade era mais que visível. Coisa para a qual Hércules não deu muita atenção. Voltou-se para mim:

— Venha, vou lhe mostrar o quarto.

Era um aposento pequeno, acanhado, mas tinha o indispensável: uma cama, um minúsculo roupeiro, uma mesinha, uma cadeira. Nada diferente do meu próprio quarto no Rio Grande do Sul. Disse que estava ótimo e ainda fiz uma tímida proposta de pagamento, mas Hércules não quis aceitar: seria mais-valia, disse, sorridente, coisa de capitalista.

Naquela noite jantei com Hércules e Teresa. No começo falamos pouco, e sobre assuntos banais. Teresa, mais para mostrar alguma cordialidade do que por genuíno interesse, perguntou de onde eu era. Quando eu disse que vinha da região de Santo Ângelo, Hércules se interessou: começou a me fazer perguntas sobre Prestes, uma figura que o intrigava e fascinava. Sabia que ele era do sul e que vivera em Santo Ângelo. Acompanhara a marcha da Coluna Prestes, vista por ele e por vários comunistas como um acontecimento histórico, uma verdadeira epopeia. O próprio Astrojildo Pereira, secretário-geral do Partido Comunista, procurara Prestes, então exilado na Bolívia; falara-lhe sobre a Revolução Russa e sobre o comunismo, propondo uma aliança entre o proletariado revolucionário e as massas camponesas que haviam aderido, ou que poderiam aderir, à Coluna. Prestes não aceitara a aliança, mas, voltando ao Rio, Astrojildo publicara no jornal A *Esquerda* uma longa entrevista com ele, um texto que popularizou a expressão "Cavaleiro da Esperança", pela qual Prestes passou a ser conhecido. Isso acontecera em janeiro de 1928; em abril, Prestes já admitia que a revolução seria a única solução para os problemas brasileiros. Exilado na Argentina, lia a literatura marxista-leninista e mantinha contato com revolucionários da América Latina, participando de comícios ao lado de Rodolfo Ghioldi, famoso líder comunista argentino. Em meados daquele ano de 1929, uma delegação brasileira que, em Buenos Aires, participava da reunião continental dos partidos comunistas, convidara Prestes a candidatar-se à presidência da República por uma frente única formada pelo Partido Comunista Brasileiro e pela Coluna. Convite recusado: Prestes não endossava o programa do Partido. O que, para Hércules, representava profundo desgosto:

— Esse homem poderia ser o nosso grande líder, Valdo. Teria tudo para isso: comandou a Coluna, levou um movimento revolucionário pelo interior do Brasil... Tem experiência, tem conhecimento, tem prestígio, é uma lenda viva. Mas infelizmente o cara vacila, Valdo, o cara não sabe o que quer. E nós continuamos esperando por alguém que nos lidere. Não temos liderança, essa é que é a verdade.

Uma afirmação que me deixou intrigado. O Partido não tinha liderança? E Astrojildo Pereira? Não era um líder inconteste? Criando coragem, comecei a fazer uma ponderação a respeito, mas Teresa me interrompeu:

— Terminem de comer que eu preciso lavar os pratos.

O tom agressivo confirmava minha impressão: a mulher não estava nem um pouco interessada nas ideias do marido, em sua atividade política. A mim, hóspede incômodo, simplesmente ignorava. Mas Hércules certamente servia de válvula de escape para sua agressividade incontida e, para mim, inexplicável.

Depois do jantar, Hércules e eu escutamos rádio — notícias sobre política, que ele não cessava de rotular como "mentiras burguesas": esses jornalistas, dizia, irônico, estão todos no bolso dos patrões. Só dava para acreditar mesmo nas publicações do Partido.

Pelas nove, a dona da casa, tendo concluído o trabalho na cozinha, anunciou que estava se recolhendo, o que na verdade representava uma ordem: façam o mesmo, acabem com essa conversa idiota. Hércules claramente não gostou da interrupção; para evitar maiores problemas, eu disse que estava cansado, que ia me recolher também. Dei boa-noite (ela não respondeu) e fui para o quarto. Entrei, acendi a luz, fechei a porta, e vi-me sozinho num aposento que, ao menos por algum tempo, estaria destinado só a mim. O que não deixava de ser confortador. Pela primeira vez em vários dias eu dormiria numa cama.

Tirei a roupa e me deitei. Exausto embora, não consegui adormecer. Estava com saudades: saudades de meus pais e do meu irmão, saudades dos amigos, saudades da minha terra, saudades até da Chica, apesar da raiva. E à saudade associava-se uma sensação de abandono, de desamparo. O que seria de mim, agora? O que aconteceria? Ninguém poderia responder a essas perguntas, ninguém. Geninho morrera. Astrojildo Pereira, que seria meu guia, meu mestre, estava em Moscou. Com o dono da casa, o Hércules, eu não tinha muita afinidade: afinal, recém o conhecera. Já sua mulher, para dizer as coisas cruamente, era uma megera com a qual nenhum relacionamento seria possível. Enfim, estava só, completamente só.

De repente me deu fome, uma fome devoradora, como raramente tinha sentido antes. Absurda, aquela fome: afinal eu tinha jantado um pouco antes. Mas não aguentei: levantei-me e, sem fazer ruído, fui até a cozinha. Não ousei acender a luz, com medo de acordar os donos da casa e sobretudo a irascível Teresa; mas o luar que entrava pela janela iluminava o caminho. Abri um armário e lá estava o que eu queria: pão e um pedaço de queijo. Mas eu hesitava ainda: era roubo, aquilo? Estaria eu abusando da confiança de Hércules? Pensei um pouco e concluí que não. Na verdade, estava ali a serviço da revolução, ou pelo menos era esse o meu propósito. Tinha direito, portanto, a alimentar-me, mesmo porque estava na casa de um comunista, de um companheiro de lutas, ou de futuras lutas. Fiz um sanduíche de queijo, e depois outro, e outro; quando me dei conta tinha devorado todo o pão; sobrava apenas um pouco do queijo. Envergonhado, mas saciado, voltei para a cama e finalmente consegui adormecer.

Acordei com sol alto e alguém batendo impaciente à porta. Era Teresa, avisando que precisava arrumar a casa e que eu teria de sair. Perguntou se eu queria tomar café, mas foi logo avisando: pão não havia mais, alguém tinha comido. Clara e intimidante acusação.

Tomei o café — preto — em silêncio. Perguntei se podia

ajudar em alguma coisa, mas ela não se dignou a responder. Hesitei um instante e acabei saindo.

Ali estava eu, no Rio de Janeiro. Era um típico bairro da zona norte, aquele: casas pequenas, precárias, botecos, lojinhas, muita gente nas ruas, nas padarias, nas quitandas, nas pequenas lojas. E carros, e ônibus, e carroças, e bicicletas, um movimento incrível. Fui andando, meio tonto, sem destino. Bom seria se eu encontrasse alguém com quem conversar — mas quem? Chica, nem pensar; eu ainda estava com muita raiva dela, e além disso não tinha o endereço do pai dela. Havia, claro, a Denizete, mas àquela hora dificilmente ela estaria na rua. E o dono da padaria... Mas o centro ficava longe dali, e quem me garantia que o homem ia querer conversa com um cara que gastava pouco e falava muito?

Andando sempre, cheguei a um velho e deteriorado prédio, de onde saía um barulho infernal. Parei, espiei pela larga porta, que estava aberta. Era uma serralheria. De súbito, uma emoção se apossou de mim: eu me dava conta de que aqueles homens que ali estavam, trabalhando, alguns de macacão, outros de torso nu, aqueles homens (poucos, uns dez no máximo) eram o proletariado. Gente que tinha em suas mãos grandes, calejadas, o futuro do país, o futuro da humanidade. E aí avistei uma figura conhecida: o Hércules, rosto crispado, coberto de suor, martelando furiosamente uma chapa de metal.

Fiquei a olhá-lo, fascinado. Não era o metal que ele golpeava, disso eu estava certo: era o capitalismo, contra o qual usava o martelo que, junto com a foice, compunha o eloquente símbolo do comunismo. Uma cena antológica. Uma cena para figurar na capa de um romance proletário ou mesmo do *Manifesto*.

Hércules parou de martelar, enxugou a testa com um pano

sujo, e então me avistou, parado na porta, no limiar do mundo do trabalho. Sua primeira reação foi — ou ao menos assim me pareceu — de irritada perplexidade: o que estava o abelhudo garoto fazendo ali? Mas logo sorriu, e deixando de lado o martelo e a chapa de metal veio até mim, perguntou se estava tudo bem, se tinha havido algum problema. Não, eu disse, nenhum problema, tudo bem, apenas saíra para caminhar e por acaso chegara à serralheria. Ótimo, ele disse, agora você sabe onde me encontrar durante o dia:

— Trabalho aqui há dez anos. — E acrescentou, não sem orgulho: — É antiga, esta serralheria, é tradicional. Fazemos muita coisa para a construção civil, escadas, grades de ferro...

Não gostei da satisfação que demonstrava; esperava algo do tipo: "Este é o lugar onde sou explorado há dez anos". Sobretudo, não gostei da menção às grades de ferro. Grades, principalmente aquelas eu ali via, com pontas semelhantes às de lanças antigas, eram um concreto símbolo da propriedade privada, da barreira entre os ricos e os pobres.

Essas reflexões, contudo, guardei-as para mim. Não exporia minhas ideias a Hércules, que, além de ser membro do Partido, me recebera tão generosamente; tinha, portanto, algum direito a equivocar-se em um detalhe ou em outro. Não era grave, nada que algumas sessões de crítica e autocrítica não resolvessem.

Andamos pela oficina, ele me apresentando aos operários, que eu cumprimentava emocionado; para mim eram todos revolucionários, ao menos em potencial; meus camaradas, portanto. Eles, por sua vez, mostravam-se encantados com o sotaque gaúcho, perguntaram se eu tomava chimarrão. Quando eu disse que sabia fazer churrasco, um deles riu: então você já está convocado para assar uma boa picanha para nós um domingo desses. De repente, uma voz irritada, ameaçadora, soou atrás de nós:

— Posso saber que bagunça é essa, seu Hércules?

Voltamo-nos. Era o dono da serralheria, um homem pequeno, de óculos e bigodinho, terno e gravata. Estou mostrando a oficina a este meu amigo, disse Hércules, num tom que me pareceu humilde demais, submisso demais, um tom incompatível com a postura revolucionária.

E que nem sequer satisfez ao patrão. O homem, visivelmente irritado, me olhou de cima a baixo. Não me cumprimentou; voltou-se para Hércules e, ácido, disse que o trabalho estava atrasado, que tinham uma encomenda para entregar no dia seguinte, e que queria ver todo mundo trabalhando. Sua arrogante impaciência mostrava quem era quem, quem mandava ali. Vontade eu tinha de dizer olha aqui, burguês de merda, se tu pensas que és dono das pessoas como és dono deste lugar, das máquinas e das ferramentas, estás muito enganado, e descobrirás isso quando as massas invadirem este lugar e te mandarem para o Tribunal do Povo, onde te espera o destino que mereces.

Mas não disse nada, não protestei. Despedi-me de Hércules e dos operários e saí. Andei mais algumas horas, sem rumo certo; entrei numa lojinha de roupas usadas, comprei algumas coisas, duas camisas, uma calça, cueca, meias, e voltei para casa; a porta estava fechada — Teresa tinha saído, decerto para fazer compras — e eu, claro, não tinha chave, coisa que ela não me daria, nem permitiria que o marido o fizesse. Esperei até as cinco, quando ela voltou, carregando um cesto com víveres. Mal me cumprimentou; abriu a porta e foi entrando. Entrei atrás dela, fechei a porta, fui direto para o quarto, onde fiquei lendo. Ao anoitecer, Hércules retornou do trabalho; eu queria conversar com ele, perguntar sobre a oficina, e principalmente sobre os operários — eram militantes? Já tinham participado em manifestações, em comícios? Não cheguei, porém, a fazê-lo. Do quarto ouvi vozes alteradas. Discutiam, e eu bem podia imaginar o motivo: eu próprio, a minha estada ali. Finalmente, Hércules bateu à porta: o jantar estava servido. Comemos em silêncio. Quando a refeição afinal terminou, voltei para o quarto e me meti na cama.

A partir daquele dia entrei numa nova rotina. Acordava cedo, para não criar problemas com a Teresa, arrumava o quarto. Tomava café (sozinho; em geral Hércules já tinha ido trabalhar), oferecia-me para fazer algum serviço, coisa que ela sempre recusava, ríspida. Evidentemente mal me tolerava ali; transferia ao indesejado hóspede parte da raiva que sem dúvida sentia do marido.

E era muita raiva. Quase nunca se falavam, e quando o faziam acabavam discutindo, mesmo eu estando presente (e, no caso dela, principalmente quando eu estava presente: eu era um excelente pretexto para um bate-boca). Ela se queixava de que o dinheiro que Hércules lhe dava não era suficiente para manter a casa ("Muito menos com um hóspede", acrescentava, sarcástica); que o marido não passava de um homem sem iniciativa, um omisso, ao contrário do irmão dela, que nunca vi, mas que pelo jeito estava bem de vida: era dono de uma quitanda na zona sul, ganhava bem. As atividades políticas do marido não lhe interessavam; pelo contrário, achava aquilo uma idiotice, uma perda de tempo.

De manhã eu ficava estudando o *Manifesto* e o *Que fazer?* (*Chto delat?*). O livro de Lênin deveria despertar em mim sentimentos de culpa; afinal, Geninho morrera sem que eu o tivesse devolvido. Mas eu preferia ver nisso uma coisa simbólica; era mais uma evidência de que eu, de certa maneira, tornara-me um guardião dos ideais do meu saudoso amigo. Lia também os livros de Hércules, que, aliás, estava longe de ser um grande leitor: os poucos volumes estavam empoeirados, sinal de que nunca os consultava (e de que a mulher não se preocupava em limpá-los, o que era apenas coerente com sua atitude hostil para com a militância revolucionária). O próprio Hércules reconhecia que não era um intelectual, um estudioso; prefiro a prática à teoria, dizia-me, num tom meio envergonhado, é por isso que tenho tão poucos livros. Aos quais eu não precisaria, contudo, ficar restrito. Tinha descoberto, numa ruazinha tranquila próxima ao centro da cidade, uma pequena livraria chamada Progresso, que vendia artigos de escritório, revistas, romances cor-de-rosa, mas onde havia também, nos fundos e meio escondida, uma seção de literatura de esquerda: obras novas e usadas de Marx, Engels, Lênin, Stálin. O lugar, cavernoso, mal iluminado, meio sujo e cheirando a mofo, para mim era um verdadeiro paraíso; um paraíso comunista, bem entendido, um reduto do conhecimento e da sabedoria de homens que haviam se dado conta das injustiças e desigualdades do nosso mundo e traçado, através de seus escritos, o caminho para uma mudança radical e salvadora. Ali eu me sentia abrigado e consolado, como um imaturo pássaro em seu ninho; folhear os livros, coisa que eu fazia demoradamente e com o maior deleite, era receber um fluxo de energia que me dava forças para enfrentar a ansiedade que era então uma constante em minha vida. Eu não tinha dinheiro para comprar aquelas obras, mas o dono, um homem de óculos e barbicha branca, que ficava sentado imóvel atrás do balcão, não se importava com isso; eu podia ficar o tempo que quisesse, ele não diria nada.

E então uma surpresa. Um dia descobri um livro, em espanhol, de Georgi Plekhanov, teórico soviético. Um autor que eu conhecia pouco e que na verdade (o que seria bom motivo para autocrítica) não me interessava; mas imagina minha emoção quando, ao abri-lo, vi na página de rosto o nome, manuscrito, de Astrojildo Pereira.

* * *

Astrojildo Pereira! Que coincidência, que significativa coincidência, que animadora coincidência! Mas também — que coisa intrigante: como viera parar ali, aquela obra? O próprio Astrojildo a vendera? Mas por quê? Talvez estivesse precisando de dinheiro — mas não poderia resolver isso de outra maneira? Talvez não gostasse do Plekhanov — mas não seria isso um indício de desvio ideológico?

Eu preferia, porém, pensar numa possibilidade mais lógica e mais compatível com a imagem que eu fazia do líder. Astrojildo generosamente emprestara o livro a alguém, quem sabe um prosélito, um neófito. E o ingrato, o traidor, o mercenário, o burguês ganancioso, vendera o livro, sem nem sequer se dar ao trabalho de remover a folha com o nome de Astrojildo.

Eu queria aquele livro. Não para ler o Plekhanov; isso eu até faria, mas não era meu objetivo principal. Meu objetivo, ingênuo objetivo, era dar a obra de presente para o Astrojildo, quando o encontrasse. Esperava que ele ficasse feliz com a inesperada restituição e que agradecesse efusivamente ao jovem e leal discípulo. Ao que eu diria algo como não tem nada que agradecer, camarada Astrojildo, toma este ato como uma pequena mas sincera homenagem à tua grandeza revolucionária.

A decisão tomada, surgiu o problema: o preço. O livro era muito caro, mais caro que os outros livros, o que aliás me parecia um contrassenso: como poderia ser tão caro, um livro revolucionário? Isso, a meu ver, indicava um grave, mercantilista, desvio do livreiro; uma sede de lucro incompatível com a progressista tarefa de difundir as ideias da revolução e talvez erradicável apenas pelo pelotão de fuzilamento. Mas enquanto o livreiro não era conduzido ao Tribunal do Povo, enquanto não era julgado, enquanto não era condenado, enquanto os revolucionários não preparavam os fuzis, ou a guilhotina, ou a forca, enquanto seus bens não eram confiscados e entregues a espoliados como eu, como obter o livro? Aquela quantia eu nem em sonhos conseguiria.

Eu estava, pois, diante de um impasse. Que fazer? (*Chto delat?*) Pensei longamente no assunto, num debate interior semelhante ao que mantinha com o burguês imaginário, e finalmente decidi apossar-me do volume. Não se tratava, eu dizia a mim próprio, de roubo comum; tratava-se de um gesto de apoio a um grande líder revolucionário. Uma ação plenamente justificada, portanto, e também um castigo para um comerciante hipócrita e adepto da mais-valia.

Só que, ao contrário dos garotos do centro do Rio, eu não tinha experiência naquele tipo de, digamos, expropriação, e temia ser apanhado em flagrante, o que, além de ser um vexame, poderia resultar em complicações: a última coisa que me faltava, àquela altura, era ser preso por denúncia do livreiro. Pouco provável; afinal um mínimo de abertura social o homem certamente teria, mas eu não podia correr o risco.

Para evitar problemas resolvi treinar um pouco. À noite, depois que Hércules e Teresa foram dormir, peguei alguns livros, coloquei-os numa prateleira do quarto e experimentei várias técnicas para dali rapidamente retirá-los e ocultá-los. Comecei usando uma sacola de pano, que, contudo, certamente despertaria suspeitas; o melhor seria simplesmente colocar o livro sob o casaco. Casaco, no clima tórrido do Rio, pareceria um pouco exagerado, mas eu sempre podia fingir que estava resfriado, fungando e assoando o nariz. E assim, na manhã seguinte, de casaco, fui à livraria disposto a executar meu plano.

Para minha surpresa, o livro não estava mais na prateleira. Foi vendido, disse o livreiro, impassível. Não acreditei muito na informação. Plekhanov estava longe de ser popular, sobretudo em espanhol. Eu suspeitava que o homem, de algum modo, percebera minha intenção e retirara dali o volume.

De qualquer modo, meu generoso plano tinha gorado. Foi uma frustração, mais uma, mas não me deixei abater; continuei a frequentar a livraria como cliente comum (e como leitor contumaz), agora sem cogitar do confisco de livros e (ao menos isso) sem precisar usar casaco.

Não só em torno de livros e leituras girava minha nova vida. Esperando pelo retorno de Astrojildo Pereira e pelo momento de encontrá-lo, eu tinha de achar maneiras de passar o tempo; além de ler, caminhava pela cidade. Caminhava muito; distância para mim não era problema, eu estava habituado, desde a infância, a andar quilômetros. Ia até o centro, ia até Botafogo e Flamengo. Não gostava dos bairros da zona sul, lugar de ricos, de aristocratas; mas era preciso fazer um reconhecimento do reduto inimigo, saber que aparência tinham os burgueses, ouvir o que diziam nas ruas, olhar os títulos dos livros nas vitrines das livrarias. Já nos bairros pobres eu me sentia entre amigos, entre irmãos. Breve estaria falando com aquela gente humilde, conclamando-a a lutar por um mundo melhor. Breve seriam meus camaradas, eles. Um pensamento que me animava e que me dava esperança.

Um dia, voltando para casa — sempre trajetos novos, para variar um pouco —, tive uma surpresa. Entrando por uma ruazinha tranquila do bairro, avistei um homem já maduro sentado numa cadeira preguiçosa, no jardim de uma pequena casa de madeira. Não chegava a ser uma cena inusitada; inusitado era o fato de o homem estar vestido de gaúcho, todo pilchado: chapelão, lenço vermelho no pescoço, bombachas, botas. Fumava um palheiro, tomava chimarrão.

Um gaúcho! Um gaúcho como eu, ali no Rio de Janeiro! Que coisa! Não me contive e fui até ele. Apresentei-me: sou o Valdo, vim da região de Santo Ângelo e queria conhecer o meu patrício. Ele se pôs de pé, sorridente, estendeu-me a mão. Chamava-se Bento ("Como o grande Bento Gonçalves, nosso herói farroupilha"), era de São Borja: somos os dois missioneiros, observou, com satisfação. Entrou na casa, voltou com um banquinho, pediu que eu sentasse, ofereceu-me chimarrão:

— Vamos conversar um pouco, tchê. Não é sempre que um conterrâneo aparece por aqui.

Contou que morava no Rio havia muitos anos, sempre naquela mesma casinha; era militar aposentado, tinha participado da campanha de Canudos, aquela sobre a qual Euclides da Cunha escrevera um livro chamado *Os Sertões*, sabia eu do que ele estava falando?

Sim, eu sabia do que estava falando, dona Doroteia nos dera uma aula sobre o tema; tratava-se de um acontecimento marcante em nossa história. Apesar disso eu não lera *Os Sertões*. Por causa de Geninho, que, avaliando o episódio de Canudos do ponto de vista do binômio progresso-reação, considerara-o confuso, para dizer o mínimo. Sim, havia sido um movimento popular, mobilizando milhares de pessoas; de outro lado, esse movimento, místico, era liderado por um fanático religioso, cujo objetivo não era criar uma nova sociedade, mas sim uma nova seita.

Ambivalência também havia na trajetória de Euclides; chegara a Canudos meio reacionário, mas mudara durante a campanha militar, tornando-se até um pouco socialista. "Socialista" não era, contudo, uma palavra aceitável para os comunistas, longe disso; termo vago, inespecífico, podia até servir de disfarce para direitistas infiltrados no proletariado.

Bento não estava muito interessado em discutir a posição

política de Euclides ou o valor literário da obra. Sua relação com *Os Sertões* era outra, e surpreendente:

— Eu apareço no livro — disse, orgulhoso.

Não pude ocultar minha incredulidade: ele, na obra de Euclides? Riu, divertido:

— Pela tua cara, já vi que não acreditas em mim. Mas espera, vou te mostrar.

Entrou na casa e poucos minutos depois voltou com um exemplar de *Os Sertões*. Sentou-se, colocou os óculos e abriu o livro numa página obviamente já marcada. Com alguma vacilação (leitor habitual não era, e o difícil texto claramente representava para ele um desafio), mas com veemência, leu o trecho que descreve a descoberta do cadáver de Antônio Conselheiro: "Jazia num dos casebres anexos à latada, e foi encontrado graças à indicação de um prisioneiro. Removida breve camada de terra, apareceu no triste sudário de um lençol imundo, em que mãos piedosas haviam esparzido algumas flores murchas, e repousando sobre uma esteira velha, o corpo do 'famigerado e bárbaro' agitador. Estava hediondo. Envolto no velho hábito azul de brim americano, mãos cruzadas ao peito, rosto tumefato e esquálido, olhos fundos e cheios de terra".

E aí a cena sombria, a retirada da cabeça do cadáver: "Uma faca jeitosamente brandida, naquela mesma atitude, cortou-lha".

Fechou o livro, olhou-me:

— E então? — Antes que eu pudesse responder, continuou:
— Já sei o que vais dizer: o Euclides não fala de nenhum Bento. Verdade: não botou meu nome. Na certa pensou que me fazia um favor. Tu vês, bem podia algum seguidor do Conselheiro querer vingar o seu chefe, acabando comigo. Para não me criar problemas só falou na faca, não no cara que empunhava a faca.

E sabes quem empunhava, jeitosamente como ele diz, a tal faca? Pois era eu.

Levantou-se, triunfante:

— Eu, tchê. Eu mesmo. Este teu conterrâneo que aqui está.

Ficou em silêncio um instante, deliciado com meu espanto, e prosseguiu:

— Claro, tu és guri ainda, não tens obrigação de saber quem eu sou. Mas sabes como me chamavam, lá na nossa terra? O Rei da Degola. Foi o apelido que me deram na revolução de 1893, acho que sabes do que estou falando...

Sim, eu sabia do que ele estava falando: da luta entre os maragatos do oposicionista Gaspar Silveira Martins e os picapaus de Júlio de Castilhos, presidente do estado do Rio Grande do Sul, sangrento conflito que deixara mais de dez mil mortos. Nessa verdadeira guerra civil, a degola era comum. Os caras pegavam o prisioneiro, faziam com que se ajoelhasse, puxavam sua cabeça para trás e, faca em punho, cortavam-lhe o pescoço de orelha a orelha — como se estivessem degolando uma ovelha. Faziam isso, segundo se dizia, para poupar munição e também porque não tinham como manter prisioneiros.

— Perdi a conta dos inimigos que degolei, rapaz — prosseguiu Bento. — Fiquei prático naquilo. Muito prático mesmo. Minha habilidade deixava todo mundo de boca aberta, mesmo porque eu era ainda jovem, um guri como tu. O médico da tropa me disse uma vez, com admiração e, acho até, com inveja: tu darias um grande cirurgião, Bento.

Riu:

— Grande cirurgião, eu? De que jeito? Para começar, nunca fui além do curso primário, e isso mesmo porque meu pai insistiu: queria que o filho tivesse algum estudo, que não fosse um ignorante completo. Mas meu negócio não era curar gente com ope-

94

ração: meu negócio, guri, era degolar, era cortar pescoço. Nisso, nunca me saí mal. O único problema que tive foi com um federalista que resolveu engolir em seco na hora que eu estava passando a faca na garganta dele. Engolir em seco, vê só. O cara já ia morrer, para que tinha de engolir em seco bem naquela hora? O certo é que o gogó se mexeu e a faca resvalou. Claro, o sujeito morreu de qualquer jeito, mas o talho ficou torto, feio.

Brandiu o livro:

— No caso desse louco, o Antônio Conselheiro, o serviço também não foi bom, mas aí por outros motivos. Para começar, o bicho estava morto fazia uma porção de dias. Não morreu em combate, não. Ele se apresentava como grande chefe, como grande herói, mas não morreu lutando. Sabes do que morreu, Valdo? De caganeira. De caminheira, como dizem por lá. Morreu se cagando. Tu degolares um homem morto, meu amigo, não tem graça: pescoço seco, sangue nenhum... No caso, não era só degola; a ordem era cortar a cabeça do Conselheiro. Difícil, Valdo, por causa do espinhaço. O espinhaço resiste, e aí tive de usar a força, o que, numa degola benfeita, não se admite: degola é questão de jeito, não de violência. Mas os médicos queriam porque queriam examinar aquela cabeça, para saber se o cara era louco ou não. O que eu, francamente, achava perda de tempo: claro que o Conselheiro era louco. Vinha com aquelas histórias de que o sertão ia virar mar, o mar virar sertão... Louco, claro. Louco e safado: não queria pagar imposto. Era contra o governo, Valdo. Contra nós, porque eu era soldado do governo, da tropa federal. Com gente assim não se pode ter dó, muito menos consideração. Era matar ou ser morto, e eu matei. Matei muita gente na campanha de Canudos, uns vinte jagunços, no mínimo, metade na degola. E não me arrependo.

Calou-se um instante, o olhar perdido, e continuou:

— O Euclides pensava diferente. Sei disso porque conversei

com ele algumas vezes. Melhor dizendo: ele vinha conversar comigo. Por causa do jornal, entendes? O cara tinha sido mandado para Canudos por um jornal de São Paulo, então escrevia sobre a guerra. E me perguntava coisas: o que eu achava de Canudos? Como me sentia, guerreando aquela gente? E eu respondia. Não tinha nada para esconder, meus superiores autorizavam que eu respondesse, então respondia. Nessas conversas, eu, que não sou bobo, pude notar uma coisa: o Euclides foi mudando. Quando chegou em Canudos pensava como nós, os militares: que aquilo era o reduto de um bando de fanáticos, gente perigosa. Era o que me dizia: vocês estão prestando um serviço ao país, Bento, um bom serviço. Lá pelas tantas parou de dizer isso. Não comentava mais nada, só ouvia, quieto, e tomava notas. Depois escreveu isso que te li, sobre o cadáver de Antônio Conselheiro. Para te falar a verdade, quando peguei esse livro não entendi nada, é uma escrita muito complicada, parece até outra língua. Mas tenho um vizinho que é professor e ele decifrou para mim essa coisa. Não gostei do que ouvi. Falei para o professor: "Parece que o Euclides não era muito contra Canudos". Ele pensou um pouco e disse que concordava: no final, o Euclides até defendia os malucos.

Mostrou a página do livro:

— Tu estás vendo essas palavras entre aspas? "Famigerado e bárbaro"? O professor disse que o Euclides botava essas aspas para debochar dos inimigos do Conselheiro. Ou seja, para debochar de nós, o governo, os soldados. Para te dizer a verdade, foi até bom ele não mencionar o meu nome nessa merda. Se fizesse isso, e se botasse aspas, te juro que acabava com ele.

Mais uma pausa e continuou:

— Agora, isso dá para entender. Era muito esquisito, o tal de Euclides. Sabias que quando era jovem foi expulso do Exército? Desacatou uma autoridade e foi expulso. Aí vieram com a história de que o homem sofria dos nervos. Sofria dos nervos? Sofria dos nervos, só isso? Que nada, tchê. O Euclides era maluco mesmo. Sabes como ele morreu? Não sabes? Pois foi morto pelo amante da mulher, um rapaz chamado Dilermando de Assis, conterrâneo nosso, que na verdade agiu em legítima defesa: o louco do Euclides tentou baleá-lo. Dilermando, que era campeão de tiro, acabou com ele na hora. Com gaúcho não se brinca.

Com um suspiro fechou o livro, deixou-o de lado.

— Tu vais me perguntar por que não voltei para a nossa terra. Por uma razão muito simples, Valdo: um major gaúcho, o nome dele não interessa, me prometeu um cargo no governo federal. Fiz a bobagem de acreditar no cara. Fiquei aqui no Rio de Janeiro esperando pelo tal cargo, que nunca veio. Arranjei um empreguinho, casei, enviuvei, tenho filhos que já são homens e que só vejo de vez em quando. Passo o tempo nesta casa, preparo meu chimarrão, asso um churrasco de vez em quando... Porque antes de mais nada sou gaúcho. Falo como gaúcho, penso como gaúcho, me visto como gaúcho. Sei que a vizinhança debocha de mim, mas estou cagando para esses cariocas de merda. Daqui não vão me tirar. Podem falar mal de mim o quanto quiserem. Eu era degolador, sim. E daí? Na França, pelo que me disseram, eles matam os condenados com uma máquina de cortar cabeças. Uma máquina, veja só.

Bufou, raivoso:

— Máquina! Tudo agora é máquina! Tudo automático! Esses caras, Valdo, não entendem degola. Degola é arte, coisa que só se aprende com o tempo e com a prática. Isso esses caras não entendem, como não entendem o gaúcho.

Levantou num salto:

— Mas eles ainda vão conhecer a nossa força, isso eu te garanto, a força dos gaúchos. Não estou falando do Prestes, não, que é gaúcho mas é um palhaço, não sabe o que quer, formou a tal Coluna, andou pra cima e pra baixo, e era Mato Grosso, e era Goiás, e era Maranhão, e era Piauí, mas não resolveu nada, não conseguiu nada, agora nem sei por onde anda, parece que mora na Argentina e que importa cabos de vassoura do Paraná, tu acreditas? Um cara que se dizia revolucionário vendendo cabo de vassoura! Uma vergonha, meu amigo, uma vergonha. Já o Getúlio é outra coisa. Esse sabe o que quer. Esse não vai descansar enquanto não governar o Brasil, ouve o que estou te dizendo. Já resolvi: se ele me chamar, eu vou. E ele vai me chamar, Valdo, porque me conhece, nós dois somos de São Borja, o homem sabe da minha fama, sabe que sou de confiança e bom de briga. Ele me chamando, eu vou a galope. Eu pego em arma, degolo gente, faço a guerra de novo. Porque a verdade é que eu tenho saudades de Canudos, tenho saudades do tempo em que a gente matava jagunço.

Eu ouvia, fascinado e horrorizado. Por causa daquele doentio reacionarismo, obviamente, mas sobretudo por causa da história da degola. Claro, nada me garantia que o homem estava dizendo a verdade; bem podia ser ele um mentiroso compulsivo, um mitômano que se aproveitava do fato de Euclides ter, no livro, omitido o nome do sujeito que tinha cortado a cabeça do Conselheiro, para inventar aquela história. Era até possível que tivesse estado em Canudos; mas seria ele o Rei da Degola, como dizia? Ou era, esse sinistro apelido, a expressão de um sonho demente, de uma mórbida aspiração? Quem sabe no fundo o cara não passava de um medroso, mentindo para alardear coragem?

O fato é que acreditei no que dizia. Por causa do livro, sabes? Do livro que o homem usara para comprovar sua história. Eu tinha uma fé quase cega em livros e em pessoas que recorriam a livros como fonte de conhecimento, de informação. Livros, para mim, diziam a verdade e, apesar de minhas restrições à obra de Euclides, achei que tinha ouvido do homem uma narrativa autêntica, um depoimento veraz. Resultado: saí mal daquele encontro, caro neto, muito mal. Pelas opiniões que emitira, o Bento era um retrógrado, um primitivo, uma versão mais pobre, mas igualmente autoritária, e sanguinária, do coronel Nicácio. Monstro, talvez; reacionário, com certeza.

Mas uma coisa eu tinha de reconhecer: o cara fora para a ação, participara numa vitoriosa, ainda que cruel, campanha militar. E, como seus comandantes, tornara-se um vencedor. E eu? Eu que passava mal só de ver sangue, que futuro teria como revolucionário? Seria capaz de matar um burguês, mesmo repulsivo, mesmo explorador? Claro que não. No máximo, cogitara de roubar um livro de uma livraria decadente, e mesmo assim me atrapalhara tanto que acabara perdendo a oportunidade.

Quer dizer: havia um longo caminho a percorrer, e, para começar a trilhá-lo, teria, antes de mais nada, de me desfazer dos escrúpulos burgueses. Por isso seria essencial que eu encontrasse logo o Astrojildo, que ele me orientasse, que desfizesse minhas dúvidas, que me dissesse o que fazer. Mas não aparecia, o maldito Astrojildo, não voltava nunca de Moscou. Eu podia entender que ficasse lá, no único país do mundo em que o comunismo era realidade, onde revolução não era coisa de livro, e sim coisa do dia a dia, de um glorioso e progressista cotidiano. Mas será que ele não tinha obrigações com o Partido, com os comunistas brasileiros? Com os jovens como eu, ansiosos por sua orientação? Perguntas sem resposta, infelizmente.

A espera se prolongava, os dias passavam, monótonos, tristes. O pior era a saudade. Tu acreditas que até da estância eu sentia falta? Da estância, reduto do latifundiário Nicácio? Sentia falta, sim. Sentia falta do pampa, do nevoeiro das manhãs de inverno. Sentia falta de Santo Ângelo, da escola, da dona Doroteia, dos meus colegas. Isso sem falar de meus pais, do meu mano. Escrevia-lhes todos os dias; mas não enviava todas aquelas missivas, não tinha dinheiro para isso. Mandava uma carta a cada dez dias e olhe lá. Cartas animadoras — e mentirosas. Eu dizia que o Rio era uma maravilha, que estava fazendo o meu estágio com muito sucesso, que os diretores tinham até me convidado para ficar trabalhando na matriz; e, assim que fosse possível, voltaria para visitá-los.

Uma noite, não suportando mais a solidão, fui procurar a Denizete, no centro. Ali estava ela, no lugar em que habitualmente fazia ponto, sumariamente vestida e berrantemente maquiada. Fiquei feliz ao vê-la, que saudade, Denizete, eu estava sentindo falta de ti. Para minha surpresa, desagradável surpresa, não me recebeu com muita efusão. Perguntou o que era feito de mim, se eu estava trabalhando; quando eu lhe disse que não, fechou a cara e me avisou: escuta, gaúcho, conversar a gente pode, mas foder de graça não dá, eu te dei aquela de brinde, mas sou profissional, vivo disso, não posso fazer caridade a toda hora. Naquele exato momento um carro parou ao nosso lado e um homem — um cliente, decerto — fez-lhe sinal. Ela se despediu depressa de mim, entrou no carro e se foi.

Podes imaginar a amargura com que voltei para casa. Mas aquilo, de alguma maneira, me sacudiu. Eu não podia, não devia aguentar humilhações. Viera ao Rio para entrar no Partido Comunista, e no Partido Comunista entraria, com ou sem Astrojildo Pereira.

Falei com Hércules, disse que estava me sentindo marginalizado, inútil, que queria começar logo minha carreira de militante, com ou sem Astrojildo. Quem sabe eu poderia fazer parte de sua célula, ainda que provisoriamente, só para me iniciar na disciplina partidária, na práxis revolucionária?

Ouviu-me com atenção, mas desconversou; alegou que eu ainda era muito jovem, que tinha de ser testado:

— Partido não é clube, Valdo. Não é só uma questão de assinar ficha. O Partido é coisa séria, tem de selecionar muito bem os seus membros.

Acho que no fundo não confiava em mim; continuava me tratando bem, porque era um homem bom, mas não estava disposto a me introduzir à atividade partidária — não, pelo menos, enquanto não descobrisse quem, afinal, eu era, e o que queria. Era um homem tenso, o Hércules, um homem atribulado, e tinha boas razões para isso. Sua relação com a mulher se deteriorava sem cessar; a certa altura já mal se falavam, nem se olhavam. Ela, sempre mal-humorada, sempre agressiva, não perdia oportunidade para me dizer alguma coisa maldosa, ferina, aludindo sobretudo à minha vagabundagem. Hércules ouvia em contrariado silêncio, mas evitava discutir com a mulher. Eu suspeitava que tivesse uma amante, já o vira na rua com uma bela mulata. Suspeita que, aliás, me incomodava; não podia conceber um comunista levando vida dupla, traindo a companheira — ainda que se tratasse de uma mulher insuportável como a Teresa.

Uma coisa me intrigava naquela casa: o quarto que eu ocupava. Seria um aposento para hóspedes? Pouco provável, porque ninguém os visitava — por causa da má vontade da mulher, Hércules não teria a menor condição de trazer um camarada para jantar, quanto mais para morar ali, mesmo provisoriamente. Eu era, isso estava bem claro, uma exceção. E a questão continuava sem resposta: a quem, afinal, pertencera aquele aposento? A um filho, talvez falecido? A um parente? Por que nenhum dos dois falava a respeito?

* * *

O certo é que eu me sentia triste, abatido; em setembro daquele ano de 1929 cheguei ao fundo do poço. Era o mês de meu aniversário, que por coincidência cai no dia 20, data da Revolução Farroupilha; a professora Doroteia sempre dizia que assim eu homenageava o Rio Grande. Mamãe sempre fazia uma festinha de aniversário para a família e meus amigos: o ponto alto era o churrasco, preparado por meu pai, aliás, um mestre: ninguém assava uma costela gorda como ele. Preparar a carne, enfiá-la no espeto, salgá-la, essas coisas mobilizavam nele emoções insuspeitadas; transfigurava-se, quando o fazia, mas nunca falava, nunca expressava em palavras o que sentia. Era um homem quieto e, assando churrasco, a fisionomia atenta, a testa franzida, mais quieto ainda. Lembro um único comentário dele, um comentário que, em retrospecto, pareceu-me melancólico, quem sabe (e considerando o episódio com o coronel) uma espécie de autoacusação, *mea culpa*: carne faz o homem valente, foi o que disse, não sei se para mim, para si próprio, ou para um interlocutor imaginário.

À medida, porém, que a costela ia assando e que o apetitoso aroma dali começava a se evolar, mudava; ficava menos tenso, menos irritado. E por fim era com generoso júbilo que nos oferecia o assado. Do qual, contudo, não comia: no máximo uma lasquinha, apenas para avaliar o sabor. Mamãe reclamava, mas ele dizia que ela não se preocupasse; comer, para ele, era o que menos importava; sua satisfação, sua emoção vinham do fato de ver minha mãe, meu irmão, eu, alguns amigos saboreando o churrasco. Abundante, aliás: até o cachorro, um vira-lata chamado Pretinho, ganhava sua parte.

Terminado o churrasco, mamãe trazia o modesto bolo de aniversário; eu apagava as velinhas, todos cantavam o "Parabéns", todos me abraçavam, e então meus pais me entregavam o presente. No aniversário antes de minha partida, eu já às voltas com meus projetos revolucionários, eles, acho que não por acaso, haviam me dado algo surpreendente: um vistoso relógio de pulso, que, mesmo não sendo de marca famosa, certamente consumira boa parte das economias de papai. Até então, e como quase toda gente na campanha gaúcha, eu não tivera relógio: o tempo ali era calculado pela altura do sol, já que relógios, em geral importados, eram coisa cara, coisa para gente de posses, doutores, estancieiros, empresários. Mas havia um recado naquele presente. Com o relógio, o revoltado filho deles ingressaria, assim o esperavam, num outro e disciplinado universo, o universo em que o tempo era medido e avaliado; o universo dos números, que viam como salvadora alternativa ao universo das letras e das palavras, no qual se moviam a contragosto e com apreensão. Não saberiam, por exemplo, que livro me oferecer de presente, que livro eu, baseado em critérios para eles misteriosos, não queimaria. Já relógio era uma coisa neutra, objetiva; relógio se limitava a registrar a passagem do tempo sem fazer análises críticas do passado, sem fazer profecias gloriosas quanto ao futuro. E, cumprindo sua função, o relógio me lembraria que o tempo passa, e que eu deveria pensar no futuro, que, para eles, se traduzia num diploma, numa carreira profissional.

Aniversário, churrasco, bolo, presentes, isso tudo agora estava longe; tênues, dolorosas lembranças. Eu não tinha com quem celebrar minha entrada nos dezesseis anos. Hércules não era de festas; Teresa, então, nem pensar. Aniversário triste, triste.

Ainda que meu dinheiro estivesse no fim, achei que podia ao menos me dar um presente. Um livro, claro. Fui à Livraria

Progresso e comecei a procurar na prateleira dos livros de esquerda alguma obra barata: tratava-se de compra, não de confisco.

Sentado em seu tamborete, atrás do balcão, o livreiro me observava. Lá pelas tantas disse, em sua voz rouca, cavernosa, voz de fumante pesado, de bronquítico:

— O amigo pelo jeito gosta de livros.

O comentário me surpreendeu. Em geral falava pouco, aquele homem esquisito; limitava-se a responder às minhas perguntas sobre preços e outros detalhes, sempre de forma lacônica, coisa que eu atribuía a uma natureza reservada. Agora, porém, fazia uma observação de caráter pessoal — inusitada, portanto. E gratificante, para quem, como eu, quase não tinha com quem falar. Animei-me; se pudesse ter como interlocutor, ao menos por algumas horas, uma pessoa que eu imaginava culta e inteligente, seria mais que um consolo, seria o presente de aniversário que eu buscava, principalmente se, no decorrer da conversa, ele dissesse algo como "Já que você é um amante do texto, pode escolher qualquer obra, a seu gosto, é homenagem da casa", uma oferta que compensaria as frustrações daquele dia. Apressei-me, pois, a dizer que sim, que ler era a coisa de que eu mais gostava, sobretudo quando se tratava de obras como as que ele tinha ali, naquela esplêndida livraria.

— Mas — acrescentei — acho que o senhor deve gostar de livros ainda mais do que eu. Afinal, trabalha com isso...

A reação dele foi extraordinária. Saltou do tamborete e, olhos fuzilando de raiva, avançou em minha direção:

— Não! — gritou, completamente transtornado. — Você está enganado, rapaz, completamente enganado, terrivelmente enganado, estupidamente enganado; você não podia estar mais enganado, você está cometendo o grande engano de sua vida!

Espero que ela dure o bastante para você corrigir esse erro idiota. Eu não gosto de livros porra nenhuma. Eu odeio livros, odeio essas merdas. Livro só serve para atrair traças, milhões delas; O *Capital*, do Marx, é o campeão nisso, é o paraíso das traças, é a Terra Prometida das traças, elas adoram essas baboseiras, adoram os conceitos marxistas, a mais-valia, relações de produção, materialismo histórico, a palhaçada toda. Como se não bastassem as traças, esses livros juntam poeira também. Poeira é um veneno para mim. Sofro de bronquite asmática, já perdi a conta dos ataques de falta de ar que tive nesta livraria, por causa da poeirama. Uma vez até a ambulância tive de chamar, tão mal fiquei, pensei que ia morrer. O médico que me atendeu disse: livraria não é lugar para o senhor. Estava certo, o doutor. Este lugar medonho ainda vai acabar comigo.

Interrompeu-se por um momento para logo em seguida voltar à carga:

— Ah, sim, e tem os ratos. Não falei neles? Pois devia ter falado. São dois, os ratos, o Marx e o Engels, assim os chamo, e espero que fiquem nisso, em Marx e Engels, que não convoquem o Lênin, o Stálin, o Plekhanov, a rataria toda. Estão sempre correndo por aí, nessas prateleiras de livros esquerdistas. Já botei ratoeira, já botei veneno; nada, são muito espertos, os demônios, parece que aprenderam com os comunas. Todos os dias aparecem, todos os dias. E todos os dias passo pelo vexame de correr atrás deles sem alcançá-los.

Resmungou qualquer coisa que não entendi e prosseguiu, espumando de fúria, os perdigotos voando na minha cara:

— Mas o pior não é isso. O pior é que os livros ficam aí, nos seus lugares, me acusando, me intimando: trate de nos vender logo, seu desgraçado, seu livreiro infeliz, queremos sair daqui, queremos ir para outras prateleiras, prateleiras que nos acomodem bem, com a dignidade que merecemos. Queremos estar nas mãos de gente culta, queremos ser folheados, queremos ser lidos, queremos ser citados, queremos ser importantes na vida das pessoas; se você não nos vender logo, as traças e os ratos nos vingarão, você vai ver.

Calou-se, ofegante — a bronquite deveria mesmo ser grave —, mas foi em frente em sua arenga:

— Isso é o que me dizem esses livros, e não deixam de ter razão. Afinal, são produtos e eu sou um comerciante, precisaria vendê-los, como vendo papel, como vendo canetas, lápis, mata-borrão, como vendo clipes e alfinetes, coisas que aliás saem muito bem, como saem os romances populares e as revistas, a *Fon-Fon* e as outras. Mas esses livros esquerdistas... Como é que vou vender essas drogas? Hein? Como? Quem vai querer esses livros chatos, esses livros que ninguém entende, livros que pregam uma revolução que nunca chega? Revolução, meu caro, só interessa a garotos perturbados como você. Desculpe, mas tenho de lhe dizer a verdade, observo você todos os dias e lhe garanto, você tem cara de doente mental, de punheteiro, e sabe por quê? Porque você vive enfiado nesse lixo do Marx e do Lênin. Gente sensata, inteligente, gente bem equilibrada, gente assim não pensa em mudar o mundo, pensa em trabalhar, em ganhar a vida, em viver melhor. Se lê, e quando lê, é livro de sacanagem, que pelo menos deixa o cara de pau duro. Ou livro de negócios, que ensinam a fazer dinheiro. Agora: essas coisas do Marx, do Lênin, isso aí tinha de ir direto para o lixo, junto com a poeira, as traças e os ratos.

Mais uma vez teve de se interromper e respirar fundo. Voltou à carga:

— Claro, você pode me perguntar por que eu vendo esses livros. Sabe por quê? Porque meu patrão, o dono da loja, me manda fazer isso. Meu patrão é comunista. Pelo menos diz que é comunista. Se é mesmo membro do Partido, isso não sei. Só sei que para um comunista ele é meio estranho. Para começar, nunca vi um cara cuidar tanto da aparência: sempre de terno de linho branco, sempre de gravata borboleta, chapéu panamá, sapatos importados... Um dândi, sabe? Um dândi. Aliás, ele é de família aristocrática, neto de um barão do caralho qualquer. Nunca trabalhou, nunca fez merda nenhuma, não precisa, recebeu uma bela herança. E joga. Você pode imaginar um comunista jogando? Mas ele diz que faz isso de propósito, que está usando contra o capitalismo o próprio veneno capitalista: para ele, a irracionalidade do jogo é apenas uma outra faceta da irracionalidade do mercado, de modo que, sempre segundo ele, a roleta é uma espécie de metralhadora giratória exterminando aqueles que concentram a renda. E o pior é que sempre ganha, sempre, sempre. Ganha fortunas. Foi com o dinheiro do jogo que abriu esta livraria. Fez isso por várias razões; em primeiro lugar para, como ele diz, castigar o regime; depois, para bancar o intelectual; e por último para ficar bem com os comunas: vai que eles conquistem o poder, o cara quer estar por cima. Foi ele quem mandou abrir essa seção em que você está sempre de nariz enfiado. Eu disse que seria difícil conseguir livros novos, então ele me falou para colocar os novos com os usados, quer dizer: com as traças, com os ratos, com a poeira. Uma vez por mês vem aqui, sempre com cara de nojo, sempre com medo de sujar o terno de linho branco; recolhe o dinheiro, pergunta se o pessoal de esquerda frequenta a livraria, se compra livros. Eu digo que sim, porque é o que ele quer ouvir, mas é mentira: aqui só aparecem uns poucos idiotas, como você, caras que não têm nem onde cair mortos.

Sua respiração sibilante era claramente audível, ele não aguentava mais. Mas não desistiria, agora iria até o fim:

— Quer um conselho, meu jovem? Não compre esses livros. Só vão atrapalhar a sua vida, só vão fazer você pensar bobagens. Use seu dinheiro em bebida, use em cigarro, use em mulher, use em ópio. Mas não use em livros. Você deve me achar meio louco por estar dizendo essas coisas, e eu sou mesmo meio louco, e agora estou mais perturbado ainda, porque perdi minha mulher na semana passada, a mulher com quem vivi quarenta e tantos anos; mas eu tinha de lhe dizer isso, tinha de ser sincero, porque —

Interrompeu-se, correu para o pequeno escritório no fundo da loja, entrou, bateu a porta.

Por uns momentos fiquei ali, imóvel, paralisado, chocado. Tão chocado que nem sequer me dei conta da oportunidade que o homem involuntariamente me oferecia: se eu queria pôr em prática o plano tão longamente elaborado, o plano de roubar livros, aquela era uma oportunidade de ouro. Poderia tranquilamente apanhar os livros que quisesse, as obras de Marx, as de Lênin, e sair com elas pela porta sem nem mesmo me dar ao trabalho de ocultá-las. O que, aliás, seria um justo castigo para aquele energúmeno: ah, detestas os livros? Ah, para ti eles servem apenas para coletar poeira, abrigar traças, servir de esconderijo para ratos? Muito bem, meu amigo, vou te livrar do problema. Vou levar os livros, as traças — que provavelmente são mais cultas do que tu, pelo menos sabem valorizar a folha impressa — e a poeira, que não é digna de entrar nos teus delicados pulmões burgueses; e posso, se quiseres, levar os ratos; não gosto dos ratos de trem, mas nada tenho contra ratos de livraria, roedores cultos, letrados, com quem simpatizo, principalmente aqueles que levam os nomes de Marx e Engels. Faço isso, sim, na hora em que quiseres levo tudo. O que será para ti benefício, um verdadeiro presente: não precisarás cuidar de tantos livros. E o teu patrão, no fundo um burguês como tu, poderá se consolar pensando que, ao fim e ao cabo, alguém estará lendo as obras que ele admira.

Mas não, a possibilidade de surrupiar os livros nem sequer me ocorreu. Porque aquela cena me abalara, sabes? Me abalara muito. Eu não havia apenas presenciado a explosão de fúria de um livreiro maluco; não, fora muito mais que isso. Seu desabafo encontrara eco dentro de mim. Uma zombeteira voz interior me dizia esse homem tem razão, não passas de um idiota que acredita ingenuamente no poder dos livros, que vê no tal de Astrojildo Pereira o messias salvador.

Um enorme cansaço se abateu sobre mim. Cansaço da vida que estava levando, sem família, sem amigos, às voltas com gente que não me entendia e com a qual eu me dava mal. Não queria mais saber de livros, nem do Astrojildo, nem do Partido, não queria saber de mais nada. A conclusão se impunha: chegara o momento de dar por encerrada aquela aventura, de voltar para casa. Não para a casa do Hércules, que não era a minha casa, como aquela mulher, a Teresa, a todo instante deixava claro; não, eu queria voltar para a casa dos meus pais, queria abraçá-los, beijá-los e, na tranquilidade do interior gaúcho, botar em ordem minha cabeça. Depois veria o que fazer. Mas só depois.

Eu estava decidido. No dia seguinte me despediria do Hércules e partiria sem maiores explicações.

Saí da livraria, fui direto para a estação ferroviária comprar a passagem. E aí, no guichê, o golpe decisivo, o golpe que me esmagou de vez: o dinheiro que me sobrava não era suficiente nem mesmo para uma passagem de segunda classe, e eu ali não podia contar com ninguém que me introduzisse clandestinamente num vagão de carga. Que fazer? (Nota que esse "que fazer?" não equivalia ao *"Chto delat?"* do Lênin; ao menos no momento, o leninismo para mim estava fora de cogitação, eu não queria saber de doutrina alguma, queria ir embora.) Uma desesperada ideia então me ocorreu, uma ideia que só minha perturbação poderia explicar (mas não justificar): usar o relógio que ganhara de presente de meus pais como pagamento, ou parte do pagamento, da passagem. Tirei-o do pulso, mostrei-o ao funcionário do guichê, fiz a proposta: este relógio é muito valioso, pago a passagem com ele. O homem me olhou, surpreso e irritado:

— Você é um pateta, garoto. Eu já lhe disse qual é o preço da passagem, e é o que você tem de pagar. Em dinheiro, ouviu? Em dinheiro. Relógio não aceito, isto aqui não é loja de penhores. Se você não tem dinheiro, saia daí, a fila está grande, tem muita gente esperando. Vá embora ou eu chamo a polícia.

Voltei para casa acabrunhado. Hércules notou que alguma coisa tinha acontecido, perguntou se eu estava bem. Eu disse que estava bem, que era apenas uma dor de cabeça, que ia me deitar. E fui me deitar. Ah, mas que noite foi aquela, meu neto, que noite. Achei que não sobreviveria a tanto sofrimento.

Mas sobrevivi. Não só sobrevivi como recuperei, e até muito rapidamente, minhas antigas convicções. Outubro ajudou. Porque era o mês da Revolução Russa? Talvez, mas não só por isso. Foi por outra razão, uma razão que para ti, meu neto, pode parecer insólita, mas que para mim representava um verdadeiro desígnio do destino. Outubro de 1929, tu, rapaz culto, norte-americano ainda por cima, deves saber disso, foi o mês da crise da Bolsa de Nova York.

Crise anunciada, aliás. Inclusive no Brasil. A economia do país dependia do café, responsável por três quartos de nossas exportações. Nos anos anteriores a safra fora recorde, mas — e Marx explicava muito bem o paradoxo — o que deveria ter sido uma bênção revelara-se uma maldição: grandes safras significavam preços mais baixos, lucros menores. O governo pretendia ajudar os fazendeiros, mas dependia para isso de um empréstimo do governo do teu país (por favor, não vê nesse "teu país" uma acusação, é só um registro casual), que não foi concedido. Sucediam-se falências e concordatas: setenta e duas, só em setembro. E uma tragédia: no elegante bairro de Higienópolis, em São Paulo, um endividado e transtornado empresário, armado de navalha, tentou matar a mulher, que contudo escapou; aí o cara degolou os dois filhos pequenos e se suicidou. Tragédia burguesa em grande estilo, igual à do conto do Michael Gold.

Com rapidez impressionante, o caos financeiro se instalou nos Estados Unidos. Algo, para mim e para muitos outros, comunistas inclusive, surpreendente, estarrecedor. A gente via os Estados Unidos como uma grande potência capitalista, odiosa potência, mas, tínhamos de reconhecer, forte, estável, desafiadora potência. E aí sobreveio a quebradeira, que Hércules e eu acompanhávamos pelo rádio. De um dia para o outro as cotações da Bolsa de Nova York desabaram, fortunas viravam (mas o livreiro não gostaria disso) poeira, grandes empresas faliam.

Eu vibrava com as notícias. O gigantesco ídolo do capitalismo, agora ficava claro, tinha pés de barro e tombara fragorosamente. Marx estava certo, completamente certo, inexoravelmente certo: era um sistema irracional, aquele, tão irracional quanto desumano, e a crise o comprovava. A crise era o grande castigo para a cobiça, para a ambição desmedida. Os capitalistas estavam provando de seu próprio veneno; muitos financistas e empresários se suicidaram — o que não deixava de ser irônico: não era a revolução que os estava executando, não era a justiceira forca, o implacável pelotão de fuzilamento, a eficaz guilhotina; eles mesmos se jogavam dos altíssimos edifícios de Nova York e iam se esborrachar no asfalto. Nada poderia ser mais simbólico, nada.

Só uma coisa eu lamentava: que Geninho não estivesse ali, partilhando nossa alegria.

Nossa alegria, não. *Minha* alegria. Hércules não estava alegre, nada alegre; ao contrário, suas preocupações transpareciam na fisionomia agora sempre carregada. O dono da serralheria, invocando a crise, falava abertamente em mandar gente embora, em diminuir salários. A ameaça poderia incluir o próprio Hércules, operário competente e dedicado que, contudo, tinha contra si a condição de comunista, coisa que o patrão até então fingira ignorar, mas que agora poderia servir de pretexto para uma sumária demissão.

Aquilo terminou sendo um problema para mim também. Fazia semanas que eu estava na casa daquele homem esperando um Astrojildo Pereira que não aparecia nunca; fazia semanas que comia a comida dele, que dava trabalho à mulher. Coisa que Teresa certamente lhe atirava na cara: você traz para cá esse seu amigo, esse comunistazinho vagabundo que não tem o que fazer, e eu pago o pato. Provavelmente estava exigindo que o marido tomasse providências para acabar com aquela situação. Ou seja: alguma coisa estava para acontecer.

E aconteceu. Uma noite, depois do jantar e enquanto Teresa lavava os pratos na cozinha, Hércules disse que precisava ter uma conversa comigo. Estava visivelmente constrangido, pigarreou várias vezes antes de falar, mas foi em frente. Começou lembrando que me acolhera fraternalmente, que me oferecera casa, comida e ajuda. Claro, fizera isso por solidariedade, e fizera com prazer; mas agora estava tendo problemas, e se via obrigado a me pedir que fosse morar em outro lugar — um lugar que ele, aliás, já havia providenciado: uma pensão, cuja dona conhecia (ela encomendara grades da serralheria) e que ficava num lugar muito bom, próximo ao centro; eu estaria melhor lá do que na zona norte, havia inclusive muitas livrarias nas redondezas. O preço não era alto, e também para isso ele providenciara uma solução: acabara de me arranjar um emprego.

Eu o ouvia com crescente espanto e angústia. Estava, a rigor, sendo expulso do único lugar onde, no Rio, sentia-me um pouco seguro; moraria com gente estranha, gente com a qual certamente não teria afinidade ideológica. E mais, agora teria um emprego.

Emprego? Eu nunca tinha pensado nessa possibilidade, nunca pensara em tornar-me empregado, com horário a cumprir, com monótonas tarefas a executar, com um patrão a quem obedecer: "Sim, patrão". "Perfeitamente, patrão." "É pra já, patrão." "O senhor manda, patrão." "Estou às suas ordens, patrão." Eu queria, sim, fazer parte do mundo do trabalho, mas na qualidade de líder revolucionário. Horário? Tarefas? "Estou às suas ordens"? Nem pensar. Hércules, porém, não estava me perguntando o que eu achava daquela possibilidade. Hércules estava me dizendo, e com um autoritarismo que nele eu não conhecia, o que eu deveria fazer. E a verdade é que foi convincente: eu realmente não tinha alternativa.

— Mas de que trabalho se trata? — perguntei, numa voz que me saiu esquisita, estrangulada; uma voz que não era a minha, era a voz do novo personagem que eu estava a ponto de encarnar.

— Bom — respondeu ele, tentando dar um tom casual às suas palavras —, pelo que sei, você não tem nenhuma experiência profissional. Precisaria ser uma coisa fácil de aprender. E o melhor para isso é a construção. Carregar areia, cimento, tijolos, essas coisas, é fácil. Só precisa ter força, e isso não lhe falta, você é um jovem robusto.

— Mas onde é que eu vou trabalhar? É alguma casa, algum prédio?

— Não. — Hesitou. — É um... monumento. Um grande monumento, que está sendo construído no Corcovado. Você não ouviu falar?

Não. Eu não sabia do que ele estava falando. Perguntei de que se tratava.

Mais uma vez hesitou. Aquilo realmente era penoso para ele:

— É um monumento a Jesus Cristo. Cristo Redentor, assim vai se chamar.

Cristo? Cristo Redentor? Eu tinha ouvido bem? Hércules, um comunista, estava me dizendo para trabalhar num monumento em homenagem a Jesus Cristo, um monumento religioso?

— Hércules, eu não acredito que tu—

Interrompi-me: sua aparência se tornara lastimável; aquela conversa era-lhe incrivelmente penosa, dolorosa, exigia dele um tremendo esforço. Mas agora, que tinha começado, militante disciplinado que era, iria até o fim:

— Eu sei, Valdo, que pode parecer estranho para você, mas o trabalho que fazemos, o nosso ofício, não tem a mínima importância do ponto de vista revolucionário. Se fabricamos armas, ou vendemos frutas, ou varremos ruas, ou construímos monumentos, é tudo igual. O importante é ter consciência de classe, é saber que precisamos mudar o mundo e o país. Sob o comunismo, o trabalho será importante, dará dignidade às pessoas; mas até lá o que temos de fazer é educar nossos companheiros trabalhadores, é abrir seus olhos. Para fazer isso, temos de estar ao lado deles, trabalhando junto com eles. É isso que você vai fazer. Será bom para a nossa causa, será bom para você.

Pronto, eu estava diante do fato consumado. Que remédio? Hércules, membro do Partido, era a única pessoa em quem eu podia confiar, e eu seguiria sua orientação. Tentando (verdade que sem muito êxito) mostrar-me animado, perguntei o que tinha de fazer. Ele disse que já estava tudo certo, que o emprego estava garantido, e que me levaria até o Corcovado para que eu acertasse detalhes com o mestre de obras, aliás conhecido seu. Já tinha até marcado o dia para isso:

— Amanhã. Tirei folga, vamos lá cedo.

Nesse momento Teresa apareceu. Eu podia apostar que, por trás da porta da cozinha, tinha ouvido a conversa toda; pela primeira vez em todas aquelas semanas não estava carrancuda, não me olhava atravessado. Ao contrário, até sorriu, quando anunciou que estava se recolhendo. E mais: me deu boa-noite. Pela primeira vez, me deu boa-noite.

Mas não foi uma boa noite. Como poderia ser uma boa noite diante do que eu ouvira, diante do que me esperava? Simplesmente não dormi; fiquei horas andando de um lado para outro no quarto. Antes de clarear o dia, vesti-me e fiquei na sala, à espera do Hércules. Ele apareceu e, num tom que me surpreendeu pela animação, perguntou se eu queria tomar café.

Não, eu não queria tomar café. Na verdade, não queria mais nada dele. Eu estava com raiva, com muita raiva, coisa que Hércules não percebeu ou fingiu não perceber: não queria brigar comigo num momento obviamente difícil para o seu hóspede — incômodo hóspede, talvez, mas hóspede. Tomou o café, apanhou o gorro e a marmita e saímos.

Chegar ao Corcovado era complicado. Teríamos de ir primeiro ao Cosme Velho para de lá tomar um trem que nos levaria ao alto do morro.

Cosme Velho. Sim, eu ouvira falara naquele bairro: a professora Doroteia contava que Machado de Assis morara ali durante muito tempo. De certo modo fazia sentido a ligação entre o bairro e o Corcovado, entre o reduto de um escritor reacionário e o lugar onde seria construído um monumento religioso.

Do Cosme Velho tomamos o pequeno trem que nos levaria ao Corcovado pela linha férrea construída na virada do século pelos engenheiros Pereira Passos e Teixeira Soares, como me informou Hércules, que de súbito se tornara loquaz, movido por uma imperiosa necessidade de falar, de contar, de explicar. Pereira Passos, que depois se tornara prefeito do Rio de Janeiro, era, aliás, uma figura detestada pelos comunistas. Como o barão Haussmann, que, em Paris, alargara ruelas e construíra avenidas para assim evitar a volta das barricadas com as quais os revolucionários da Comuna haviam ameaçado o regime, Pereira Passos abrira a avenida Central e acabara com os cortiços, coisa que resultara na expulsão de milhares de trabalhadores do centro do Rio. Um falso progresso, portanto, feito à custa do povo, como provavelmente era o caso daquela ferrovia. Mas a paisagem, eu tinha de admitir, era arrebatadora. À medida que íamos subindo, desdobrava-se diante de nossos olhos uma deslumbrante vista do Rio, coisa de cartão-postal, capaz de encantar qualquer turista. Mas eu não estava encantado. Eu não era turista, era um operário em potencial a caminho da submissão.

Chegamos ao topo do Corcovado. Diante de nós, um grande canteiro de obras: gigantescos andaimes, blocos de concreto. Não dava para dizer o que seria aquilo, não dava para adivinhar que jeito teria o gigantesco monumento para ali planejado. O que, de certo modo, era um alívio. Se pudesse abstrair a figura de Cristo eu faria, simplesmente, automaticamente, o que os operários — e eram muitos, um verdadeiro enxame — faziam: trabalharia, afanosamente, automaticamente, sem descanso.

Hércules tratou de procurar o mestre de obras. Logo o encontramos: era o Joaquim, um nordestino magro, miúdo, vivaz. Esse aqui é o Valdo, de quem lhe falei, disse Hércules.

Joaquim me olhou de cima a baixo, obviamente me avaliando; satisfeito com o que via (não era para menos: eu tinha um metro e setenta e cinco, aparência sadia, era musculoso), saudou-me com um sorriso tão acolhedor quanto gaiato: até que enfim, disse, teremos um gaúcho aqui na obra.

— Falam por aí que vocês são bons de briga. Agora vamos ver se vocês são bons de batente. Então? Está pronto para enfrentar o desafio?

Que poderia eu dizer? Claro que estou pronto, respondi, tentando parecer animado. Mas deveria, eu, parecer animado? Diante de um mestre de obras, de um agente do capitalismo, deveria parecer animado? Não representaria isso um primeiro passo no sentido da submissão à ordem vigente, com outros passos rapidamente se seguindo, a ânsia de manter determinada impressão acabando com a coerência, com a integridade pessoal? Ou será que se tratava apenas de um apoio à iniciativa de Hércules, apoio resultante, por sua vez, de uma superior compreensão, capaz de me fazer reconhecer nele, não o proprietário que me mandara embora de sua casa, mas um camarada, sofrido camarada?

Essas coisas todas me passaram muito rapidamente pela cabeça; o resultado final foi aquela aparente animação, que a Joaquim agradou muito. Ótimo, disse ele, é de gente assim que eu preciso, gente forte, disposta.

Explicou-me o que eu tinha de fazer. Como Hércules imaginara, minha função seria a de ajudar os operários mais experientes. A obra estava atrasada, os engenheiros insistiam para que o pessoal apressasse os trabalhos, vários auxiliares de pedreiro estavam sendo contratados por um salário que, à época, não era mau. Depois de dizer isso, a expressão de Joaquim mudou; subitamente sério, falou-me de maneira agora enfática, e usando um argumento que era para mim a consumada glorificação da religião como ópio do povo:

— Não é uma obra qualquer, Valdo. Não é uma casa, não é um prédio, não é um depósito, não é uma fábrica. É uma gigantesca imagem de Nosso Senhor Jesus Cristo, nosso salvador, nosso redentor. Não sei se você é católico; eu sou. A maioria aqui é. Para nós, não é só um trabalho, é uma causa, uma causa abençoada. Quando a obra terminar, o Rio de Janeiro estará sob o olhar de Cristo, sob a proteção de Cristo. O Brasil começou com a primeira missa, Valdo, o Brasil é um país cristão. Aqui, Cristo vive, Cristo reina, Cristo impera. É o que o monumento mostrará ao mundo.

Fitou-me, dando-se conta da perturbação que agora em mim se tornara evidente. Não sabia a que atribuí-la, claro; mas, cara esperto (por alguma razão se tornara mestre de obras), percebeu que não deveria continuar batendo naquela tecla. Passou, pois, aos conselhos práticos: eu deveria chegar ao serviço pontualmente, usando roupa mais adequada: macacão de brim ou algo no estilo. As ferramentas seriam fornecidas pela construtora. Teria uma hora para almoçar, o melhor seria trazer comida numa marmita, como os outros operários:

— A partir de agora você é marmiteiro, meu caro. Você é um trabalhador.

Essas palavras — não, essa palavra, "trabalhador", teve sobre mim um efeito surpreendente, mágico, mesmo. Trabalhador! De repente, eu me transformava. De repente era um daqueles trabalhadores que via nos cartazes soviéticos que Geninho me mostrara num livro: um homem altivo, musculoso, um lutador. Sim, eu estava me integrando na vasta corrente humana que, vinda de um sombrio passado, encaminhava-se para um glorioso futuro. Que importava o tipo de trabalho? Importante era o fato de que eu estaria junto com outros trabalhadores, com meus companheiros de sofrimento e de luta. Eram meus irmãos, aquelas criaturas pequenas, escuras, que andavam de um lado para outro com baldes e carrinhos, que manejavam suas ferramentas. Eu queria correr para eles gritando jubiloso, eu vos abraço, Milhões (ainda que não fossem milhões, e sim algumas dezenas). Joaquim percebeu minha emoção, estendeu-me a mão, sensibilizado:

— Seja bem-vindo, meu caro. Você será uma grande aquisição, estou seguro.

Hércules, que ouvira em silêncio a conversa, interveio: precisávamos voltar, tinha de ir para a serralheria. Despedi-me do Joaquim, que mais uma vez me recomendou pontualidade ("Você é dos poucos que têm relógio, preste atenção no horário") e fomos tomar o trem.

Hércules agora mudara. Parecia aliviado, mas também constrangido: ainda havia uma questão, espinhosa questão a resolver. Vacilando muito, perguntou-me quando eu pretendia me mudar para a pensão. Não sei, respondi, quanto tempo tenho para isso? Mexeu-se no banco do trem:

— Três dias, está bom?

Três dias. Três: o número mágico, o número clássico. Tudo bem. Horas antes o aviso teria me deixado deprimido; agora, não. Agora, decisão tomada, eu me sentia, senão tranquilo, pelo menos resignado. Minha vida de fato mudara.

Tivemos, naquela noite, um jantar excepcionalmente abundante: bife, batatas fritas, ovos estrelados, pudim de coco. Era possível que estivessem celebrando minha partida, mas preferi acreditar que não, que aquilo era uma homenagem. De fato, Hércules ergueu o copo de vinho:

— A essa nova etapa, Valdo. Que ela contribua para fazer de você um trabalhador, um companheiro.

Teresa, séria, não dizia nada, mas ergueu o copo também.

Vacilei um instante e brindei com eles. Já que estava indo embora era melhor sair numa boa, sem brigas, sem ressentimentos.

Depois do jantar ouvimos o noticiário, Hércules e eu; as notícias de sempre, a crise, o desemprego. Lá pelas tantas, ele, irritado, desligou o rádio; disse que estava cansado, que ia se deitar, e me aconselhou a fazer o mesmo: eu teria de levantar muito cedo, antes de o sol nascer:

— Quando você se mudar para a pensão, poderá acordar mais tarde. — E concluiu, tentando, sem êxito, fazer graça: — Sorte sua, companheiro, sorte sua.

Fui para o quarto, peguei um livro, tentei ler, não consegui: estava excitado demais com os acontecimentos do dia e com o que estava por vir.

Ouvi umas pancadinhas na porta. Abri, e ali estava a Teresa:

— Desculpe a hora, Valdo, mas posso falar com você? Tenho umas coisas para lhe dizer.

Era a primeira vez, em todas aquelas semanas, que ela se dirigia a mim com naturalidade e de maneira bem diferente, amistosa mesmo. Já não era a mulher ríspida, exasperada, de antes. Não, agora era outra pessoa, com ar afetuoso, conciliador, até: incrível transformação. Resultado do alívio proporcionado por minha partida iminente? Remorsos por ter, no passado, me tratado mal?

Entre, eu disse. Ela entrou, sentou na cadeira, respirou fundo:

— Tenho de lhe pedir desculpas, Valdo.

Desculpas? Eu não podia acreditar no que estava ouvindo. A agressiva Teresa pedindo desculpas? Realmente ela mudara.

A senhora não tem do que se desculpar, comecei a dizer, mas ela me interrompeu:

— Tenho, sim. Não tratei bem você. Para dizer a verdade, tratei você muito mal... Reconheço: fui estúpida, grosseira. Sei disso. Mas quero que você saiba: não é nada contra você. É a minha raiva, Valdo, o meu ressentimento.

Raiva? Ressentimento? Eu não sabia do que ela estava falando, e ela própria hesitou, talvez arrependida de ter iniciado aquela conversa; agora, contudo, iria até o fim:

— Você deve estar se perguntando o que, em você, me desagradou tanto, despertou tanta raiva em mim. Nada, Valdo. Nada, absolutamente nada. Você é um bom garoto, uma beleza de pessoa. Em outras circunstâncias eu adoraria conversar com você, gostaria de lhe ajudar. Mas aconteceu uma coisa, Valdo, que mudou tudo. Você... Você ocupou este quarto, Valdo. Você foi, em muito tempo, a primeira pessoa que ocupou este quarto, que dormiu nessa cama. Não lhe falei nisso e acho que o Hércules também não, mas este quarto nos traz recordações muito, mas muito dolorosas. Este quarto, Valdo, era de minha filha Rosa.

Interrompeu-se, escondeu o rosto entre as mãos e ficou ali, chorando baixinho. Eu não dizia nada, não sabia o que dizer. Finalmente criei coragem e perguntei o que tinha acontecido com a Rosa, temendo ouvir uma resposta do tipo "Morreu, a pobrezinha". Mas não, Rosa não tinha morrido:

— Ela brigou com a gente, Valdo. A Rosa brigou com a gente. Sempre foi rebelde, sempre nos causou problemas. No colégio implicava com os colegas, com a professora. Volta e meia éramos chamados lá. Achávamos que era coisa de menina birrenta, que com o tempo melhoraria, mas que nada, a cada ano a coisa ficava pior. Acabou expulsa do colégio; não quis mais estudar, passava os dias em casa lendo aqueles livros dela, aqueles livros sobre revolução. E nos dizia coisas medonhas. Nós, os pais, éramos inimigos. Opressores, como ela falava, essa linguagem que você conhece. Faz uns quatro anos, entrou na política. Como o pai. Só que o Hércules é comunista e ela é anarquista. Para mim são coisas parecidas, mas, você sabe, com esse pessoal da esquerda é assim: quanto mais parecidos, mais brigam. Os dois ficavam o tempo todo batendo boca, um ofendendo o outro. Até que uma noite, no jantar, o Hércules perdeu a cabeça e jogou o prato nela, na própria filha. A Rosa não disse nada. Levantou da mesa, foi para o quarto, arrumou a mala, avisou que ia embora para nunca mais voltar. Cumpriu a palavra, não voltou mesmo. Mil vezes eu pedi ao Hércules que fosse atrás dela, que pedisse desculpas, que a trouxesse de volta. Mas não, o homem é cabeçudo. A Rosa tinha a quem puxar.

Suspirou:

— Como você pode imaginar, nunca perdoei o Hércules. Por causa dele, eu, por assim dizer, perdi minha filha, minha única filha. A Rosa sumiu. E olhe que fiz força para encontrá-la. Apelo até para programas de rádio: vou lá, falo ao microfone, conto o meu drama, coisa que me dá muita vergonha, mas que eu faço porque mãe é mãe, mãe tem de se sacrificar, tem de implorar, tem de rastejar até. Suplico à Rosa que volte, que pelo menos me mande uma carta dizendo como está. Inútil. Ontem foi o aniversário dela, a Rosa completou vinte e seis anos e não pudemos lhe dar os parabéns, porque simplesmente não sabemos por onde anda; nem sabemos se está viva. A única coisa que tenho dela é isto, uma foto que deixou aqui no quarto.

Mostrou-me uma foto de uma moça bonita, sorridente, mas de ar determinado; era daquelas mulheres que sabem o que querem, que vão atrás do que querem, sem se importar com obstáculos.

— E aí — prosseguiu — o Hércules traz você para a nossa casa, me diz que você é um jovem companheiro, que precisa ser ajudado, e instala você no quarto de minha filha, dá a você a cama em que ela dormia. Você pode imaginar a raiva que senti.

Infelizmente, descarreguei essa raiva em você, pelo que lhe peço perdão.

Comecei a dizer qualquer coisa do tipo ora, que é isso, a senhora foi ótima, mas ela me interrompeu:

— Não diga nada, Valdo. A esta altura de minha vida sei reconhecer os meus erros. Mas você pode me ajudar. Fale com ela. Fale com a Rosa. Vocês dois estão nessa coisa de revolução, pode ser que vocês se encontrem numa reunião, num comício. E aí você diz a ela: "Não faça isso, Rosa, não abandone seus pais, eles não podem viver sem você...".

Começou a chorar baixinho. Eu a olhava sem saber o que dizer. Encontrar a Rosa? Vã esperança, a dela; pensava que, por sermos ambos esquerdistas, isso pudesse acontecer. Mas, como ela mesma dissera, anarquistas e comunistas eram inimigos; se algum dia nos encontrássemos, a Rosa e eu, mais provavelmente acabaríamos discutindo, quem sabe trocando ofensas. Mas não era o momento de fazer tais ponderações; eu não tinha por que aumentar o sofrimento da pobre mulher. Sim, eu disse, se eu falar com a Rosa, conto que morei aqui, que testemunhei o sofrimento de vocês, peço que volte para casa, que termine com a briga.

Teresa se mostrou muito agradecida. Desejou-me êxito no emprego ("É uma coisa bonita, construir o Cristo no Corcovado, sei que vocês, comunistas, não acreditam na religião, mas é um trabalho abençoado, Jesus recompensará você") e disse que, mesmo morando na pensão, eu poderia visitá-los quando quisesse: estaria sempre convidado para comer com eles.

Saiu, finalmente. Cansado, estirei-me na cama e, vestido como estava, adormeci. Se sonhei, não lembro; só sei que às quatro da manhã soou, estridente, o despertador que Hércules tinha me emprestado. Saltei da cama, pronto, ou pelo menos assim eu achava, pelo menos assim eu queria achar, para a minha nova vida.

* * *

Hércules e Teresa ainda estavam dormindo quando saí. Mas já havia gente na rua, àquela hora: homens e mulheres que, como eu, iam para o trabalho. Gente silenciosa, apressada, gente de fisionomia séria, sofrida. Meus companheiros, queridos companheiros trabalhadores. No alvorecer deste novo dia eu vos saúdo, companheiros. Eu vos abraço, Milhões.

O júbilo se apossou de mim, meu neto, um júbilo que tinha razão de ser: eu não me deixara abater, eu partira para a luta, eu estava começando uma nova etapa em minha jornada.

Teoricamente eu tinha muito tempo, mas me atrapalhei com o transporte, tomei o ônibus errado, perdi o trem, acabei chegando ao Corcovado com meia hora de atraso. Joaquim me recebeu de cara amarrada:

— Primeiro dia, e você já chega tarde? Nós aqui exigimos pontualidade, meu caro. Você vai ser descontado.

Olhou-me, de cima a baixo:

— Eu não tinha falado para você vir com roupa de trabalho? Essa sua roupinha frajola não serve para o serviço.

Confuso, expliquei que não tivera tempo para providenciar outras roupas, mas que faria isso logo. Está bem, disse ele impaciente, então vamos ao que interessa. Mostrou-me uma pilha de sacos de cimento: eu teria de transportá-los até o lugar em que os operários estavam trabalhando, algumas dezenas de metros adiante. E como é que eu levo isso?, perguntei. Ele soltou uma gargalhada:

— Como é que você leva isso? Nas costas, meu caro! Nas costas! A menos que você tenha alguém que carregue os sacos para você.

Sem uma palavra, peguei um dos sacos. Eu era um guri forte e estava acostumado a carregar peso: muitas vezes, a pedido de meu pai, levara novilhos para o curral. Mas transportar novilhos era coisa relativamente fácil: patas dianteiras sobre um ombro, patas traseiras sobre o outro, barriga apoiada na nuca; uma coisa até agradável, por causa do calorzinho do bicho. Com o saco de cimento, porém, era diferente. Tratava-se de formato hostil; não havia nada ali que facilitasse a preensão. E o peso era grande. Quando, com enorme dificuldade, coloquei o primeiro nas costas, cheguei a perder o equilíbrio; cambaleei, mas não caí. Cair era algo que eu não poderia me permitir, equivaleria a uma derrota, sobretudo diante do mestre de obras, que evidentemente estava se divertindo com a cena. Com muito esforço, tratei de acomodar como podia aquela coisa sobre o dorso e, quando consegui, fiz o trajeto indicado. O segundo saco já foi mais fácil; fui aperfeiçoando a técnica de transporte e por fim levei a pilha toda. E baldes cheio de areia, e vergalhões de aço... Não era pouco o que havia para transportar.

Ao meio-dia, eu já exausto, soou o sino: pausa para o almoço. Os outros operários tinham suas marmitas. Eu não. Na verdade, ao sair de casa naquela manhã simplesmente esquecera de que precisaria comer. Poderia ter levado um sanduíche, uma laranja; Teresa, que agora me tratava cordialmente, me daria de bom grado um farnel. Mas eu não me lembrara disso. Paciência.

Sentei-me numa pedra e, esfomeado, fiquei olhando os homens comer. Um deles teve pena de mim, ofereceu-me uma banana. Recusei, mas insistiu; para me convencer — devia ser um cara muito bom, ele, quem sabe um potencial companheiro de luta revolucionária —, disse que detestava banana, a mulher é que colocava aquilo em sua marmita; se eu não a comesse, ele de qualquer modo a jogaria fora. Num abrir e fechar de olhos devorei a banana. Foi o meu almoço.

Quando terminou o dia eu estava um trapo. O corpo todo me doía, eu tinha bolhas nas mãos. Mas a verdade era que sobrevivera; chegara ao fim da jornada, o que não deixava de ser motivo de orgulho. E de alegria: estava muito contente com o que me parecia um triunfo.

Mas era, mesmo, um triunfo? Minha tarefa consistira, basicamente, em transportar sacos de cimento e baldes de areia do ponto A para o ponto B. O que significava aquilo? Que trajetória era aquela? O que, nela, acontecia? O que parecia um simples transporte de materiais de construção na verdade era parte de um processo mais complexo e com óbvias implicações. No ponto B, areia e cimento se transformariam na matéria da qual seria feito o monumento ao Cristo Redentor; o ponto B (B de burguês? Certamente não B de bolchevique) era, portanto, o possível, e provável, fulcro de uma mistificação, de um gigantesco engano. Constatação amarga para quem, como eu, esperava, através do trabalho físico, transformar-se num ser humano melhor, no novo homem que construiria uma nova sociedade.

Nova sociedade? Não era isso o que o mestre de obras Joaquim esperava de mim. Queria que eu participasse na construção do Cristo Redentor, que eu empenhasse meu esforço naquilo que denominara "uma causa"; mas, sobretudo, queria que eu executasse as tarefas que me eram delegadas, que eu cumprisse suas ordens: leve a areia e o cimento, não fale, não pense. Agora: uma coisa era seguir uma determinação do Partido Comunista, coisa que eu faria de imediato, sem vacilar, se e quando me tornasse um militante; outra coisa era conformar-me àquilo que o mestre de obras, um representante patronal, um capanga do sistema, um avatar do capitalismo, mandava. Eu me tornaria um resignado servidor, um daqueles pobres-diabos que dependem do esforço físico para esquecer a cruel realidade, para não pensar.

O que, para muitos, poderia ser um objetivo compreensível. Pensar, e eu praticamente não fizera outra coisa desde que chegara ao Rio, era coisa angustiante. Melhor seria, diria o mestre de obras, não raciocinar; melhor descarregar através da misericordiosa válvula de escape do trabalho físico a dúvida e a ansiedade. Mas não significaria isso ver no trabalho um ópio, semelhante ao ópio da religião, trocar as rezas, rituais e penitências de minha infância pelo mecânico e repetitivo esforço físico? Não seria cada passo dado entre o ponto A e o ponto B (no total sessenta e oito passos, eu já contara) um componente do processo de automatização que transformava operários em robôs alienados, em dóceis componentes do sistema?

Eu não tinha respostas para essas perguntas; para obtê-las, precisaria recorrer ao Astrojildo Pereira, se e quando o encontrasse. Enquanto isso não acontecia, e para não me amargurar ainda mais, resolvi encarar a situação com confiança, com o otimismo dos verdadeiros revolucionários: bem ou mal, certo ou errado, transportando areia ou cimento, eu me tornara um operário da construção, um trabalhador, com a experiência do trabalhador, com os direitos do trabalhador, aqueles direitos que o sofrimento do duro trabalho justifica. O lema "proletários de todo o mundo, uni-vos" agora me incluía e marcava o início de minha jornada no caminho do comunismo. O que era mais que suficiente para um começo de jornada proletária. Jornada, aliás, esperançosa: o ponto B, disso eu estava certo, não seria o meu destino final. Haveria um ponto C, um ponto D, um ponto E, um ponto F, um ponto G (que para tua geração tem outro, e malicioso, sentido), e assim por diante; pontos que balizariam o caminho da transformação. As letras que os designassem formariam o alfabeto com o qual eu escreveria uma nova e promissora história.

O acaso daria uma simbólica confirmação a meu raciocínio. Na saída do trabalho tomei o trem para o Cosme Velho; lá chegando, vi na rua um ambulante que vendia roupas usadas, expostas sobre uma mesa tosca. Curioso, aproximei-me. Ali, entre amassados chapéus, casacos puídos e calças velhas, estava algo que parecia ter sido reservado para mim, algo que coroaria aquele dia decisivo.

Um macacão. Um macacão de brim muito usado; desbotado, com manchas escuras e um pequeno rasgão no fundilho. Mas apesar disso, ou por causa disso, fascinou-me, aquele macacão. O que eu estava vendo ali não era uma peça de vestuário, era um símbolo, o símbolo do mundo do trabalho no qual eu acabara de entrar.

O vendedor notou meu interesse, tratou de estimular o potencial cliente:

— É bem o seu tamanho, vai ficar muito bem em você.

Perguntei o preço. Era barato, e agora eu poderia comprá-lo: no fim do mês estaria recebendo o salário.

Comprei o macacão. Exultante, cometi o erro de dizer ao homem que achara o preço muito baixo, uma pechincha. Coisa de que o vendedor não gostou nada; dava-se conta agora de que fora trouxa: de um garoto do interior, com indisfarçável sotaque gaúcho, poderia ter cobrado muito mais. Mas vingou-se:

— Sabe por que lhe cobrei pouco, meu amigo? Porque era de um morto. Ninguém quer comprar roupa de morto, ainda mais o macacão de um sujeito que morreu caindo de um andaime, coisa horrível, o cara ficou despedaçado. Essas manchas escuras que você está vendo aí são de sangue. Espero que isso não aconteça com você, mas ninguém garante nada, não é mesmo? O futuro a Deus pertence.

Mirou-me, triunfante, achando que com aquilo tinha ido à forra. Mas se enganava. A mim não importava que o operário dono daquele macacão tivesse morrido num acidente de trabalho. Pelo contrário, usar a tal roupa era uma coisa simbólica, uma homenagem à sacrificada classe operária, e um sinal de minha própria transformação. Eu estava dando continuidade à vida de um trabalhador que, desconhecido embora, certamente lutara, amara, sofrera, e morrera como um anônimo herói. Não se tratava só de um macacão; tratava-se de um uniforme de combate, digno de ser usado na batalha final contra o capitalismo. De modo que agradeci a informação e fui embora com o meu troféu.

No dia seguinte lá estava eu, na obra, vestindo o macacão. Joaquim mirou-me com ar aprovador, mas disse que eu poderia ter escolhido coisa melhor, mesmo de segunda mão. A observação não chegou a me incomodar; eu estava animado, e trabalhei com um vigor inesperado até para mim.

O domingo seguinte era o dia da mudança. Arrumei minhas poucas coisas e fui com Hércules à pensão do Cosme Velho, que daí em diante seria minha residência.

Era uma casa enorme, muito antiga, protegida por grades com ponta de lança iguais às que eu vira na serralheria. A dona, Maria Clara, viúva de um comerciante arruinado, garantia seu sustento alugando quartos para homens e rapazes solteiros, em geral gente humilde como eu. Sem filhos, Maria Clara tratava os hóspedes com cuidados quase maternais e cobrava um pouco mais barato que os estabelecimentos do gênero. Era simpática, aquela mulher, alta, morena, de grandes olhos escuros. Já madura, conservava sinais da antiga beleza (na juventude fora eleita rainha do Cosme Velho); vestia-se com elegância, estava bem maquiada.

Recebeu-me com efusão, declarando-se fã dos gaúchos — tinha parentes no Alegrete e gostava de churrasco, de chimarrão, de cavalos. A Hércules disse que não se preocupasse: eu estava em boas mãos.

Chegara o momento da despedida. Acompanhei Hércules até a porta. Antes de sair, ele voltou-se para mim, estendeu-me a mão: isto não é um adeus, disse, com um sorriso forçado, a gente logo vai se ver, não tenha dúvida. Obviamente sentia remorsos por não ter agido como um comunista generoso, mas a verdade é que não via em mim — não poderia ver em mim — um companheiro de partido; afinal o que era eu, senão um garoto que o destino jogara em sua vida? Contudo, disse que confiava em mim, no meu idealismo, na minha coragem e na minha dedicação à causa: aliás, nunca vira ninguém estudar tanto o marxismo como eu. Quando finalmente Astrojildo Pereira retornasse, eu poderia encontrar meu lugar na militância. Coisa que, ele esperava, logo aconteceria:

— Assim que o camarada voltar, faço contato com você.

Desejou-me felicidades e se foi.

E ali estava eu, iniciando mais uma etapa numa vida que se revelava cada vez mais complicada e na qual o inesperado era a regra. Precisava avisar a meus pais sobre a mudança e sobre o emprego na obra do Cristo, mas como explicar-lhes essas coisas, como dizer que já não era estagiário na grande empresa? E, acima de tudo, como justificar minha permanência no Rio? Perguntas inquietantes, mas eu teria de procurar respostas mais tarde. No meio-tempo Maria Clara trouxera uma bandeja com café e bolachinhas:

— Desculpe, mas chimarrão eu não tenho...

Sentou a meu lado, no grande sofá da sala de estar, disposta a bater papo. Era, como não tardei a descobrir, algo que adorava fazer. Falou sobre sua vida de casada, recordou o marido, que era de família nobre, mas totalmente incompetente para ganhar a vida:

— Por sorte herdei esta casa, de modo que pelo menos tínhamos um lugar onde morar, um bom lugar, aliás: este era, ainda é, um bairro de gente rica, importante. Você sabe quem morou aqui, no Cosme Velho? Ninguém menos que o Machado de Assis. O grande escritor, conhece? Claro que sim, todo mundo conhece.

Felizmente não me perguntou o que eu achava do Machado. Questão embaraçosa; se eu lhe dissesse o que pensava do escritor, provavelmente estaria iniciando uma longa e azeda discussão. Mas ela já continuava:

— Ele morava perto daqui; muitas vezes, eu, ainda garota, encontrava-o, já idoso, caminhando pela rua, meio distraído. Na certa pensando em temas para seus romances. Mas, mesmo distraído, nunca deixou de me cumprimentar, nunca. Era bom dia, dona Maria Clara, e boa tarde, dona Maria Clara... Um homem muito gentil, Valdo. Mulato, decerto, e de origem pobre, mas gente fina. Pelo menos foi o que sempre achei. Porque, Valdo, não sou dessas pessoas metidas a sebo, que desprezam quem não tem sangue nobre, quem não é rico. Para mim o Machado valia mais que dez viscondes, que vinte milionários.

Sem saber o que dizer, eu permanecia calado. Um silêncio que a deixou decepcionada: certamente esperava de mim uma reação entusiástica, que coisa fantástica, dona Maria Clara, quer dizer então que o Machado, o grande Machado de Assis, lhe cumprimentava, que maravilha, a senhora é uma privilegiada. Mas ela queria continuar conversando sobre o tema. Perguntou se eu conhecia *Dom Casmurro*. Sim, respondi, eu conhecia a obra, lera no colégio.

— E você lembra da Capitu?

Sim, eu lembrava da Capitu. E ela, com ar a um tempo triunfante, cúmplice e safado:

— Pois a Capitu foi inspirada em mim, Valdo. Ninguém me

disse, muito menos o Machado, mas é uma coisa da qual tenho absoluta certeza. Mais jovem, eu era igual à moça que o Machado descreve. Igual, igualzinha. Olhos de ressaca e tudo. Aliás, meu pai, de saudosa memória, já dizia: você, Maria Clara, tem olhos de ressaca.

Inclinou-se para mim e sussurrou:

— Acho até que o Machado copiou essa expressão do papai. Os dois se conheciam, volta e meia conversavam. Papai tinha veleidades literárias, mostrava a Machado os textos que escrevia, falava de seus projetos...

Endireitou-se na cadeira, suspirou:

— Machado era um verdadeiro deus para meu pai. E para mim também.

Sorriu, brejeira:

— Numa época até me apaixonei por ele. Tinha enviuvado, o coitado, estava muito triste; além disso, as circunstâncias ajudavam: morava sozinho, um furtivo romance em sua casa não seria impossível. Verdade que era muito mais velho do que eu; velho, e feio, e epiléptico, e gago, mas amor de adolescente é assim mesmo, essas coisas não contam, ao contrário, às vezes até servem de estímulo, despertam o desejo. Eu esperava com ansiedade a hora em que ele voltava do trabalho; ficava ali, no jardim, regando as plantas, torcendo para que me olhasse, que sorrisse.

Melancólico suspiro.

— Mas não. Ele me cumprimentava, como eu disse a você, e cumprimentava muito amavelmente, mas não passava disso. Pelo jeito estava mais interessado na Capitu de sua história do que na Capitu da vida real: eu. Escritores, você sabe, vivem num outro mundo, numa outra realidade. Coisa que acabei aceitando. Continuei a ler seus livros, admirava-o cada vez mais. Quando ficou doente, cheguei a pensar em visitá-lo em sua casa, quem sabe ajudá-lo no que fosse possível. Mas eu era uma garota ainda, meus pais jamais me autorizariam a fazer isso. Conta-se aqui no Rio que um rapaz desconhecido o visitou, que beijou sua mão... Se é verdade, esse rapaz fez o que eu gostaria de ter feito. Beijar a mão do moribundo Machado ao menos me serviria de consolo, seria uma recordação que me acompanharia pelo resto da vida.

Novo suspiro:

— Enfim, Machado morreu, a vida continuou, casei, enviuvei, e agora tomo conta desta pensão e conto histórias, muitas histórias. Quando começo a falar não paro... Estou aborrecendo você?

Respondi que não, que aquilo tudo era muito interessante, que por mim ficaria a ouvi-la por horas a fio, mas que precisava arrumar minhas coisas, para o que lhe pedia licença.

— Claro — apressou-se a dizer. — Venha, vou lhe mostrar o caminho.

A pensão tinha oito quartos, cada um para duas pessoas; no momento, porém, havia apenas três hóspedes, de modo que eu poderia ficar sozinho — por quanto tempo, ela não sabia.

Levou-me até o quarto. Era um aposento espaçoso, com duas camas, um grande roupeiro, mesa, cadeiras e até uma velha poltrona. O banheiro, de uso comum, ficava no andar de baixo, mas sobre a mesa havia uma bacia, uma jarra de água, toalhas e sabão, de modo que eu poderia me lavar ali mesmo.

— Que tal? Gostou? — Ela, evidentemente, estava orgulhosa das acomodações. Claro que gostei, apressei-me a responder. Minha animação não era de todo fingida. O quarto era apenas uma moradia provisória, numa vida que se revelava cada vez mais provisória; mas em matéria de provisório era o melhor que eu poderia esperar, e eu me sentia grato pelo acolhimento; bem diferente daquele que, por compreensíveis motivos embora, eu recebera de Teresa. Fui eloquente nos elogios, o que a deixou satisfeita:

— Ótimo. Sinta-se em casa; volto mais tarde para saber se está tudo bem.

Guardei minhas poucas roupas, meus livros e aí procedi a uma cerimônia que para mim era importante, transcendental: com sabão grudei na parede a foto de Marx, coisa que não ousara fazer na casa de Hércules — por causa de Teresa, claro, que não suportaria qualquer modificação feita em sua casa por um hóspede, sobretudo um hóspede indesejado.

Estava ali, olhando emocionado o velho Karl, quando Maria Clara voltou. Viu a foto, franziu a testa: pelo jeito, não gostara daquela tosca decoração. Mas, mulher gentil, não me diria isso. Limitou-se a perguntar quem era aquele homem.

Responder era um problema. Para evitar complicações eu não poderia falar a verdade; mas também não queria mentir dizendo, por exemplo, que se tratava de um escritor. Mesmo porque aquilo só me criaria outro problema. Diferentemente de minha mãe, Maria Clara quereria saber mais sobre o suposto literato. Ora, minha capacidade de inventar histórias, de criar personagens, era limitada. De modo que optei por apresentar Marx como um famoso médico do Rio Grande do Sul, um doutor de origem alemã que cuidava de minha família havia muitos anos e que me salvara a vida quando eu era criança. Aparentemente minha explicação a satisfez e ela mudou de assunto: notou que o macacão, ali pendurado, não estava muito limpo:

— Posso mandar lavá-lo, não vai custar nada. Você quer?

Não havia como recusar, de modo que aceitei o oferecimento, ainda que as manchas e a sujeira não me incomodassem, ao contrário: davam testemunho do heroísmo do trabalho. Maria Clara pegou o macacão e saiu.

Sozinho novamente, sentei à mesa, peguei a caneta e escrevi numa folha de caderno uma longa carta para meus pais, dizendo que tinha mudado de endereço e que arranjara um novo emprego, com salário melhor (salário melhor: bom argumento). Deveria dizer que emprego era esse? Pensei um pouco e resolvi que sim, que ao menos uma vez poderia falar-lhes a verdade acerca do que eu fazia no Rio. Contei, pois, que estava trabalhando na construção de um grande monumento a Jesus Cristo, uma coisa de que logo o Brasil todo estaria falando.

Tu vais te perguntar por que fiz isso. Por minha mãe, claro. Seria para ela um consolo, uma alegria: meu filho está sob a proteção de Nosso Senhor Jesus Cristo, nada de mau pode lhe acontecer. Mas o certo é que aquilo me envergonhava. Não era uma mentira, era a verdade, mas uma verdade potencialmente reacionária; eu estava renunciando à minha obrigação, que era convencer meus pais a apoiar minha luta revolucionária, a renunciar ao ópio da religião. Em vez disso eu estava bancando o menino virtuoso: "Sim, mamãe, eu sou bonzinho, Jesus gosta de mim". Da parede, Marx me dirigia seu duro e reprovador olhar.

À mesa do jantar, Maria Clara me apresentou os outros hóspedes: um estudante de filosofia, rapaz quieto, ensimesmado, e um representante comercial, homem ainda jovem, recém-desquitado, que falava o tempo todo sobre seus planos para ganhar dinheiro. Ao saber que eu trabalhava na construção do Cristo interessou-se; quis saber sobre a possibilidade de, em caráter de comodato, instalar um restaurante na base do monumento:

— Um estabelecimento fino, naturalmente, decorado com imagens religiosas e que doaria parte de seus lucros a estabelecimentos de caridade. Serviríamos lanches, almoço, jantar... Poderíamos oferecer o lugar para recepções, batizados, festas de primeira comunhão...

Entusiasmou-se:

— Você já imaginou uma festa de casamento aos pés do Cristo? Seria um matrimônio mais que abençoado, as pessoas o veriam como o começo auspicioso de uma nova vida. — Sorriso triste: — Se eu tivesse casado assim, nunca teria me separado.

Fez-me prometer que eu apresentaria a ideia aos responsáveis pela obra. Prometi, claro. Depois que a gente começa a mentir, não para mais.

Na manhã seguinte constatei que Hércules tinha razão: do Cosme Velho era fácil ir ao Corcovado. Tudo o que eu tinha a fazer era tomar o trem na pequena estação ali perto. Envergando o macacão que a empregada de Maria Clara lavara e passara, cheguei dez minutos antes da hora, ganhando um elogio do Joaquim. Naquele dia ele estava com vontade de conversar, e se dispôs a me explicar o gigantesco projeto de que eu agora fazia parte. A ideia original fora de um padre francês, Pierre-Marie Bos, que estivera no morro do Corcovado em meados do século dezenove e se dera conta de que o chamado Pináculo da Tentação (o antigo nome era uma alusão ao lugar em que, no Novo Testamento, o demônio tenta Cristo) poderia sediar um monumento da fé. E a ideia ganhara força:

— Graças ao apoio do povo. Você sabe quantas pessoas subscreveram o abaixo-assinado pedindo ao presidente a construção do Cristo? Vinte mil. Vinte mil, já pensou? É muita gente, Valdo, é gente que não acaba mais. Ah, e organizaram também uma campanha para arrecadar dinheiro. Uma ninharia, duzentos réis, menos que o preço de uma caixa de fósforos, mas assim todo mundo podia contribuir, e todo mundo contribuiu. Claro, teve gente que desaprovou o projeto. Os batistas diziam que se tratava de idolatria. E os esquerdistas eram contra, claro, os anarquistas, os comunistas... Aliás, você sabia que originalmente o Cristo seria de bronze? Mas essa ideia foi abandonada. Sabe por quê?

Não, eu não sabia. Ele sorriu, irônico.

— Por causa dos bolcheviques. Quando tomaram o poder lá na Rússia, confiscaram as estátuas de santos e derreteram-nas para aproveitar o bronze. Claro, isso dificilmente aconteceria no Brasil, mas por via das dúvidas os responsáveis pelo projeto resolveram mudar o material do qual seria feito o monumento. Com os comunas nunca se sabe. Numa dessas chegam ao governo e aí, adeus, Cristo Redentor. Esses caras têm pacto com o diabo, você não acha?

Balancei a cabeça, concordando. E poderia discordar? Poderia dizer que os soviéticos haviam feito muito bem, que estátua de santo é coisa de gente ignorante, supersticiosa, e que o bronze deveria ser usado como matéria-prima na construção de uma nova sociedade, de um mundo melhor? De jeito nenhum. Mas sentia-me incômodo com aquela conversa, que, felizmente, não teve continuidade: Joaquim precisava ir ao escritório. Mas antes tirou do bolso um folheto:

— Aqui você encontra mais detalhes sobre a obra. Leia, você vai achar interessante.

Li o material na hora do almoço. Fiquei sabendo que o projeto fora selecionado num concurso público realizado em 1923, vencido pelo engenheiro Heitor da Silva Costa, homem, como era de imaginar, muito católico. Dizia o folheto que Silva Costa se inspirara na gigantesca antena de rádio em forma de cruz que o governo instalara no alto do Corcovado em 1922 para uma experiência pioneira de radiofonia, homenagem ao centenário da Independência. Em 1924, Heitor Costa viajara para a França em busca de profissionais que o ajudassem. Lá conhecera Paul Landowski, polonês de origem, escultor famoso, um dos expoentes do movimento art nouveau, então em seu início. O

Cristo do Corcovado seria uma das primeiras expressões desse movimento, não só no Brasil, no mundo inteiro. A partir dos moldes de gesso confeccionados na França, a cabeça e as mãos seriam construídas em concreto armado, mas para o revestimento final o material escolhido era a muito brasileira pedra-sabão. Os encarregados da obra eram os engenheiros Pedro Vianna da Silva e Heitor Levy. Pedro Vianna da Silva eu já vira por ali, mas Heitor Levy em geral ficava em outro lugar: na sua própria chácara de São Gonçalo, Niterói, cedida por ele para depósito das partes mais importantes do monumento, a cabeça e as mãos, que, na fase final da obra, seriam trazidas para o Corcovado.

Redigido em linguagem gongórica, rebuscada, o folheto pretendia obviamente impressionar os leitores. Comigo aconteceu exatamente o contrário: fiquei indignado. Tudo aquilo, o empreendimento, a propaganda, o recrutamento das pessoas, tinha, a meu ver, um único objetivo: enganar, mistificar as massas. Marx estava absolutamente certo: a religião era o ópio do povo. Mas, eu era obrigado a reconhecer, tratava-se de um empreendimento triunfante, aquele do Cristo Redentor. Seu apelo emocional era enorme. Disso minha mãe era exemplo típico. Se um crucifixo relativamente pequeno despertava nela, pessoa simples e humilde, uma fé ardente, que dizer de uma estátua monumental do Cristo, a maior do Brasil, talvez do mundo?

O pior, para mim, não era o esmagador gigantismo do monumento. O pior era participar da construção daquele Cristo. Eu era cúmplice de um engodo. Agora: se eu me dava conta disso, por que ficava ali, levando sacos de cimento do ponto A para o ponto B? Por que não ia embora?

A resposta surgiu em minha mente com clareza meridiana, mostrando-me inclusive que, apesar de tudo, eu tinha progredido no caminho do entendimento. Aquele emprego era um teste, um duro, mas necessário, teste. Se conseguisse manter minhas convicções enquanto o Cristo subia do chão, estaria provando a mim próprio que continuava fiel ao pensamento revolucionário, que o materialismo histórico derrotava a religião. E eu venceria, tinha certeza. Se Geninho estivesse ali, sem dúvida me apoiaria: tu estás certo, Valdo, vai em frente, a vitória é tua, é de nós todos.

Satisfeito, voltei ao trabalho. Carregar baldes de areia estava mais para o monótono que para o heroico, mas de repente me ocorreu uma ideia para transformar aquela atividade em algo menos embrutecedor e mais útil para a revolução: enquanto fizesse o trajeto do ponto A para o ponto B, repetiria para mim próprio passagens do *Manifesto*: "A sociedade divide-se cada vez mais em dois vastos campos contrários, em duas grandes classes diametralmente opostas: a burguesia e o proletariado"; e: "O capitalismo destrói todos os laços familiares do proletário e transforma as crianças em simples objetos de comércio, em simples instrumentos de trabalho"; e ainda: "Os proletários nada têm a perder a não ser suas cadeias". Mal comparando, seria como salmodiar preces, mas preces progressistas, preces revolucionárias. Nada de religião. Nada de ópio do povo.

Voltei para a pensão cansadíssimo. Os outros hóspedes já tinham jantado; Maria Clara me fez companhia. Elogiei a carne preparada por ela. Riu:

— Foi uma homenagem a você, gauchinho.

Olhava-me, sorridente, com ar estranho. Tão estranho que uma certeza de imediato brotou em mim: alguma coisa ela estava querendo. Alguma coisa ia acontecer. E aconteceu.

Terminada a refeição, fui para o quarto, deitei-me e adormeci em seguida. No meio da noite, acordei sobressaltado: Maria

Clara entrara sem que eu percebesse e se enfiara, nua, em minha cama, abraçando-me. Você me acolhe?, perguntou com um risinho. Certamente não era a primeira vez que fazia aquilo; mais tarde descobri que aquele quarto era por ela denominado de "esconderijo do prazer": como ficava no andar de cima, isolado, podia entrar e sair sem ser vista, e o fazia toda vez que o aposento era ocupado por um único hóspede, como agora — e desde que o hóspede lhe agradasse. O meu caso.

A verdade é que a visita foi uma bênção. Maria Clara era, logo constatei, uma fêmea experiente, uma artista do sexo: meu desejo, longamente represado, emergiu de imediato, impetuoso. Foi uma grande foda. Com um aspecto curioso:

— Me chama de Capitu — ela gemia, enquanto eu a penetrava.

Não gostei muito daquela homenagem à obra de um escritor reacionário, mas não era o momento de discutir a dialética da literatura, de modo que fiquei repetindo, Capitu, Capitu, de início meio desconcertado, depois entusiasmado e por fim criativo, ainda que sutilmente debochado: Capitu, Capitu, que bela fêmea és tu. Ao que ela respondia: vai fundo, Machado, vai fundo, minha racha é tua. O orgasmo foi monumental.

A partir daí, e inevitavelmente, minha vida passou a seguir uma rotina: eu levantava de manhã, ia trabalhar, voltava, tomava banho, me perfumava (o perfume era presente e exigência da dona da pensão, que não gostava muito do cheiro de suor, mesmo do suor resultante de um trabalho virtuoso, como era a construção do Cristo), jantava, ia para o quarto; antes da meia-noite era certo que Maria Clara/Capitu abriria a porta sem ruído, entraria na ponta dos pés, deitaria junto a mim, e aí, dê-lhe sexo, ela sempre impetuosa.

Mas só à noite, e só na cama. Durante o dia, e na presença dos outros hóspedes, cujo número variava, às vezes eram três, às vezes seis ou sete, tratava-me afavelmente, mas de forma convencional, sem intimidades. Ou seja: sexo era sexo, negócio era negócio. Aliás, continuava me cobrando normalmente, nem um tostão de desconto. Lá pelas tantas a pensão lotou e tive de partilhar o quarto com um homem de meia-idade que enviuvara recentemente e que não queria mais morar em sua casa, para ele era reduto de lembranças amargas. Não era companhia agradável, aquele senhor; fumante pesado, tossia e escarrava a noite toda, e além disso queixava-se sem parar, dor aqui, dor ali. E, claro, Maria Clara já não aparecia. Eu desconfiava que estaria visitando outro hóspede, mas não iria investigar. Afinal, se ela queria variar de parceiro, que o fizesse, não me dava ciúme. Ela podia ser a Capitu, mas eu não era o paranoico e possessivo burguês Bentinho, conhecido como dom Casmurro: que fizesse o que bem entendesse, nossa ligação era apenas ocasional.

De qualquer modo, eu sentia falta de mulher. Procurei a Denizete. Agora podia pagar, e ela não cobrava caro. Além disso, aquilo representava para mim uma vingança contra Maria Clara; a ela, mulher arrogante, eu contrapunha uma trabalhadora do sexo, uma mulher que vendia o corpo, mas que o fazia por causa da pobreza; uma vítima do sistema capitalista.

Denizete ficou muito emocionada: eu não me esquecera dela. Pediu-me perdão pela maneira como me tratara meses antes ("Eu estava muito nervosa, você sabe que a vida da gente é difícil") e propôs que, para celebrar o reencontro, jantássemos juntos — o sexo será brinde, disse, piscando o olho. Eu não gostava muito de restaurantes, coisa da burguesia, garçons vestidos como pinguins, arrogantes frequentadores; mas ela tanto insistiu que acabei concordando. Fomos ao Lamas, ela obviamente com a esperança de ser vista por potenciais, e ricos, clientes. Pedimos pratos modestos, mas mesmo assim a conta representava um rombo nas minhas economias. De todo modo tivemos, naquela noite, num quarto de rendez-vous, uma relação absolutamente memorável, pela qual fiquei grato a Denizete. Mas, ai de mim, as consequências não tardaram: dias depois comecei a sentir ardência ao urinar, e apareceu um corrimento amarelo. Denizete me passara uma gonorreia, isso numa época em que não existia penicilina. Tive de me submeter a dolorosas instilações de nitrato de prata na uretra, feitas por um médico do Cosme Velho, um homem antipático e autoritário; durante o procedimento, não parava de me dar lições de moral: isso é o que você ganha por frequentar mulheres de vida fácil, rapaz. É um pecado e é uma burrice. O pecado, Deus pode perdoar, mas o gonococo não perdoa, e esse aí está fazendo o maior estrago em sua uretra, quem sabe até em sua próstata.

No fim do ano passei por uma crise — por causa do Natal. Festinha burguesa, festinha religiosa? Sim, mas pela primeira vez estava longe de minha família, longe do modesto presépio que mamãe montava todos os anos, mesmo com os filhos crescidos. Eu tinha poucas notícias; as raras cartas que vinham de lá, escritas por meu irmão, eram lacônicas, embora às vezes contivessem detalhes surpreendentes. Uma delas dizia: "Quem sempre pergunta por ti é o coronel Nicácio. Ele gosta muito de ti, diz que és inteligente e que gostaria que um dia tomasses o lugar de nosso pai como capataz da estância". Fiquei surpreso, e indignado: realmente, a arrogância do estancieiro não tinha limites. Eu, capataz na estância dele? Era só o que faltava. O coronel poderia contar com minha presença, sim, mas no dia em que fosse enforcado, ou guilhotinado, ou fuzilado pelas forças da revolução: ali eu estaria presente, aplaudindo com entusiasmo a execução daquele cretino, daquele latifundiário de merda. Mas isso não mencionei na carta que escrevi a meu irmão. Nosso relacionamento era distante; ele não entendia minhas posições ideológicas, nem estava interessado nelas. Cumpria apenas seu papel de manter, mediante correspondência, meu vínculo com a família. O que, para mim, era suficiente.

No Natal, os hóspedes em geral viajavam para visitar os familiares. Os que por alguma razão não podiam fazê-lo ficavam tristes, sorumbáticos. Por causa disso, naquele ano Maria Clara resolveu organizar uma ceia festiva. Noitada alegre; tomamos muito vinho, ela me olhando de maneira sugestiva. De madrugada, eu já deitado, entrou silenciosamente no quarto:

— Já que não tem reis magos, tem Maria Clara — cochichou.

Da natalina comparação obviamente não gostei, mas tive de reconhecer que estava me dando um belo presente: foi ardente como nunca, e pela primeira vez não me chamou de Machado: me cavalga, gaúcho, era o que dizia.

Cavalguei-a, sim. Não como um latifundiário, não como um arrogante coronel do pampa, mas como um combatente da revolução, como um integrante da Cavalaria Vermelha de 1917 avançando para o triunfo e a glória. E triunfante, glorioso, era como eu me sentia. Triunfante, glorioso, esperançoso: 1930 seria o ano da virada, o ano em que as coisas finalmente começariam a se ajeitar.

Em janeiro a pensão voltou a ficar lotada, recebendo turistas de modesta categoria. Fiz amizade com o Tião, um jovem fotógrafo que viera do Nordeste com a esperança de arranjar um emprego no Rio. Um rapaz simpático, alegre, que passava o dia cantando o *Taí*, de Joubert de Carvalho ("Taí/ eu fiz tudo pra você gostar de mim..."), que Carmem Miranda, até então praticamente desconhecida, lançara com enorme sucesso naquele começo de 1930. Convenceu-me a ir à praia; pela primeira vez vesti um calção, emprestado por ele, tomei banho de mar. Tião fazia amigos com muita facilidade, e logo se integrou a um grupo de gente jovem, moças e rapazes de classe média, educados, cultos. Eu saía junto com esse pessoal; íamos a um boteco, tomávamos chope, falávamos (falávamos é modo de dizer; eles falavam, eu sobretudo ouvia) sobre literatura, sobre música, sobre arte, mas não sobre política, um assunto que aparentemente não lhes interessava. O que, devo confessar, a mim não incomodava. Sentia-me grato pela acolhida que me haviam proporcionado, pela generosidade, até: sabendo que eu trabalhava como operário, nunca permitiam que eu pagasse minha parte. Algumas vezes até invejei aquele pessoal que aparentemente levava uma vida boa, divertida.

Mas não fora para isso que eu viera para o Rio, para fazer programas agradáveis e bater papo. Eu tinha uma missão a cumprir; eu tinha de ingressar no Partido Comunista. A figura-chave para isso era um homem chamado Astrojildo Pereira, que eu não conhecia e que nem sequer sabia onde estava: em Moscou, no Rio de Janeiro, na Bolívia, em outro lugar? A única pessoa a quem eu podia perguntar era o Hércules, e bem que tentei. Volta e meia eu ligava para a serralheria; usava o telefone da pensão, pagando a taxa que Maria Clara implacavelmente cobrava. Duas vezes consegui falar com Hércules, e nas duas vezes ouvi dele a mesma resposta: não, ainda não tinha notícias do Astrojildo Pereira. Na terceira vez atendeu o dono do estabelecimento, que, impaciente, disse que eu estava proibido de ligar: minhas chamadas prejudicavam os negócios.

Em fins de fevereiro tive uma surpresa. Um dia, ao voltar do trabalho, recebi da empregada da pensão um recado: Hércules ligara, pedindo que eu o procurasse. O que de imediato me deixou num estado de tremenda excitação; nem jantei, corri à casa dele.

Recebeu-me sem muita efusão, o que me deixou desagradavelmente surpreso, e foi direto ao assunto: tinha uma notícia para me dar.

— Informaram-me que Astrojildo Pereira voltou de Moscou.

O tom era neutro, contrariado até. Algo estava acontecendo, algo que eu não entendia, mas que me inquietava. Meio desconcertado, agradeci pelo aviso e perguntei onde poderia encontrar o Astrojildo. Hércules fechou a cara:

— Não sei. E, para dizer a verdade, não sou a pessoa indicada para dar essa informação.

Como? Não era a pessoa indicada para dar a informação? Hércules, o veterano militante, integrante dos principais quadros comunistas no Rio de Janeiro, não era a pessoa indicada para me informar sobre um líder do Partido? Quem, então, poderia fazê-lo? A polícia, talvez? Senti-me na obrigação de manifestar minha estranheza: não acho que estejas agindo como se espera de um companheiro de luta, eu disse. Ele não queria discussão; ignorando meu comentário, e sem entrar em detalhes, disse que uma recente disputa interna no Partido acabara por opô-lo a Astrojildo e seus cúmplices (expressão dele). Até ali falara baixo, de forma contida, reservada; mas de súbito perdeu a calma, e aí foi uma torrente de acusações:

— O Astrojildo é inconfiável, é volúvel, muda mais que cata-vento. O Astrojildo já foi anarquista. O Astrojildo já defendeu a tese de que os proletários têm de se unir com os pequeno-burgueses. O Astrojildo, que é metido a intelectual, já escreveu para revistas burguesas, até com o Mário de Andrade ele colaborou. O Astrojildo foi companheiro de pensão e amigo do Di Cavalcanti, aquele que para vender quadros só pinta mulatas. O Astrojildo é fã de um escritor reacionário, o Machado de Assis. O Astrojildo é contra a disciplina, o Astrojildo quer ser revolucionário à moda dele, ou seja, é um caso escarrado de individualismo burguês disfarçado de militância. Astrojildo Pereira? Não me fale desse sujeito, Valdo. Se você quer continuar sendo meu amigo, não me fale desse sujeito.

Isso significava, concluiu, que eu teria de fazer uma opção:

— Ou ele ou nós. Se você quer juntar-se ao Astrojildo, é decisão sua. Mas previno-lhe: se você fizer isso, nossos caminhos se separam, você não pode mais contar comigo. Continuamos amigos, claro, mas só amigos. Camaradas, não mais.

O que poderia eu dizer? Apesar de tudo, gostava de Hércules, para mim um militante honesto, sincero. Mas eu fizera uma promessa ao Geninho e pretendia cumpri-la. Agradeci a Hércules, disse que compreendia sua posição, mas que precisava encontrar Astrojildo, era um compromisso que eu assumira com o Geninho e comigo próprio, um objetivo de vida, portanto. Ele suspirou:

— Você é quem sabe, Valdo. Depois não diga que não avisei.

Refletiu um instante e continuou:

— Briguei com o Astrojildo, não estamos nos falando. Mas vou pensar em alguém que coloque você em contato com ele. E aí mando lhe avisar, certo?

Estendeu-me a mão, aquela possante manopla de operário, que apertei, emocionado. Eu já ia embora quando de repente ele se lembrou de algo:

— Ah, temos uma coisa para você, gaúcho.

Entrou na casa e voltou em seguida trazendo um prato coberto com um guardanapo.

— Costela de carneiro. A Teresa preparou para você. — Sorriu: — Não é como o churrasco de sua terra, mas acho que você vai gostar.

Num impulso, quase derrubando o prato, abracei-o com força. Afinal de contas ele era meu camarada, meu companheiro de lutas. E gostavam de mim, ele e a Teresa. O que, de alguma maneira, era consolador.

Voltei para a pensão, onde encontrei o Tião. Muito contente: anunciou-me que na semana seguinte seguiria para São Paulo, onde arranjara emprego num jornal. Perguntou o que era aquilo que eu trazia e, quando eu disse que era uma costela de carneiro, propôs um jantar de despedida. Sentamos à mesa, o Tião acabou com a costela sozinho — nem toquei no prato. Minha animação havia sumido, eu perdera o apetite, coisa que ele notou: você está com cara triste, observou. Quis saber o que me incomodava. Não é nada, respondi, estou um pouco enjoado, só isso, meio ruim do estômago. Eu podia contar a ele a conversa que tivera com Hércules, falar das brigas no Partido? Não. Tinha de resolver meu problema sozinho.

Que, isso eu reconhecia, era coisa pequena comparada com a crise que o país, e o mundo, enfrentavam. O preço do café, vital para a distorcida economia brasileira, caíra vertiginosamente, passando de duzentos mil réis a vinte mil réis por saca. As safras abundantes contribuíam para a baixa. Numa tentativa de manter a cotação, o produto passou a ser queimado: montanhas de grãos de café eram destruídas pelo fogo. Um absurdo que confirmava a sentença de Marx: o capitalismo trazia embutido em si o germe da própria destruição.

Eu não tinha com quem comentar e analisar essas coisas, não tinha como participar de algum movimento de transformação social. Precisava esperar que Hércules me desse alguma indicação acerca de Astrojildo porque, embora estivesse no Brasil, era uma figura misteriosa; nem as rádios nem os jornais falavam dele. Verdade que naquela época o comunismo não era muito significativo no cenário político brasileiro; os militantes não passavam de algumas centenas. Coisa que, entre parênteses, me parecia absolutamente lógica. Afinal, comunistas eram a vanguarda do progresso, da luta pela justiça social; e vanguardas, por definição, são restritas em número. Poucos eram os que tinham consciência da conjuntura em que vivíamos. Com o tempo, mas sempre lideradas pela vanguarda, as massas achariam seu caminho, o caminho que as levara a tomar a Bastilha na Revolução Francesa, o Palácio de Inverno na Revolução Russa, o caminho da transformação social, da criação de uma nova sociedade. Caminhando pela rua, eu olhava as pessoas e me perguntava: aquele homem, será que é comunista? E aquela mulher? Sim, o homem tinha uma postura altaneira, e seus olhos brilhavam, esperançosos, e os braços musculosos mostravam que provavelmente era um trabalhador; mas como explicar a camiseta de malandro, o chapéu picareta, o sapato bicolorido? A mulher trajava modestamente, levava consigo um livro, mas tinha um jeito demasiado sonhador, demasiado romântico; e o livro bem podia ser o *Dom Casmurro*.

No alto do Corcovado, a mesma dúvida me assaltava. Muitos operários trabalhavam na construção do monumento, mas algum deles seria membro do Partido? Nas conversas da hora do almoço eu não conseguira identificar nenhum comunista; só se falava de assuntos banais — futebol era o tema preferido —, e ninguém usava termos como "proletariado" ou "massas".

Em compensação havia ali gente com ideias muito estranhas, inquietantes mesmo: era o caso do catarinense Júlio. O pai, imigrante alemão, carpinteiro, viera para o Rio em busca de melhores oportunidades e agora prestava serviços na construção do Cristo, onde conseguira emprego para o filho. Júlio era um rapaz magro, loiro, de olhar francamente alucinado. Odiava o pai, por ele considerado homem fraco, submisso. Um tipo revoltado, ele; como eu, achava que o país tinha de mudar; mas a mudança com a qual sonhava era outra, completamente diferente. Ele queria ver o Brasil nazista.

Nazismo: esse era um assunto sobre o qual, por incrível que pareça, eu pouco sabia. Adolf Hitler estava em ascensão, mas as notícias a respeito eram relativamente escassas. O certo, porém, era que os nazistas se opunham aos comunistas, e isso para mim era suficiente para rotulá-los como perigosos inimigos. Mas isso eu não poderia dizer ao Júlio. Ajudante de pedreiro, ele também — trabalhávamos junto —, o cara aproveitava os momentos de descanso para me doutrinar: a seus olhos eu era apenas um gaúcho ingênuo. Não me importava que pensasse assim; nada lhe contei sobre os reais motivos que me haviam levado para o Rio de Janeiro. Eu ouvia, apenas. E gostava de falar, o Júlio — sobre o nazismo, claro, que para ele representava a salvação da humanidade e principalmente a salvação do Brasil, país de degenerados: olha só esses mulatos ao nosso redor, dizia, esses caboclos, uma cambada de preguiçosos, de safados, de gente suja, gente inferior, uns vermes que não merecem viver. Precisávamos de um líder como Hitler, talvez o próprio Hitler: Júlio achava que os nazistas conquistariam o mundo, nosso país inclusive. E aí as coisas mudariam. Teríamos um governo forte, um governo que não toleraria fracos ou corruptos ou doentes: forca para eles.

Para Júlio, o Cristo em construção era um símbolo da hipocrisia reinante no país. Os padres mandam, afirmava; os padres controlam a política, controlam a educação, controlam o dinheiro, e da maneira mais descarada: Cristo era pobre, eles são ricos, olha só essas igrejas cheias de ouro e prata. Essa riqueza se originava, segundo ele, de uma estranha e infame aliança entre padres e judeus. Júlio estudara a história do Brasil e concluíra que os cristãos-novos, judeus aparentemente (mas só aparentemente) convertidos, haviam feito um pacto secreto com o clero, do qual muitos deles aliás faziam parte, e assim manipulavam a Igreja, o governo, os bancos. Mas o nazismo, garantia-me, tinha meios de descobrir os portadores de sangue judeu — graças à ciência. Ciência e poder armado, esse era o binômio que os nazistas usariam para liquidar os inimigos, para fazer do Brasil um país de verdade, não uma pantomima.

Ouvir a conversa de Júlio era uma dura prova. Aquilo não era só a direita habitual, era extrema-direita escarrada, tresloucada. Mas bater boca seria inútil. Em primeiro lugar, eu não conseguiria convencê-lo de que estava errado; o cara era um fanático, aferrava-se de maneira doentia às suas crenças. Em segundo lugar, se eu revelasse minhas ideias políticas, estaria correndo um sério risco. Aparentemente nos dávamos bem, mas nada impediria que num momento de fúria ele me denunciasse à polícia. Eu não tinha medo de ser preso como subversivo; ao contrário, via nessa possibilidade uma coisa heroica, mas queria que a prisão representasse uma espécie de reconhecimento de minha luta por uma causa justa; queria ser preso numa manifestação de rua, queria ser preso por ter assinado um manifesto a favor do comunismo, e não como resultado da delação de um nazista patológico.

Não tendo com quem falar, só me restava o diálogo interior. No que, aliás, eu não era exceção. Geninho me falava de um comunista chamado Inácio, que passara longos anos preso na solitária sem ter ninguém com quem conversar, sem nada para ler; para não enlouquecer, mantinha longos e imaginários debates com um camarada de quem gostava muito, um culto e idoso professor chamado Ricardo. O fictício Ricardo, sempre presente na cela, representou para ele um apoio tão grande quanto o que lhe fora dado pelo verdadeiro na fraterna convivência do Partido; as conversas duravam horas e envolviam temas variados, desde a estratégia na luta de classes até a literatura de ficção. No dia em que, finalmente, foi libertado, Inácio correu à casa de Ricardo para contar o que acontecera e para agradecer o apoio que, mesmo indiretamente, dele recebera. Lá chegando, o choque: o professor morrera na semana anterior. Inácio nunca se recuperou. Voltou a militar no Partido, mas já não era nem sombra do que fora. Acabou morrendo também.

A história me impressionou, e talvez por causa dela resolvi escolher, como interlocutor imaginário, não um potencial camarada, como Astrojildo Pereira, mas um inimigo; um personagem de extrema-direita, menos fanático que o Júlio, porém mais esperto. Eu o chamava simplesmente de Burguês e via-o como um homem de terno e berrante gravata, gordo, com uma imensa papada; no olhar, e em doses variáveis, cobiça, astúcia, maldade, zombaria, dissimulação. Às vezes, medo. Sim, o Burguês tinha medo de mim. O Burguês sabia que eu representava o futuro, as grandes mudanças que inevitavelmente ocorreriam e que significavam sua ruína, quem sabe seu fim. Para ele eu entoava baixinho uma canção que aprendera com os companheiros do Geninho, cuja música, ironicamente aliás, era a de *Jingle Bells*, e cuja letra dizia: "Sabãozinho, sabãozinho/ de burguês gordinho/ toda vil reação/ vai virar sabão". Já perturbado, o Burguês vinha com aquela conversa clássica, o capitalismo é o sistema que corresponde à natureza humana, inevitavelmente egoísta, gananciosa, cruel, implacável; o mercado é a forma ideal para a economia etc. Eu destruía com a maior facilidade esses argumentos idiotas, provava que não existe essa coisa chamada natureza humana, que ao fim e ao cabo somos aquilo que a sociedade faz de nós. Esmagado por meus argumentos, o Burguês ia se encolhendo cada vez mais, até que de repente sumia.

Mas aquilo era um jogo, um passatempo. Na verdade a pessoa com quem eu tinha de dialogar era uma só: Astrojildo Pereira. Que para mim continuava uma incógnita. Eu nem sabia que jeito tinha; Geninho me falara muito do líder, mas nunca me mostrara uma foto dele — por questões de segurança, talvez, afinal, eu ainda não era membro do Partido. Eu imaginava Astrojildo como Stálin: postura altiva, grande bigode, olhar firme e enérgico. Mas quando o encontraria? Quando poderia, enfim, fazer-lhe as dezenas de perguntas que tinha anotado no meu caderno?

A resposta veio subitamente e de forma até certo ponto inesperada. Um dia, quando cheguei à obra, Joaquim anunciou que alguém me procurava. Estranhei: alguém me procurando? Quem poderia ser, se no Rio quase ninguém me conhecia?

Era um garoto franzino que eu nunca vira antes e que, apressado, não parecia disposto a dar explicações. Limitou-se a me estender um papelzinho:

— Meu tio, o Hércules, mandou isto para você.

Uma mensagem, curta e seca mensagem. Não assinada, dizia que um homem conhecido apenas como Moreno poderia me levar ao A. P. (assim mesmo, só a abreviatura). Esse Moreno trabalhava numa fábrica de móveis no Jardim Botânico.

Não hesitei: alegando que precisava ir ao médico, pedi ao Joaquim que me liberasse por algumas horas. Ele me olhou, contrariado — detestava que faltassem ao serviço —, porém àquela altura eu já era empregado de confiança:

— Vá, então. Mas olhe lá: quatro horas, nem um minuto a mais. Se você não voltar a tempo, desconto o dia todo.

Aquelas quatro horas poderiam ser as mais decisivas da minha vida. Se, como eu esperava, Moreno me conduzisse a Astrojildo; se, como eu esperava, Astrojildo me acolhesse paternalmente, junte-se a nós, meu jovem camarada, vamos construir juntos um novo mundo; se eu pudesse enfim me inscrever no Partido, respondendo "sim" a todas as perguntas do questionário — estaria realizado. Teria cumprido a promessa feita ao Geninho, teria enfim encontrado meu caminho. Nem precisaria voltar para a obra: adeus, Joaquim, adeus, Cristo.

Corri para o Jardim Botânico. Encontrei a fábrica, que era grande, sem dificuldade; consegui entrar sem ser visto, mas aí, em meio ao barulho das máquinas, defrontei-me com um problema: havia dezenas de operários trabalhando naquele lugar. Qual deles seria o Moreno? Teria esse apelido, ou codinome, algo a ver com a cor de sua pele? Se assim fosse, eu estava bem arranjado: morenos não faltavam ali. Mas um deles ostentava grandes bigodes, bigodes do tipo Stálin, e tinha ar altivo, ar de revolucionário. Aproximei-me, esperançoso:

— Tu és o Moreno?

Olhou-me surpreso:

— Não, não sou o Moreno. Moreno é ele.

Apontou para um homenzinho magro, careca, que, muito concentrado, aplainava uma tábua. Fui até ele, disse meu nome e de onde vinha, contei sobre o Geninho, sobre minha vontade de entrar para o Partido, e terminei pedindo que me levasse até o camarada Astrojildo.

Moreno me olhava em silêncio. Silêncio mais que compreensível: ele ali trabalhando, de repente se aproxima um garoto com um papo confuso, perguntando por um importante líder comunista. Se eu estivesse mais calmo, teria me dado conta do absurdo da situação; mas, dominado pela ansiedade, tudo o que eu queria dele era uma resposta positiva, acolhedora: claro, meu jovem, o Astrojildo te receberá de braços abertos, na verdade já tínhamos ouvido falar do Geninho, pobre Geninho, foi um herói, e já tínhamos ouvido falar de você, estávamos apenas esperando por esse contato.

Mas Moreno não disse isso. Foi lacônico:

— Certo, amigo, sei o que você quer. Vamos ver o que dá para fazer. Você vai ter de esperar um tempo.

O que só fez aumentar minha aflição. Eu queria uma resposta concreta: quando encontraria o Astrojildo? Quando deveria voltar ali, à fábrica? Foi o que perguntei, da forma mais contida e amistosa possível, mas a resposta foi seca:

— Não precisa me procurar. Se for o caso, vamos avisar você.

"Se for o caso"? Mas não era o caso? Porra, não era o caso? Não era ainda o caso? Se aquilo, se o duro transe pelo qual eu passara (e ainda estava passando), não era o caso, o que então era o caso? Hein? O que era o caso? O caso seria eu chegar ao nível máximo de miséria, o caso seria eu passar fome, pagar todo o degradante preço da exploração capitalista? Ou o caso seria eu aparecer naquela fábrica com dezenas de livros, Marx, Engels, Lênin, Stálin, dizendo algo do tipo pode me perguntar qualquer coisa do que eles escreveram, Moreno, eu sei tudo? Ou o caso era eu vir ali armado de metralhadora e matar os donos, os gerentes e mais algum vizinho ricaço de lambujem, era esse o caso?

Eu não estava entendendo aquela conversa, que me deixava inconformado, decepcionado, furioso mesmo. Coisa que o Moreno deve ter percebido. Mas, ao contrário do imaginário Burguês, não estava disposto a debater comigo, a ouvir minhas razões. Tratou de mudar de assunto, perguntou onde eu trabalhava. Ainda irritado, tive de enfrentar o dissabor de responder que no momento estava empregado na obra do Cristo Redentor. Sim, tratava-se de religião, de ópio do povo, eu o reconhecia, mas era coisa transitória; serviria apenas para me manter até o momento em que eu me tornasse um militante, um revolucionário profissional, objetivo para o qual era absolutamente imprescindível o encontro com Astrojildo.

De novo, Moreno não fez nenhum comentário, mesmo porque o superintendente mirava-nos, severo. O que o deixou inquieto: desculpe, amigo, disse, mas agora estou trabalhando, melhor você ir. Voltou a aplainar a tábua, como se eu não estivesse mais ali.

Deixei escapar um fundo e dorido suspiro. Pelo jeito teria de me contentar com aquilo, com aquelas evasivas. Não adiantava insistir; além do mais, meu tempo estava se esgotando, eu precisava voltar ao Corcovado.

Cheguei ao canteiro de obras desesperançado e triste. Tão triste, que o Joaquim ficou alarmado, perguntou se eu estava me sentindo bem.

Não, eu não estava me sentindo bem, estava mal, muito mal. Como proclamara o profeta Daniel da Bíblia (numa famosa frase que a professora Doroteia usava para descrever a situação dos alunos reprovados), eu havia sido pesado na balança e considerado muito leve. A balança bíblica, balança da crendice, avaliava as virtudes religiosas; a balança ideológica na qual Moreno me pesara, implacável balança, a balança que, ao fim e ao cabo, decidiria o futuro do mundo, essa balança me condenara, e eu nem mesmo sabia a razão: que pesos haviam sido utilizados? Que escala? Quais eram os critérios pelos quais o Moreno avaliava o progressismo ou o reacionarismo de alguém? E, sobretudo, quais eram os critérios pelos quais Astrojildo, o misterioso Astrojildo, avaliava alguém? Sim, porque o Moreno seguramente estava cumprindo instruções do líder: "Se aparecer algum rapaz meio desesperado querendo me ver, despiste. Pode ser um espião da polícia". Será que eu era isso, para o Astrojildo? Um rapaz meio desesperado, só isso? E, pior, um rapaz desesperado que, apesar do olhar esperançoso, apesar da ansiedade resultante do desejo revolucionário, podia ser confundido com um espião das forças repressivas?

Disse a Joaquim que não se preocupasse, era só uma dor de cabeça. Com muito esforço voltei ao trabalho; quando finalmente o sino nos liberou, voltei para a pensão, entrei no quarto e, sem pensar em comer, deitei-me: tudo o que eu queria era dormir. Finalmente consegui conciliar o sono, mas às duas da manhã acordei com batidinhas na porta. Era, claro, a Maria Clara:

— Abre, querido. Por favor, abre. Estou que não me aguento de tesão.

Não abri. Simplesmente não abri. Primeiro porque, deprimido como estava, não queria nada com sexo; e depois porque afinal se tratava de uma proprietária, de uma burguesa que vivia de renda, de meu trabalho, inclusive. Minha recusa era uma vingança, uma minivingança contra a burguesia exploradora, depravada.

Irritada, ela sussurrou meia dúzia de palavrões. Finalmente foi embora, mas não dormi mais. Às seis levantei, tomei uma xícara de café e fui para o trabalho. Joaquim me aguardava com uma notícia que, imaginava, seria animadora para mim:

— Vou lhe dar uma missão especial. Uma missão muito importante, da qual você vai gostar e que, tenho certeza, vai melhorar seu ânimo.

A missão tinha a ver com aquilo que seria o coroamento da obra do Corcovado, a colocação da cabeça e das mãos de Cristo no corpo da estátua, depositadas, como eu já sabia, na propriedade de Heitor Levy, a quem eu agora deveria me reportar. O trabalho consistia em prepará-las para a operação final, fazendo os retoques necessários no gesso, danificado nos deslocamentos. A tarefa exigiria minuciosa paciência e habilidade e seria executada sob a supervisão do próprio Levy.

— Você vai se dar bem com o engenheiro — garantiu-me Joaquim. — É um grande homem. Ele não está construindo o Cristo: ele vive o Cristo.

Não era uma opinião exclusiva dele. Das conversas que eu ouvia na obra, concluíra que Heitor Levy era admirado e respeitado por sua impressionante dedicação àquele trabalho. Tão engajado estava no projeto, que a certa altura deixara sua casa e viera morar numa precária construção de madeira no alto do Corcovado. O Cristo era para ele uma verdadeira causa.

Tentei mostrar-me grato, mas não consegui. A verdade é que aquela mudança me deixava apreensivo. Para começar, conhecia Heitor Levy só de vista, nunca falara com ele. Que fizesse do Cristo o centro de sua vida a mim não comovia, pelo contrário. Tudo indicava que fosse um carola, um fanático religioso que queria dar ao mundo uma prova de sua devoção; um reacionário místico, talvez inofensivo, talvez diferente do burguês clássico, mas nem por isso mais aceitável. Além disso, não sabia que tipo de homem e de chefe ele era. Ou seja: eu teria de ir para São Gonçalo, lugar para mim desconhecido, trabalhar sob as ordens de um desconhecido, no meio de pessoas desconhecidas. O que representava, no mínimo, uma incógnita — e de incógnitas eu estava farto. Tudo de inesperado me acontecia — menos encontrar Astrojildo Pereira.

O pior, porém, era o trabalho que eu teria de fazer. No

Corcovado estava diante de uma estrutura em forma de corpo, um corpo gigantesco, mas inespecífico, estilizado; a túnica que revestia esse corpo identificava uma época, mas não o personagem. No reduto de Levy, porém, eu encontraria Cristo: a gigantesca cabeça de Cristo, as gigantescas mãos de Cristo. Um encontro inevitável, mas difícil, que mobilizaria em mim lembranças de que eu queria me livrar, o crucifixo de minha mãe, a igreja, as missas, a comunhão, os cânticos religiosos, os sermões do padre Jonas. Como reagiria a esse confronto com o passado, com a religião, isso eu não sabia dizer.

Não havia alternativa, porém. Apesar do tom amistoso, Joaquim em realidade não estava me consultando: estava me informando, com a autoridade que lhe dava sua posição de mestre de obras, que eu fora designado para uma nova função. Eu ali era operário, e operário, no capitalismo, obedece.

— Você começa lá amanhã — anunciou.

Voltei ao depósito de sacos de areia, onde Júlio me esperava, curioso. Sabia que Joaquim havia me chamado, queria saber das novidades. Contei-lhe que trabalharia em São Gonçalo, sob as ordens de Heitor Levy. Ele sorriu, irônico:

— Ah. O judeu.

Judeu? A afirmação me deixou boquiaberto. Heitor Levy era judeu? Mas como? Um engenheiro judeu trabalhando na construção de um monumento cristão? E mais, um judeu que se dedicava ao Cristo com um fervor que a todos impressionava? Impossível. Júlio estava, como quase sempre, louqueando; sua paranoia fazia com que visse judeus por toda parte, inclusive no lugar menos provável: a obra do Cristo Redentor. Optei por achar graça:

— Judeu, Júlio? O Heitor Levy, judeu? Não é possível. Um judeu não viria trabalhar aqui. Deves estar enganado.

Ele ficou por conta:

— Ah, não acreditas no que eu te digo? Claro que o Levy é judeu, com caralho cortado e tudo. Não vi, mas posso garantir. Judeuzinho da gema, o cara, judeu puro-sangue! Judeu safado, sem-vergonha!

Gritava tanto, que os operários que estavam por perto se voltaram para nós. Ele prosseguiu, num tom mais contido:

— Judeu, sim. A você isso pode surpreender, meu caro. A mim não surpreende. Ou você acha que o Heitor Levy conseguiu esse cargo por acaso? Nada disso.

Tudo aquilo, explicou-me, fazia parte da conspiração judaica da qual ele estava informado graças a amigos ligados ao movimento nazista. Num primeiro momento os judeus se declarariam arrependidos do que haviam feito a Cristo: Jesus era dos nossos, sempre foi, os sacerdotes do templo de Jerusalém não podiam ter pedido sua execução, eles erraram, nós e os cristãos somos uma coisa só. A presença de Heitor Levy na construção do Cristo seria apresentada como prova disso, desse desejo de colaborar. Num segundo momento, e, claro, com a cumplicidade de certos setores da Igreja ligados à finança internacional e ao comunismo, tomariam conta do Brasil em definitivo. Júlio me garantiu que na base do monumento seria construída uma sinagoga, e que Cristo seguraria em cada mão uma estrela de davi. Um desenho mostrando como seria essa estátua circulava entre seus amigos nazistas.

Por mais idiotas que fossem os comentários de Júlio, traziam — se a informação em relação ao engenheiro era mesmo verdadeira — um componente adicional de perturbadora estranheza à nova etapa que eu teria de enfrentar. A rigor pouco se me dava que o Levy fosse judeu, ou protestante, ou umbandista; aquilo não deveria fazer diferença nenhuma.

Mas fez. Fez muita diferença. Naquela noite, mais uma vez, e por causa daquela absurda incerteza, dormi pouco e mal; de manhã fui para o trabalho com maus pressentimentos. Contudo, o engenheiro Heitor Levy, a quem Joaquim me apresentou quando lá cheguei, parecia qualquer coisa, menos o judeu maquiavélico que Júlio descrevera: um homem simpático, de fisionomia agradável, ar inteligente, elegantemente vestido, de terno e gravata; seu tipo de maneira alguma correspondia à caricatura clássica do judeu de nariz adunco e mãos em garra. Cumprimentou-me afavelmente, perguntou se eu estava pronto para a missão.

Não, pronto eu não estava. Não para aquela missão, pelo menos. Mas não era o que lhe diria; pode contar comigo, engenheiro, respondi, procurando afetar despreocupação.

No carro que nos levava, eu estava apreensivo, agitado. Heitor Levy se deu conta de minha tensão; provavelmente atribuiu-a à insegurança, e tentou distrair-me, falando sobre o monumento. Sabia eu que o projeto fora alterado? Seu colega Heitor Costa pensara inicialmente num Cristo segurando com uma das mãos uma grande cruz, e a palma da outra mão sustentando um globo terrestre. (Cruz e globo: nada de estrela de davi. O Júlio era mesmo um idiota.)

A cruz e o mundo, continuava Levy, você já pensou em algo mais simbólico? Mas, acrescentou, com um suspiro, a ideia não fora bem aceita por círculos da Igreja católica; por causa da conhecida obsessão brasileira por futebol, o globo fatalmente lembraria uma bola. Mas a mudança resultara adequada; a imagem do Cristo com os braços abertos representaria um apelo poderoso:

— É o Senhor acolhendo todos os brasileiros — disse-me, a voz vibrando de emoção. — É o Senhor abraçando os milhões de brasileiros.

Estremeci. Aquilo me lembrou o "Eu vos abraço, Milhões"

do quarto de Geninho. Estaria o engenheiro usando o verso de Schiller como metáfora religiosa, uma figura de linguagem que era a própria negação dos sonhos de meu amigo morto? Se era esse o caso, tratava-se de uma ofensa, para dizer o mínimo, mesmo involuntária. E pior, eu não tinha como protestar, eu não podia dizer que a frase fora adotada como lema revolucionário por um jovem comunista de saudosa memória. O que fazer? "*Chto delat?*" Nada. Fiquei calado.

Chegamos à propriedade, entramos. Descemos do carro, andamos algumas dezenas de metros por uma estradinha. E aí, numa curva, o engenheiro deteve-se e voltou-se para mim, radiante:

— Prepare-se para a grande surpresa.

Dentro de uma precária armação feita com umas poucas toras de madeira roliça, estava, em gesso, o Cristo, a cabeça do Cristo. Enorme: uns quatro metros de altura, no mínimo.

Minha primeira reação, sou obrigado a reconhecer, foi de terror, um terror que chegou a me paralisar. Fiquei ali, trêmulo, imóvel, diante daquela cabeça gigantesca, sem saber o que dizer, sem saber o que fazer. Heitor Levy percebeu, mas deve ter achado que aquilo era apenas uma manifestação de reverência de um jovem católico diante da figura imponente do seu Salvador. Se foi isso que achou, estava errado. Para minha desgraça, estava errado, completamente errado, tremendamente errado. Minha reação resultava de uma emoção primitiva, visceral, que, achava eu, havia sido neutralizada pelo sadio e vigoroso antídoto da superstição, o materialismo dialético. Mas não, ali estava eu, passando mal, suando frio. Diante daquela cabeça eu era um anãozinho, um verme insignificante. Era uma cabeça maciça, uma cabeça que se impunha pelo peso, pelo volume, pela solidez. Posso te esmagar, garantia aquela cabeça. E podia mesmo: era só desabar sobre mim e eu estaria perdido.

Mas não era só isso, não era só o tamanho descomunal. Era outra coisa. As imagens de Cristo com as quais eu estava familiarizado eram sobretudo imagens de martírio, de sofrimento, como a do crucifixo de minha mãe. Aquela não. Aquela era uma obra art nouveau, uma imagem majestática, de sóbria beleza. O Cristo que eu tinha diante de mim era um Cristo de expressão neutra, impassível. Nada de "Meu pai, meu pai, por que me abandonaste?", e nada de "Deixai vir a mim as criancinhas". Também não era a imagem do Jesus que, gritando "A minha casa é casa de oração, vós a transformastes em covil de ladrões", expulsara os vendilhões do Templo. Não, aquele Cristo não bradava nada, aquele Cristo não se queixava, não se enfurecia. Aquele Cristo, asséptico e majestoso, era uma absoluta incógnita. Os globos oculares não tinham pupilas, não tinham íris, não tinham cor; pior, não me fitavam, aqueles olhos, o que não impedia que eu me sentisse mirado, trespassado por um olhar que superava os raios X em termos de devassar intimidades; poder enigmático, secreto, misterioso. Olhos insondáveis, olhos de cego que, no entanto, viam tudo, que me acusavam: eu sei quem tu és, comunista pérfido, estás aqui para destruir, não para construir, *vade retro*, Satanás.

Isso, os olhos. O nariz, agora. O nariz não era adunco como eu imaginava (com, reconheço, certo preconceito) os narizes de judeus; era um nariz reto, como um nariz grego ou romano, e sem narinas; um nariz que não fora feito para respirar ou cheirar. Os lábios estavam cerrados. Não firmemente cerrados, não teimosamente cerrados, mas cerrados. Nenhum sorriso amável ou conciliador ali esboçado; nenhum ricto de indignação ou de revolta. Lábios inconspícuos, neutros. Quanto à barba, era geométrica, perfeitamente delimitada. Não era como a barba de Marx, generosa, abundante, vital como o era a ideia da revolução; uma barba que se desenvolvera livremente, mas também disciplinadamente, a combinação da liberdade com a disciplina sendo um traço fundamental do marxismo. Eram claras as diretrizes que Marx impunha à própria barba: poderia crescer indômita e até furiosa (a fúria justa é saudável e necessária); poderia ocupar seu espaço na face e no mundo, mas tudo isso dentro dos limites da razão, da lógica. Emoção revolucionária modulada pela razão também revolucionária, eis o fundamento da ação marxista, eis a mensagem que a barba de Marx transmitia. Na barba que eu tinha diante de mim, bem desenhada, simétrica, rigorosamente delimitada, naquela barba comportada, faltava o essencial componente da revolta. E o mesmo poderia ser dito do cabelo, dividido ao meio e penteado com apuro.

Tudo aquilo, os olhos, o nariz, a boca, o cabelo, a barba, tudo aquilo me perturbava muito. Seria diferente se eu estivesse visitando aquela cabeça num museu e, melhor ainda, se a meu lado estivesse um homem chamado Paul Landowski explicando (e poderia fazer isso com orgulho, a mim não importaria) sua obra: "Em relação ao desenho dos lábios, pensei muito, e levei em consideração...". Pronto: o mistério estaria desfeito, a cabeça de Cristo já não mais seria um inquietante enigma, e sim o resultado de uma elaboração artística: arte reacionária, claro, arte religiosa, mas arte, de qualquer modo, algo para não ser levado muito a sério. Mas não, eu não estava num museu, não havia nenhum Landowski por ali; e também nenhum socorro poderia esperar de Heitor Levy, imóvel a meu lado, numa postura reverente, submissa. Não, ele não romperia o silêncio com um comentário qualquer, que embora casual, ou exatamente por ser casual ("Nossa, deu trabalho trazer essa cabeça para cá"), me libertasse, desfazendo, com a amena e brincalhona brisa da banalidade, aquela sufocante atmosfera de misticismo.

De modo que eu estava irremediavelmente derrotado, e a expressão maior de minha derrota era a imobilidade, a paralisia.

Eu não conseguia parar de olhar a enorme cabeça. O que via ali era uma expressão do mais completo e ilimitado poder da religião: Cristo nem sequer precisava demonstrar, na expressão facial, o seu triunfo. Mas de triunfo tratava-se, sim; nascido numa manjedoura, Jesus tornara-se um líder que arrastava multidões, que fazia milagres. Fora preso, supliciado, morrera, ressuscitara, descera à mansão dos mortos, ascendera aos céus e lá vive, lá reina, lá impera: disso tudo a monumental cabeça dava testemunho definitivo e irrevogável.

Como se não bastasse a cabeça, ainda havia as mãos, que Heitor Levy me mostrou em seguida. Mesma coisa: mãos enormes, poderosíssimas. Não estavam cerradas como punhos revolucionários; e não eram mãos brutas, ao contrário, eram mãos bonitas, elegantes, de dedos longos; mãos de artista. Mas eu não podia duvidar de seu potencial e ameaçador poder, antes de mais nada em função do enorme peso: uma mão daquelas, caindo sobre mim, me esmagaria como se eu fosse um inseto (e eu ali não passava disso, um inseto, uma barata, uma formiga). Ah, sim, não faltava às mãos um elemento acusador. Em ambas as palmas, e como era de esperar, as marcas do suplício: as feridas deixadas pelos cravos que prendiam Cristo à cruz. Feridas estilizadas, obviamente, de contorno geométrico, mas feridas, lembrando aos fiéis o martírio, o suplício que precedera a morte. Detém-te, jovem transtornado, diziam aquelas mãos, detém-te, cai de joelhos, arrepende-te, evoca o sublime mistério da vida de Cristo. Se o fizeres, a graça divina iluminará teu coração, serás feliz para todo o sempre; mas, se não o fizeres, ai de ti. Ai de ti! Queimarás por toda a eternidade nas chamas do inferno.

Sabes em quem eu pensei naquele momento, meu neto? Pensei em Judas. Naquele momento entendi o que ele sentira diante de Cristo, sua inveja, sua amargura, seu ódio impotente. Em vão buscara vencer Cristo; ah, eu traio o cara, acabo com ele, faturo trinta moedas, fico bem com os romanos e com os sacerdotes, que mais posso querer? Erro de cálculo, fatal erro de cálculo, erro que pagou da única maneira possível: enforcando-se. E, no momento em que morria, deve ter visto diante de si a face de Cristo: não a face sangrenta do supliciado, a fronte coroada de espinhos; não, numa espécie de premonição, Judas vira a mesma face que eu tinha diante de mim, a face impassível, a face serena — a impassibilidade e a serenidade resultantes de um definitivo e irreversível triunfo. Uma visão para ele desesperadora, a visão que seguramente apressara seu fim.

Agora: que deveria eu fazer diante da esmagadora derrota que me infligiam aquela cabeça e aquelas mãos? Gritar, como o despeitado imperador Juliano, "Venceste, galileu"? Enfiar o rabo entre as pernas e sair dali calado?

Não. Eu não era Judas nem Juliano. Não estava atrás de trinta moedas, não estava atrás do poder dos imperadores romanos. Eu era, ou ao menos julgava ser, um comunista, um jovem comunista; meus ideais de justiça e de igualdade estavam acima daquela mesquinharia, acima de abjetas condutas. Em nome desses ideais, em nome da tática revolucionária, eu me sacrificaria e cumpriria a tarefa que me seria delegada por Heitor Levy.

— Estou às suas ordens, senhor engenheiro — eu disse e, tendo falado, imediatamente senti-me melhor, eufórico, quase. Então eu não havia emudecido de terror! Não: dera a volta por cima, recuperara-me, como só o proletariado pode recuperar-se; recorrera à minha inteligência e até à minha astúcia dialética, encaixando-me perfeitamente no papel que deveria desempenhar na qualidade de agente (secreto, no caso) da revolução. "Estou às suas ordens, senhor engenheiro." Diante de um perturbador dilema eu soubera perfeitamente o que fazer. Se Lênin aparecesse ali, perguntando *"Chto delat?"*, eu teria uma resposta para ele. Eu teria respostas para todas as perguntas de todos os revolucionários do mundo. Que me bombardeassem com os seus *"Chto delat?"*, eu responderia com a metralhadora giratória da implacável dialética.

Heitor Levy, contudo, não me ouviu, absorto que estava em seus pensamentos, talvez metafísicos, certamente metafísicos. Estou às suas ordens, repeti, e toquei-lhe no braço. Sobressaltou-se, mas em seguida caiu em si: muito bem, Valdo, vamos ver o que tem de ser feito.

Mostrou-me rachaduras e buracos na superfície de gesso; seria preciso corrigir tais falhas. O material já estava todo ali, ele ensinou-me a utilizá-lo; fez uma demonstração prática, preenchendo cuidadosamente, amorosamente eu diria, uma erosão na fronte de Cristo. Olhou, perguntou o que eu achava. Está ótimo, respondi. Ele sorriu:

— Pois é isso que você terá de fazer.

Indagou se eu tinha alguma dúvida. Respondi que não, que estava pronto para começar.

A verdade, porém, é que pronto não estava. Não completamente pronto, ao menos, para o que inevitavelmente seria uma dura prova. Uma coisa era transportar areia e cimento do ponto A para o ponto B recitando para mim próprio trechos do *Manifesto*; aquilo eu podia fazer automaticamente. Outra coisa era trabalhar na cabeça de Cristo, tocar o cabelo, a barba, os olhos (mesmo sem pupilas), o nariz, a boca. Marx teria feito isso? Lênin teria feito isso? Stálin teria feito isso? E, importante, Astrojildo Pereira teria feito isso? Não, bradava em mim uma voz interior, eles não teriam feito isso, e tu não tens de fazer isso, nada te obriga, és livre para recusar.

Verdade: eu poderia, naquele momento, largar o emprego — porque era só isso, um emprego, um ganha-pão, não era uma missão, não era uma causa. Ou poderia continuar no emprego, mas recusar-me a fazer aquela tarefa alegando algo do tipo "não tenho de fazer conserto em gesso, sou ajudante de pedreiro e só aceito trabalho de ajudante de pedreiro, só aceito mexer com areia, cimento, argamassa".

Mas outra voz (vozes interiores, sempre contraditórias, não me faltavam, naqueles tempos de confusão) dizia exatamente o contrário: tu estás apenas desempenhando um papel, Valdo, o papel que te exige o momento; estás dando um passo atrás para depois dar dois passos à frente — não te preocupes, faz o que precisa ser feito e confia no rumo que a História tomará.

Argumento racional. Mas, racionalidade à parte, havia um risco. Eu me colocara à disposição do engenheiro, numa atitude que, calculadamente embora, chegava ao limite do servilismo. E esse era o problema. Se, movido pela arcaica e tradicional submissão da classe operária, pelo medo de perder o emprego e de passar fome, eu ultrapassasse esse limite, transformando-me num obediente servidor, estaria perdido, definitivamente perdido: uma vez cruzada a tênue e imprecisa fronteira (tão tênue e imprecisa quanto aquela que, ali, me separava do rosto e das mãos de Cristo), não teria como voltar. Para tanto poderia colaborar a minha própria fraqueza, a debilidade interior resultante de uma infância religiosa, que gerava em mim uma outra, e inquietante, dúvida: será que no fundo eu não queria aproximar-me do Cristo, mirar o Cristo, tocar o Cristo, como fizera na infância com o crucifixo em nossa casa? Será que não estava renascendo em mim o guri crente que um dia eu fora, o guri que era a alegria de minha devota mãe? Estariam vivas em mim, em algum obscuro compartimento de minha mente, as crenças e o êxtase de minha infância, essas crenças, esse êxtase apenas aguardando a oportunidade para, em triunfo, retornarem, Cristo vivo, Cristo reina, Cristo impera? Que conflito, meu Deus.

"Meu Deus"? Foi isso que eu escrevi, com esta caneta-tinteiro Parker que me acompanha há décadas, uma caneta que nem é mais fabricada? Foi isso?

Sim, eu escrevi "meu Deus". O velho que eu sou escreveu "meu Deus". Por quê? Porque sou um crente, agora? Porque a proximidade do fim me faz acreditar em Deus? Ou porque traduzi em palavras escritas a exclamação que passou pela cabeça do rapazinho Valdo naquela manhã cinzenta? E, se o rapazinho Valdo exclamou, para si próprio, e de forma automática, espontânea, "meu Deus", que conclusão poderia ele tirar disso? Que usara apenas uma expressão comum no cotidiano brasileiro? Ou que, no fundo, estava mesmo apelando para a divindade, já que não podia apelar para Marx, Lênin, Stálin — para Astrojildo Pereira?

Não tenho resposta para essas perguntas. Nem para muitas outras. A gente pensa que a vida vai terminando com as dúvidas. Engano, meu neto. Termina com algumas dúvidas, suscita outras, não raro mais complicadas. A gente não entende mais nada, a perplexidade só faz crescer.

Mas o pior ainda estava por vir. Heitor Levy bem poderia, naquele momento, ter se afastado — afinal, já me transmitira suas instruções, dera suas ordens. Mas não, determinado e minucioso como era, resolveu acrescentar ponderações, recomendações. Eu deveria me dar conta da importância do trabalho que faria. Afinal, tratava-se de uma obra de arte, algo único, nunca visto no Brasil. E, mais importante, era a imagem do Filho de Deus. Lembre-se de Verônica, disse (mas realmente o cara tinha de ser católico, só um católico faria essa alusão, o Júlio era mesmo uma besta), a mulher que, com o próprio véu, enxugou o rosto de Cristo na Via Sacra:

— Você deve trabalhar esse rosto com o mesmo carinho,

com a mesma devoção. O rosto de Cristo ficará marcado em sua alma assim como ficou marcado no véu de Verônica.

Sim, senhor, foi o que eu respondi. "Sim, senhor": o mantra da submissão, as palavras com as quais eu me integrava à imensa corrente dos oprimidos, dos escravos, dos servos, dos operários, a corrente que por milênios movera o mundo.

— Qualquer problema, você me chama — disse o engenheiro, jovial, e afastou-se.

Respirei fundo e me preparei. Sabia o que fazer, tinha o material necessário. Era só começar.

Não: não era só começar. Era preciso traçar antes uma estratégia. A estratégia seria o antídoto contra o desalento, e nesse sentido eu tinha exemplos históricos: desanimavam os verdadeiros comunistas diante da magnitude do desafio à sua frente? Haveria motivos para isso: eles eram poucos, as forças da reação mostravam-se avassaladoras. Mas não, os verdadeiros comunistas não desanimavam. Perguntavam-se o que fazer (*"Chto delat?"*) e, tendo encontrado a resposta (porque sempre existia uma resposta, mesmo que o problema fosse dificílimo), faziam o que tinham de fazer, progredindo por etapas, traçando objetivos limitados, modestos, porém exequíveis: uma greve aqui, um protesto ali, um manifesto acolá. Eu procederia da mesma forma. Abstrairia o rosto de Cristo, me concentraria nos buracos e nas erosões do gesso. E isso não seria difícil. Por feliz coincidência, algumas daquelas erosões tinham formas significativas. Uma delas parecia uma foice — isto mesmo, uma foice, talvez à espera do martelo —; outra, uma bandeira desfraldada: bandeira de cor branca, afinal a cabeça era de gesso, mas que eu podia imaginar vermelha. Não era o rosto de Cristo aquilo, era um painel da revolução, ou assim eu queria vê-lo. Fui trabalhando, portanto, preenchendo as lacunas com gesso. Em dois dias, mais cedo do que pensava, terminei o serviço. Heitor Levy me elogiou muito; você é um excelente colaborador, disse, graças a pessoas como você, o nosso Cristo será um triunfo. Embarcamos em seu carro e voltamos para o Corcovado.

Joaquim já sabia que eu me saíra muito bem, deu-me os parabéns, perguntou se eu gostara de trabalhar com o engenheiro Levy. Sim, eu disse, ele é um homem muito gentil, muito religioso. E aí me lembrei do comentário de Júlio:

— Engraçado, há quem diga que ele é judeu...

Joaquim riu:

— É, eu sei desses comentários. Que aliás têm fundamento: o engenheiro Levy é judeu. Melhor dizendo: foi judeu. Foi, não é mais. Converteu-se, e hoje é um bom cristão, um católico exemplar.

Apontou a obra:

— A prova está ali, na argamassa que forma o corpo do Redentor. Quando se converteu, o engenheiro escreveu num papel os nomes de seus familiares, enfiou o papel numa garrafa e colocou essa garrafa na argamassa. Uma espécie de comunhão, está entendendo? Na comunhão, recebemos o corpo de Cristo; aqui, foi o corpo de Cristo que recebeu a família do engenheiro. Não é bonito, isso, Valdo? Heitor Levy é o grande exemplo de alguém que viu a luz, que encontrou o verdadeiro caminho da fé.

Estarrecido, eu não podia acreditar no que estava ouvindo. Então Júlio estava, ao menos parcialmente, certo? Então o Heitor Levy era um judeu, ainda que convertido? Mas como? Por que fizera isso, por que mudara de religião? Não tinham os judeus sido perseguidos pela Igreja? Não tinham sido queimados nas fogueiras da Inquisição? Como então ele, um judeu, um homem teoricamente culto e esclarecido, não se revoltava? Como podia mostrar tal reverência, tal submissão, aderindo aos algozes, à superstição deles?

Incompreensível. Revoltante. A menos, claro, que tudo fosse encenação, coisa, como dizia Júlio, de judeu esperto, de safado, de judeu que sabia como enganar os cristãos, que fingia uma conversão para garantir o emprego e certamente uma polpuda remuneração.

Ambas as possibilidades mobilizavam minha raiva. Toda a amargura que em mim se acumulara ao longo daqueles meses agora se voltava contra o renegado, contra o traidor (ou espertalhão: o adjetivo que o caracterizaria era irrelevante). E não era simples preconceito, coisa de antissemita barato, nada disso. Até então, e ao contrário de alguns colegas de escola, eu nunca tivera raiva de judeus. Ao contrário, sentia por eles secreta admiração, por seu passado de sofrimento, por sua cultura, por sua visão progressista. Geninho me contara que na Rússia muitos judeus haviam lutado na revolução de 1917, e bravamente: é gente sofrida, Valdo, sofrida, mas determinada, um exemplo para nós. Mas, por outro lado, havia o judeu Trotsky, o grande inimigo de Stálin, que eu aprendera a detestar; e judeus burgueses, judeus donos de banco, judeus comerciantes, judeus usurários — esses decerto teriam de virar sabão, mas não um sabão diferente, um sabão igual àquele que representava o destino dos burgueses em geral. Ou seja: os judeus, como todo o mundo, se dividiam em duas categorias, os progressistas e os reacionários. O engenheiro fazia parte desta última, qualquer que fosse a explicação para sua conduta, para a conversão ao cristianismo: ou ele era o judeu que em nome do misticismo renegara suas origens, ou era um tipo astuto, maquiavélico, que mudara de religião para ascender na vida. Difícil de dizer o que era pior, mas ambas as possibilidades eram facilmente explicáveis, não pela religião, mas pela origem classista do engenheiro: afinal de contas ele era um burguês, e a burguesia tinha disso, dessas loucuras, inclusive loucuras religiosas, não raro conjugadas à safadeza inerente a uma economia ferozmente competitiva. E por isso, por causa de opções como a de Heitor Levy, a burguesia tinha perdido o trem da História, estava condenada à extinção. Só a revolução poderia trazer a razão e a justiça ao mundo, e isso era, mais que um consolo, uma esperança.

Mas a revolução continuava sendo, para mim, coisa longínqua, miragem, sonho. Para começar, não recebera nenhuma mensagem do Moreno. Teria ele falado com o Astrojildo? E, se falara, por que o Astrojildo não mandava me chamar? Eu era tão insignificante assim? Eu não sabia o que pensar, o que fazer; e, pior, esse não era meu único problema. Maria Clara, furiosa com minhas recusas, agora me hostilizava sem cessar, ameaçando mandar-me embora da pensão: quem você pensa que é, moleque, para me rejeitar, já tive homens dez vezes melhores que você e que me tratavam com todo o respeito.

Como se isso não bastasse, meu irmão, que costumava ser contido em suas cartas, agora, alarmado, insistia em que eu voltasse: "Nossa mãe já não dorme, coitada, passa as noites em claro, chorando e chamando por ti". Por último, e não menos importante para quem queria mudar o Brasil, a situação no país se agravava por causa das brigas políticas. O então presidente, Washington Luís, lançara como candidato à sua sucessão o paulista Júlio Prestes. Políticos de Minas e do Rio Grande do Sul formaram uma frente de oposição, a Aliança Liberal, cujo candidato era Getúlio Vargas. "Façamos serenamente a revolução, antes que o povo a faça pela violência", dizia o político mineiro Antônio Carlos de Andrada, uma frase que me deixava irritadíssimo: quem era aquele cara para falar de revolução? Depois de outubro de 1917, só um partido tinha o direito de usar essa palavra, o Partido Comunista. Os políticos burgueses podiam fingir que queriam revolução, mas o que queriam mesmo era manter as coisas como estavam: eram moscas discretamente diferentes do modelo comum (uma asa um pouco maior, uma pata um pouco menor), mas, ao fim e ao cabo, voejavam incansáveis em torno à mesma merda capitalista. A violência burguesa não era a saudável violência revolucionária; era a violência da máfia, do acerto de contas entre bandos rivais.

As eleições foram realizadas a 1º de março de 1930, sábado de Carnaval. Significativa coincidência: aquela eleição era uma palhaçada. Aliás, toda eleição burguesa era isso, uma palhaçada, um engodo destinado a fazer a população acreditar que decidia sobre o próprio destino. Mentira. Jogo de cartas marcadas. Mudavam os governantes, mas a burguesia continuava mandando.

O resultado foi o que todo mundo esperava. No Rio Grande do Sul, Getúlio teve praticamente todos os votos, mas, no resto do país, Júlio Prestes ganhou com folga. Os aliancistas protestaram, alegando fraude no pleito. A partir da derrota eleitoral, intensificaram-se os preparativos para uma revolução armada, da qual Prestes deveria ser o chefe militar, e Vargas, o líder civil. Mas os dois acabaram rompendo, Prestes declarando que tudo não passava de "uma simples luta entre as oligarquias dominantes".

Essas coisas apareciam como notícia nos jornais ou circulavam como boatos, mas a verdade é que não me interessavam muito. A melancolia, o desânimo me invadiam, eu não tinha vontade de fazer nada, a custo conseguia trabalhar. Joaquim se inquietava por minha causa, dava-me conselhos: você precisa sair, conviver com os amigos, arranjar uma namorada.

Amigos? Que amigos? Amigo fora o Geninho, amigo de todas as horas, verdadeiro irmão. E namorada... Ah, quando teria eu uma companheira, quando encontraria a mulher de minha vida? Um dia, na rua, um ônibus passou perto de mim e ali estava a Chica, o que foi para mim uma surpresa: pelo visto ainda não tinha conseguido convencer o pai a voltar para a mãe, o que talvez explicasse seu ar de tristeza, de desamparo, seu alheamento. De imediato brotou em mim uma doida vontade de abraçá-la, beijá-la. O ônibus se detivera numa parada próxima; se eu fosse correndo, ainda conseguiria embarcar, sentaria perto dela, Chica, que surpresa, foi bom te encontrar, eu estava com saudades.

Resisti, porém: afinal, era uma traidora, a Chica. Que ficasse com seu algoz, o padrasto, e com seus planos sórdidos, meu caminho era outro. De todo modo, o veículo já arrancava. Os ônibus, como o trem da História, não esperam que terminemos nossas ruminações.

Num domingo à tarde, e na falta de programa melhor, resolvi ir até o centro. Minha esperança era encontrar a Denizete, a única pessoa com quem, eu achava, poderia conversar (não fazer sexo, porém; uma gonorreia fora o bastante). Fui, mas, pelo jeito, ela ainda não tinha chegado a seu ponto habitual. Vi-me de repente numa rua deserta, vazia, e aquilo só fez crescer o meu desespero. O que estou fazendo aqui, eu me perguntava, nesta cidade hostil, onde não tenho amigos, muito menos companheiros de ideias ou de luta? De novo tive vontade de ir embora, de voltar para o meu pai, para minha mãe, para o meu irmão, para o pampa, para o coronel, até — eu queria fugir dali. Que merda, eu resmungava furioso, que merda.

De repente ouvi brados, vindos da avenida na qual a rua desembocava:

— Abaixo o governo! Abaixo a opressão! Viva a revolução!

É o Astrojildo com os comunistas, pensei, tomado de súbita

esperança: enfim o encontro com que eu sonhava! Corri até a esquina.

Era de fato uma manifestação, uma pequena manifestação que, contudo, nada tinha a ver com os comunistas, como logo constatei pelo cartaz que um dos poucos manifestantes carregava e que dizia, em grandes letras vermelhas: "O anarquismo é o verdadeiro caminho para a humanidade". À frente do grupo, uma moça bonita, de expressão irada, cabelos revoltos. Reconheci-a de imediato, porque já a vira em foto: era a Rosa, filha do Hércules e da Teresa. E fiquei instantaneamente fascinado: era uma mulher muito bonita, ela, e uma mulher ousada, destemida, a própria imagem da combatente.

Os manifestantes se detiveram e formaram um círculo, no centro do qual foi colocado um caixote. Daquele palanque improvisado, Rosa, equilibrando-se precariamente, iniciou uma inflamada arenga, atacando o governo, a Igreja, os capitalistas. Os companheiros a aplaudiam com entusiasmo, mas, além de mim, apenas dois transeuntes pararam para ver o que estava acontecendo, um deles um velhinho que não escutava bem e que a todo instante me perguntava o que a moça estava dizendo; outro, um mendigo esfarrapado, que ria sem parar. Nisso ouviu-se ruído de cascos no calçamento e logo em seguida apareceram quatro policiais a cavalo, brandindo seus sabres. O grupo dispersou-se rapidamente, cada um correndo numa direção. Rosa saltou do caixote e correu também. Fui atrás dela; escondeu-se atrás de um quiosque, eu também. E ali ficamos, ofegantes. Finalmente os soldados se foram, e só então ela, voltando-se, notou minha presença:

— Quem é você? — perguntou, desconfiada, e como eu, ainda fascinado por sua beleza, não respondesse de imediato, insistiu, desabrida: — Você não é do nosso grupo, quem é você? Olheiro da polícia? A polícia agora ficou esperta, manda olheiros jovenzinhos?

Era tal a sua fúria que tive de achar graça. Ri — pela primeira vez em muito tempo:

— Fica tranquila, Rosa. Não sou policial, não sou olheiro. Sou amigo. Meu nome é Valdo.

Ela arregalou os olhos:

— Amigo? Você? E como sabe meu nome?

Contei que havia sido hóspede dos pais dela:

— Até dormi na tua cama. Boa cama, aliás. Tu, já vi que és durona; tua cama não, tua cama até que é macia.

Ela achou graça no "tu" e no sotaque, perguntou de onde eu era. Contei que vinha do interior do Rio Grande do Sul. De imediato o rosto se lhe iluminou: adorava o Sul, berço do anarquismo brasileiro. De imediato começou a falar da Colônia Cecília, no Paraná, fundada no final do século dezenove por imigrantes italianos, uma experiência admirável, que progredira apesar da hostilidade governamental e só fracassara depois que um vigarista fugira com o dinheiro do fundo comunal. Mencionou outra colônia, esta no Rio Grande do Sul ("No seu estado, viu?"), fundada por Elias Iltchenko e outros imigrantes russos e ucranianos. Suspirou:

— Muito bonita, essa ideia de colônia, de vida conjunta, todo mundo partilhando as coisas irmãmente... Mas não dá certo, infelizmente não pode dar certo. O capitalismo não tolera essas experiências generosas, Valdo, parte em seguida para a repressão. E aí é polícia — você viu isso agora mesmo —, é exército, é massacre. Não, meu caro, colônia não é a solução. A solução é derrubar o capitalismo, o governo — qualquer governo. Mesmo porque o capitalismo corrompe todos os ideais; esse safado da Colônia Cecília mostrou isso muito bem... Mas diga: o que trouxe você ao Rio? Veio estudar, fazer universidade?

Antes que eu pudesse responder — antes que eu pudesse inventar uma história para contar a ela —, algo lhe ocorreu, algo que fez o sorriso desaparecer de seu rosto. Dava-se conta de que, se o pai dela me recebera, isso certamente tinha algo a ver com o Partido Comunista. A possibilidade deixou-a furiosa:

— Escute: você é comunista, como meu pai? Se é comunista, nossa conversa termina aqui mesmo. Não quero nada com os comunistas, ouviu? Os comunistas são uns totalitários, os comunistas só querem o poder, fazem qualquer coisa para isso. Olha só o Stálin. Quanta gente aquele bandido já matou, quanta gente já botou nos campos de concentração? E isso que ele está só no começo, aquilo vai longe. Agora, se você é comunista, se você é stalinista, vou logo avisando: não quero nada com você, quero que você fique longe de mim. Então, responda com sinceridade: você é comunista?

— Não — respondi, com uma firmeza que a mim próprio surpreendeu. — Não sou comunista.

Eu estava mentindo, meu neto? Não. Eu não estava mentindo: comunista, a rigor, eu não era, pelo menos não comunista de carteirinha, membro do Partido; não tinha assinado a ficha, não tinha respondido afirmativamente às perguntas do questionário ("É contrário ao regime capitalista?", "Concorda com a necessidade de uma atuação tendente à abolição completa do regime capitalista?", "Aceita como necessária neste momento histórico a ditadura do proletariado?"); podia me considerar no máximo um simpatizante. Você deve achar que minha negativa era uma esperta manobra para não desagradar uma moça por quem já me sentia irremediavelmente atraído. Talvez, mas não só isso. A verdade é que a pergunta dela refletia o dilema que havia muito me atormentava: era eu de fato um comunista? Naquele momento, diante da imaginária balança do processo decisório, eu colocara num prato a lembrança de Geninho, o *Manifesto*, o *Que fazer?* (*Chto delat?*) de Lênin; meus sonhos, minha revolta diante da injustiça, da desigualdade. No outro prato, o dissimulado Moreno, o misterioso Astrojildo Pereira, minhas constantes decepções, meus enganos, e também meu trabalho no Cristo Redentor, com todas as dúvidas que em mim desencadeara; e, ao contrário do profeta Daniel (a Bíblia é um livro de certezas religiosas, definitivas, não uma obra dialética), eu não conseguia dizer com certeza que prato da balança pesava mais. Na dúvida optava por aquilo que me parecia mais honesto: rigorosamente falando, objetivamente falando, eu não era comunista. Poderia, claro, ter completado a frase: "Não sou comunista, mas sonho com o comunismo". Contudo Rosa nada me perguntara sobre meus sonhos, e eu não me sentia obrigado a mencioná-los.

Ela me olhava, ainda desconfiada. Compreensível: desconfiança fazia parte de seu kit de sobrevivência, como fazia parte do kit de sobrevivência de Astrojildo Pereira, ou mesmo do Moreno, ou de qualquer revolucionário. Não sou comunista, repeti com certa desenvoltura — na carreira da dissimulação e do engodo a gente progride rapidamente. Eu me tornava loquaz, disposto a falar sobre mim e a inventar histórias. E falei, e inventei uma história: contei que, vindo do Rio Grande do Sul, ficara na casa dos pais dela por indicação de um amigo gaúcho, mas que fora uma hospedagem provisória, tanto que agora estava morando em outro lugar. Ouviu-me, atenta, aparentemente convencida:

— Ah, bom. Porque se você fosse amigo do meu pai, ou, pior ainda, companheiro de Partido dele, não haveria possibilidade de conversa entre nós. Meu pai...

Hesitou, mas agora que começara iria até o fim:

— Você deve estar meio surpreso com o que estou lhe dizendo, Valdo, mas é assim mesmo. Infelizmente é assim mesmo. Meu pai não é pai, é um antipai. Nunca me dei bem com aquele homem; sempre foi um tirano, um autoritário. Queria me dizer o que pensar, o que fazer — inclusive em política. Coisa que não tolero, não posso tolerar. Tenho minhas próprias ideias, aderi ao anarquismo — para mim, a única forma de libertar a humanidade.

Interrompeu-se, talvez se dando conta de que falara demais:

— Mas isso é uma longa conversa, e precisamos sair daqui. Se a polícia aparece, estamos fritos. De modo que vou me despedir de você...

Ah, não. Despedida, não. De jeito nenhum: eu queria continuar aquela conversa, queria ouvi-la, olhá-la. Perguntei para onde ia. Ela disse que o grupo havia combinado reunir-se depois da manifestação, mas que isso agora já não seria possível; iria, pois, para casa:

— Moro aqui perto, na Saúde.

Criei coragem:

— Posso te acompanhar?

Refletiu antes de responder. Olhava-me, num claro processo de avaliação, de julgamento: deveria confiar em mim? Dúvida compreensível: fazia menos de uma hora que nos conhecíamos. Mas, por outro lado, eu podia ser um prosélito em potencial, um companheiro a mais num grupo que obviamente carecia de gente.

— Pode.

Fomos andando em direção ao bairro onde ela morava. Rosa falava quase todo o tempo — sobre o anarquismo, claro. Contou que o movimento chegara ao Brasil no fim do século dezenove e que no início do século vinte se tornara muito forte, promovendo greves operárias no Rio e em São Paulo, sem falar na insurreição de 1918, cujo objetivo fora derrubar o governo central; um movimento que fracassara, mas que, segundo ela, se transformara num marco na história anarquista.

Mencionou dois nomes. O primeiro: José Oiticica, intelectual e poeta, autor de uma frase que ela considerava lapidar: "Se não houver rebelião, não haverá sobrevivência".

O segundo nome, este dito com raiva e desprezo, era o de — mas aí tive de fazer força para me manter impassível — Astrojildo Pereira.

Que ela odiava, para dizer o mínimo. Considerava-o um homem volúvel, um tipo que mudava de rumo e de ideias a todo momento. Inspirado pela Revolta da Chibata, chefiada pelo marinheiro João Cândido, e cujo objetivo era acabar com o castigo físico na marinha brasileira, e indignado com a execução do libertário pedagogo espanhol Francisco Ferrer, Astrojildo, homem de grande inteligência e talento, aderira ao anarquismo, tornando-se colaborador de vários jornais, *A Voz do Trabalhador, Guerra Social, Spartacus, O Cosmopolita*. Assinava com pseudônimos; mas seus textos eram inconfundíveis, vivazes, inteligentes, sarcásticos — muitas vezes polemizava com colaboradores imaginários. E aí, sempre segundo Rosa, ele traíra o anarquismo, aderindo ao comunismo e participando decisivamente da criação do Partido Comunista do Brasil, em 1922, o que aliás lhe valera violentas críticas do ex-companheiro José Oiticica. Os anarquistas, concluiu, tinham agora dois tipos de inimigo: o governo, que os perseguia, prendia e torturava, e os comunistas. Do governo, Rosa não esperava outra coisa; afinal, disse, governo é poder, e quem detém o poder quer mantê-lo a qualquer preço. Mas não perdoava os comunistas, verdadeiros bandidos que não hesitavam em recorrer ao crime para alcançar seus torpes objetivos: dois anos antes, em 1928, militantes do Partido Comunista tinham matado a tiros um sapateiro anarquista, um homem que ela conhecera e de quem gostava muito.

Perguntou se eu tinha ouvido falar de Astrojildo. O que poderia eu dizer? Não, respondi, não sabia quem era aquele homem, nunca o vira. Você não perde nada, disse ela. Então lembrou-se de um detalhe:

— Sabe que uma vez ele ganhou na loteria? Ganhou. E fez uma doação de vários contos de réis para o jornal anarquista *A Voz do Povo*. Muitos companheiros o felicitaram por isso. Mas aquilo já era um sinal de alerta. Um revolucionário jogando na loteria? O que é isso, Valdo? A loteria não passa de uma arma do capitalismo; o objetivo é convencer os simplórios, os ingênuos, de que qualquer um pode ficar rico a qualquer momento, que o sistema o permite. Quando jogou na loteria, Astrojildo já estava mostrando quem era. Claro, ele certamente tinha uma desculpa qualquer: ah, o número do bilhete era a data da Revolução Francesa, ah, o vendedor era simpatizante de nossas ideias, algo assim. Mas a mim não enganaria. Eu imediatamente o denunciaria como burguês disfarçado, traidor em potencial. E teria acertado em cheio.

Chegamos ao bairro da Saúde, um lugar pelo qual Rosa tinha verdadeira veneração; vinte e seis anos antes, naquelas ruelas, barricadas, como as da Comuna de Paris, tinham sido erguidas; ali o povo protestara e lutara contra a vacinação obrigatória instituída por Oswaldo Cruz. Um capoeira conhecido como Prata Preta tornara-se um verdadeiro ídolo popular, um modelo de lutador, segundo Rosa. Eu, que tinha me vacinado em Santo Ângelo, ia ponderar que vacina, afinal de contas, não era coisa ruim, evitava a varíola, doença grave; mas aquele não era o momento de iniciar essa discussão, mesmo porque estávamos chegando à pensão em que ela morava e que funcionava num casarão velho e dilapidado.

Paramos diante da porta, ela me olhando, sorridente. Hesitei. Deveria despedir-me e voltar para o Cosme Velho? Provavelmente sim, até porque o dia seguinte era de trabalho. Mas a verdade é que eu não queria ir embora. Queria ficar conversando com Rosa. Eu me sentia bem com ela, eu me sentia — feliz? É, feliz. Fazia tempo que não me sentia tão feliz. Finalmente encontrara uma alma irmã. Não partilhávamos as mesmas ideias, ela não era nenhum Astrojildo Pereira, mas era uma idealista, uma lutadora. E, muito importante para o adolescente que eu era, uma mulher linda.

Rosa percebeu minha vacilação e decidiu por mim: vamos entrar, disse, você vai conhecer o lugar onde moro. Abriu a porta, mas pediu que eu esperasse um pouco ali fora:

— Preciso ver se a dona da pensão não está por aqui. É uma velha chata, carola. Não posso entrar com homem algum.

Entrou e voltou logo depois, fazendo-me um sinal para segui-la: o caminho estava livre. Fomos até o quarto dela, um cubículo pequeno, mas atulhado de livros — sobre anarquismo, óbvio. Na parede, duas fotos. A primeira era de um homem para mim desconhecido, um homem ainda jovem e bonito, vestido à moda do século dezenove, com grandes bigodes e fisionomia angustiada.

— Apresento-lhe — disse Rosa, e a emoção transparecia-lhe na voz — meu ídolo: François Claudius Koënigstein, mais conhecido como Ravachol, um dos mais famosos anarquistas franceses. Você já ouviu falar nele?

Não, eu nunca tinha ouvido falar em Ravachol. Rosa então me contou que, nascido em 1859, o jovem François Claudius adotara o sobrenome da mãe, humilde costureira — o pai abandonara a família, que Ravachol se vira obrigado a sustentar; para isso trabalhara duro, sentindo na carne a crueldade do capitalismo. A partir daí voltara-se para a militância política; e, como militante, constatara a brutalidade da repressão policial nas manifestações de trabalhadores. Isso sem falar na crueldade da chamada Justiça: vários anarquistas presos haviam sido condenados à morte e executados.

Ravachol decidiu vingá-los: violência contra violência, violência revolucionária contra a violência do poder. Para isso recorreu à tecnologia: à época, a dinamite estava surgindo e ele a usou em vários atentados bem-sucedidos. Preso e julgado, o juiz lhe perguntou por que matara tantos inocentes. Sua resposta ficou famosa: "Não há inocentes entre os burgueses". Foi guilhotinado em 1892.

A segunda foto era de uma mulher que Rosa também admirava: a judia americana (mas nascida na Lituânia) Emma Goldman, líder anarquista, autora de vários artigos sobre libertação feminina e luta sindical publicados no jornal *Mother Earth, Mãe Terra*, por ela fundado.

Como Ravachol, Emma estava ligada a um atentado famoso. Ela e Alexander Berkman, seu amante e companheiro de lutas, haviam planejado a execução de Henry Clay Frick, riquíssimo industrial do aço, o homem mais odiado dos Estados Unidos. Gastava fortunas comprando obras de arte, mas pagava salários miseráveis a seus empregados. Os operários, já organizados em sindicatos, fizeram greve. Frick, arrogante e avesso a negociações, enviou seguranças armados para reprimi-los. No conflito que se seguiu, nove operários morreram. Emma e Berkman decidiram vingá-los. Armado de revólver, Berkman invadiu o escritório de Frick e atirou nele, mas o empresário sobreviveu. Foram presos, os dois, e deportados para a Rússia. Lá Emma se deu conta de que o regime comunista era coisa de opressores, de criminosos, o que lhe inspirou o livro que Rosa lera mais de uma vez: *Minha desilusão com a Rússia*.

— Obra-prima, Valdo, obra-prima. Muitas vezes insisti com meu pai para que a lesse. Não quis, claro. Os comunistas só querem saber do poder, não da verdade.

Ficou um instante em silêncio, depois me olhou:

— Não é emocionante, a história desses dois? Ravachol e

Emma são modelos para nós, você não acha? Para mim, pelo menos, são. A Emma, principalmente. Meu sonho é ser como ela. Eu queria deixar minha marca no mundo, ser conhecida como uma grande líder revolucionária, a Emma Goldman do Brasil. Vale a pena lutar por isso, não é mesmo?

Concordei. Como poderia não concordar? Eu estava deslumbrado, não por causa do que dizia, por causa de suas opiniões sobre Ravachol e Emma Goldman. Não, era ela própria, a mulher bela, brava, corajosa, que me atraía irresistivelmente. Ficamos nos olhando e de súbito ela me abraçou, me beijou, e no instante seguinte estávamos nus, na cama, fazendo amor. E, na cama, era uma grande mulher, a Rosa: animava-a a mesma paixão que eu nela vira poucas horas antes, na demonstração. Contudo, apesar de jovem e ainda inexperiente, eu não ficava atrás; quando terminamos ela me cumprimentou, ofegante: você me surpreendeu, disse, você é um belo macho.

Ah, que saudades eu tenho daqueles momentos, meu neto, que saudades. A gente vai vivendo, e o desejo sexual vai se extinguindo, aos poucos, quietamente; um dia termina. Nosso corpo não quer mais sexo; quer simplesmente sobreviver. As mulheres se tornam, então, alienígenas, habitantes de um planeta distante e diferente do nosso, o decadente, árido e desolado planeta da velhice. Lá estão elas, belas, sensuais, peles lisas, vaginas molhadinhas; aqui estamos nós, os calvos, os enrugados, os reumáticos, os artríticos, os caducos, os cardíacos, os prostáticos. Mal as vemos, porque enxergamos mal, e isso é até uma bênção; pior seria se, estimulados pela excitante visão, resolvêssemos bancar os velhos safados — falhando miseravelmente na hora. Tesão, para nós, é o tesão do mijo, aquele que surge pela manhã como resultado da bexiga cheia e do estado crepuscular que separa sono e vigília, aqueles momentos em que não sabemos se estamos acordados, se estamos dormindo ou se estamos no misterioso e mal delimitado território que separa a vida da morte. Portanto, temos de renunciar às nossas fantasias, que nos transportam para um futuro incerto quanto à duração (mais um ano, um mês, um dia?) e quanto ao tipo de vida, se é que de vida se trata; temos de nos apegar às nossas lembranças, que remetem a um passado sobre o qual ao menos temos um poder: o poder de selecionar aquilo que queremos recordar, como eu faço agora. Lembro de Rosa, nua, sorridente, comentando minha extraordinária potência: quatro, uma atrás da outra. Lembro disso e fico, ao menos momentaneamente, feliz.

Acalmado o desejo, e ainda deitados, voltamos a conversar. Rosa contou com orgulho que era operária. Recentemente deixara a fábrica de bolsas em que trabalhara por dois anos para empregar-se numa gráfica. Fizera-o, não pelo salário — agora até ganhava menos —, mas pelo aspecto simbólico: bolsa significava vaidade, significava acúmulo de objetos inúteis, significava também sacrificar os animais cujo couro era, sem remorsos, usado naquela fábrica. Gráfica, não. Gráfica era livro, era jornal, era conhecimento, era cultura; das gráficas sairiam os textos que despertariam a consciência do povo, que o motivariam para a revolução. Empreendimento capitalista, a gráfica? Sim, mas para o capitalismo aquilo era um tiro pela culatra, era o germe de sua própria destruição.

Perguntou o que eu fazia.

Menti. Como não mentir, depois do que ela havia me contado? Como dizer que eu trabalhava na construção do Cristo Redentor? Diante daquilo, diante do símbolo religioso que surgiria no Corcovado, as bolsas, fossem elas de crocodilo ou de qualquer outro couro, eram até inocentes. Se eu lhe contasse a verdade, ela provavelmente me mandaria embora, indignada. Disse, pois, que era operário, como ela; trabalhava numa fábrica de móveis. Móveis baratos, de pinho, acrescentei, móveis para o povo. O que lhe pareceu satisfatório; pelo menos não fez comentários a respeito.

Indaguei sobre sua atividade política. Não que isso me interessasse: anarquismo para mim era coisa de maluco, os argumentos dela simplesmente não me convenciam. O que eu queria era prolongar a conversa, queria estar junto dela, olhá-la, desfrutar de sua presença. Para Rosa, contudo, o assunto era sério, muito sério. Tão sério que ficou em silêncio alguns minutos antes de responder. De novo, estava me avaliando; e de novo concluiu que valia a pena responder à minha pergunta, o que fez cautelosamente, escolhendo as palavras. Contou-me que integrava, junto com outros companheiros, o Coletivo Ravachol. No momento ainda estavam em fase de discussão, de planejamento de ações; a demonstração que eu vira naquela tarde fora a primeira organizada por eles. Daí a escolha do domingo: não lhes importava que o centro da cidade estivesse vazio; ao contrário, este lhes parecera o melhor cenário para o que era, afinal de contas, um teste, um treinamento.

Mas o movimento anarquista, garantiu, era bem maior que aquele grupo; isso sem falar nos intelectuais, nos artistas e nos escritores que apoiavam a causa. Destes, seu favorito era Lima Barreto, de quem falou com muita emoção: filho de tipógrafo e de professora, Lima Barreto tivera vida difícil, inclusive por causa do alcoolismo, e morrera cedo. Mas a obra que deixara consagrava-o como um renovador da linguagem, um crítico implacável da burguesia. Como Machado de Assis, de quem fora contemporâneo, era pobre e mulato; mas, diferente de Machado, revoltara-se, denunciara a corrupção e a exploração. Sabia eu que ele criara uma Liga Antifutebol para combater o esporte introduzido pelos ingleses e que, portanto, representava um instrumento de dominação cultural? Futebol, para Rosa, era uma astuta e pérfida cilada cujo objetivo era desviar o ardor revolucionário do povo para uma ridícula disputa com bola. Em vez de lutar contra o governo, os pobres brigavam entre si, em terrenos baldios, com bola de meia, ou em estádios gigantescos, como integrantes de times presididos por membros das classes dominantes. Os jovens eram enganados pelos polpudos salários pagos a alguns jogadores, pela glória dos troféus e das medalhas. Em suma, futebol era o resultado de um plano maquiavélico do sistema burguês.

Aquilo me surpreendia. Eu jogara futebol no time da escola; era um excelente goleiro, e Geninho mais de uma vez aplaudira minha atuação. Ora, se Geninho, militante autêntico, aceitava o futebol, por que haveria Rosa de condená-lo com tanta veemência? Aquilo estava mais para implicância pessoal do que para uma racional posição política.

Na verdade, porém, a questão não me interessava: eu só queria estar ao lado de Rosa, olhando-a embevecido, ouvindo sua voz, que era música para mim. E ela falava, falava sem cessar: sobre Lima Barreto, sobre o anarquismo, sobre a grande revolução que sacudiria o Brasil, uma revolução com a qual os comunistas, burocratas sanguinários, nunca haviam sonhado...

A certa altura bocejou, sua voz ficou arrastada; começou a cabecear de sono e acabou adormecendo. Fiquei a olhá-la um tempão, absolutamente extasiado, até que adormeci também.

Acordei com ela a me sacudir:

— Acorda, rapaz. Já são cinco da manhã. Daqui a pouco a bruxa começa a perambular pelo corredor. Você tem de ir embora, e já. Anda, levanta daí.

O tom de voz mudara, era agora enérgico, ríspido, mas preferi atribuir aquilo a um natural nervosismo. Levantei-me, vesti-me. Antes de sair, perguntei quando nos veríamos de novo.

— Acho que no domingo — respondeu, não sem impaciência. — É bem possível que organizemos outra demonstração. Apareça por lá.

Beijou-me rapidamente, abriu a porta do quarto e eu saí. Fui direto para o trabalho — cansadíssimo, como podes imaginar. Joaquim até se espantou com meu aspecto:

— Credo, rapaz. Você está pálido, com olheiras. O que aconteceu? Passou a noite em claro? Está doente?

Ri: não, seu Joaquim, não estou doente, estou namorando. Arregalou os olhos:

— Namorando? Você está namorando? Que boa notícia, Valdo. Eu já não aguentava mais ver você daquele jeito jururu. Parabéns! Ah, antes que me esqueça...

Tirou do bolso um papel dobrado:

— Isto é para você. Um homem chamado Moreno esteve aqui cedinho e deixou esse recado. Disse que é para você entrar em contato com ele.

Peguei o papel. Poucas palavras, rabiscadas apressadamente: "No momento não há condições para marcar o encontro com A. P. Aguarde".

De novo um adiamento, de novo um "aguarde". Mas agora já não era frustrante, não importava. O que importava era a lembrança do dia anterior, o arrebatador encontro com a Rosa. Apesar da exaustão, trabalhei com extraordinário vigor, cantando animadamente o *Taí*. Joaquim ria: nada como estar apaixonado, a gente vê o mundo com outros olhos.

O mundo? Não, o mundo não me interessava. Eu só pensava em Rosa. Nunca uma semana tardou tanto para passar como aquela; eu não contava os dias ou as horas, contava os minutos.

Finalmente chegou o domingo; logo depois do meio-dia corri para o centro e lá fiquei, aguardando a manifestação.

Que não ocorreu. Esperei várias horas, e nada. Só os passantes habituais, nenhum grupo, mesmo pequeno, de manifestantes. O que me deixou inquieto: teriam os anarquistas, tão logo chegados à avenida, sido presos? Era uma possibilidade, preocupante possibilidade, mas preferi acreditar que aquele não era o caso, que havia ocorrido uma simples mudança de planos. O que mesmo assim era decepcionante. Eu precisava, de qualquer jeito, ver a Rosa.

Decidi ir até a pensão. Uma imprudência, considerando a observação dela a respeito da irascível proprietária. Mas eu não podia ficar nem mais um dia sem lhe falar.

Fui ao bairro da Saúde, cheguei à pensão, toquei a campainha. Ninguém atendeu; pelo jeito a velha não estava ali. De modo que abri o portão, depois a porta da frente, que não estava chaveada, e entrei. De novo, ninguém; silêncio, completo silêncio. Passei pela sala de estar, avancei pelo corredor vazio, cheguei ao quarto de Rosa, bati à porta.

Ela abriu. Vestia uma leve camisola e mostrou-se surpresa ao me ver; mas acabou me convidando a entrar e a sentar. Contou que, de fato, a manifestação fora suspensa.

— Mas até que foi bom. Aproveitei para ler, para estudar. Estou às voltas com um trabalho–

Não deixei que completasse a frase. Atirei-me sobre ela e, apesar de seus divertidos protestos — hoje não, estou menstruada —, fizemos amor repetidas vezes. Depois, convidei-a para sair: vamos tomar uma cerveja, passear um pouco. Não posso, respondeu, agora seca, lacônica.

— Como lhe disse, estou terminando um artigo para uma publicação anarquista.

O tom quase hostil deixou-me inquieto. Perguntei quando nos veríamos de novo. Ela ficou um instante em silêncio, cabeça baixa. Depois me encarou, séria, e disse:

— Vamos botar as coisas em seu devido lugar, Valdo. Para começar, quero que você saiba: minha prioridade maior, meu principal objetivo, é a revolução. A revolução anarquista, que vai mudar este país e este mundo. É a isso que dedico minha vida, minhas energias. Essa coisa burguesa de namorar, noivar, casar, constituir uma família convencional, isso não é comigo. Sou mulher, gosto de sexo, como você viu, mas sou partidária do amor livre: nada de obrigações. Portanto, enquanto eu tiver vontade de ficar com você, ficarei com você. Se eu mudar de ideia, ou se você mudar de ideia, se um de nós arranjar outra pessoa, aí terminou, é cada um para o seu lado, mantendo, claro, a amizade. Serve assim?

O que eu poderia responder? Na verdade, aquilo não era uma pergunta; era uma declaração taxativa. Se é assim que tu queres, eu disse, esforçando-me para ocultar minha enorme frustração, assim será. Ótimo, ela disse, e prosseguiu:

— Tem outra coisa. Você é um rapaz bonito, é bom de cama, mas isso não é suficiente. Sexo para mim é mais que afinidade física, é afinidade de ideias também. Sexo, só com companheiro de lutas. Você é jovem, não tem muita experiência com essas coisas. Mas, se quer continuar comigo, tem de aderir ao anarquismo, tem de se tornar militante. Está disposto a fazer isso, a dar esse passo decisivo?

Eu não sabia o que dizer. Fiquei ali imóvel, mudo. Ela insistiu:

— Então, Valdo: você quer ingressar no caminho da verdadeira revolução, no caminho de Ravachol e de Emma Goldman?

Quer se filiar ao movimento anarquista? Quer ser membro do Coletivo Ravachol?

Você se lembra, meu caro neto, da história do Édipo, aquele a quem a esfinge disse "Decifra-me ou te devoro"? Pois naquele momento, e guardadas as proporções, eu me vi diante de um dilema semelhante. Agora: se Rosa era uma esfinge, isso a mim não importava; eu tinha certeza de que com minha paixão poderia fazer com que nela o lado fêmea da criatura se livrasse do lado fera. Ou seja: estava fazendo uma opção. Nem um pouco tranquila: afinal de contas eu não estava correspondendo à confiança que Geninho em mim depositara, estava traindo a memória de um amigo querido. Mas tinha uma desculpa para isso: se Astrojildo Pereira tivesse me recebido, se, através dele, eu tivesse ingressado no Partido, o dilema não existiria; provavelmente eu nem teria encontrado a Rosa, não teria me apaixonado. A História decidia por mim, de modo que minha resposta brotou instantânea: sim, quero continuar a teu lado, quero ser teu companheiro para sempre.

Ela sorriu, vitoriosa:

— Muito bem. Eu sabia que você seria dos nossos. Levarei seu nome aos membros do Coletivo. Nossas decisões, você sabe, são sempre tomadas em conjunto, mas tenho certeza de que você será aceito.

E quando será isso, perguntei. Minha ansiedade nada tinha a ver com política; o que eu queria saber, na verdade, era quando iríamos foder de novo. Ela franziu os lábios:

— Para dizer a verdade, não sei. No momento, estamos evitando reuniões. A polícia anda muito atenta...

Pegou minha mão, acariciou-a:

— Mas isso não quer dizer que a gente não possa se encontrar. Vamos nos ver, sim, sempre que der. A pensão tem telefone. Você me liga, se identifica como meu primo, pede para falar comigo. Se eu estiver, falo. Se não estiver, você deixa um recado, diz que tem notícias de nossos tios, ou de nossa avó, ou de nosso avô, e pergunta quando pode ligar. Esse recado a velha bruxa certamente me transmitirá, porque respeita muito essa coisa de família. E eu então deixo com ela a resposta, dizendo onde e quando poderemos nos ver.

Pausa, e uma advertência:

— Mas, veja bem, mesmo tendo marcado encontro pode ser que eu não apareça. Pode ter havido algum problema. Posso estar envolvida em alguma missão. Ou simplesmente posso não estar com vontade de encontrar você. E aí você espera um pouco, uma meia hora, e depois vai embora. Mas vai embora sem rancor, vai embora sem ressentimento, certo?

O que podia eu dizer? Situação frustrante, aquela em que Rosa me colocava. Mais que frustrante: humilhante. Eu tinha me submetido à vontade dela, aceitara suas condições — em troca do quê, mesmo? De promessas, vagas promessas, e regras por ela fixadas. Mas ela, e essa era uma habilidade surpreendente numa radical, sabia morder e assoprar, sabia como manter minha esperança. Sorriu, beijou-me no rosto, um rápido mas quente beijo. E aquilo teve um efeito mágico; no instante seguinte eu estava animado de novo. Aí ela se lembrou:

— Ah, sim, vou lhe emprestar um material para ler.

Foi até o armário, de onde tirou uma biografia de Mikhail Bakunin, o teórico do anarquismo, obras de Lima Barreto, um texto do Ravachol publicado em algum jornal anarquista. Por fim pegou uma foto dela própria, uma foto pequena, convencional, e nela escreveu uma dedicatória: "Para o Valdo, com um abraço".

— Para você não se esquecer de mim — disse, sorrindo. Agradeci, decepcionado: abraço? Só abraço, tipo coisa de amigo? Beijo, não? Foda, não? Mas tudo bem, dava para entender, Rosa queria manter sigilo sobre nossa ligação.

Fez-me uma derradeira recomendação, dessa vez com expressão muito séria, carrancuda mesmo:

— Lembre-se: você não pode mais ter contato com aquele senhor em cuja casa se hospedou. Nem com ele, nem com os capangas dele. São nossos inimigos. Agora vá.

Fui. Naquela semana li os livros que ela me dera, o Lima Barreto, o Ravachol. Não gostei muito do *Triste fim de Policarpo Quaresma* — pareceu-me pessimista, coisa imprópria para quem quer mudar o mundo —, mas adorei o conto "O homem que sabia javanês": retratava muito bem a safadeza e a hipocrisia dos burgueses. Já o texto do Ravachol me impressionou pela veemência. Aos patrões que despedem os trabalhadores, dizia, pouco importa se estes morrerão de fome: portanto, os famintos devem recorrer a todos os meios para conseguir comida, mesmo que sua ação resulte em vítimas. Não há alternativa senão a violência. Temos de acabar com a propriedade, proclamava, temos de acabar com o dinheiro; e temos de acabar com a religião, com o ensino nas escolas, com o casamento: as pessoas devem se unir somente pela atração mútua, separando-se quando assim o decidirem; a sociedade criará seus filhos. Não mais guerras, não mais disputas, não mais roubos, não mais assassinatos, não mais sistema penal, não mais polícia, não mais governo.

Tudo bem, muito interessante, com algumas coisas eu até concordava, mas era Rosa que eu queria, a mulher fogosa, não a fanática militante. Só que os dias passavam e eu não conseguia encontrar nem a mulher, nem a militante. Telefonava com frequência à pensão, pedindo à velha proprietária que transmitisse meu recado a Rosa: eu tinha notícias dos tios, da avó, do avô. Que família grande é essa de vocês, comentava a mulher, azeda, haja paciência para tanto recado. Segundo ela, Rosa não tomava conhecimento de meus insistentes pedidos; no máximo alegava imprevistos que a impediam de me ver.

No meio-tempo Maria Clara voltou a bater à porta do meu quarto. Falta de alternativa, já que a pensão estava quase vazia? Ou seria o resultado de um genuíno desejo, de uma paixão que enfim emergia? A resposta não me interessava; eu só pensava em Rosa, era Rosa que eu queria, não Maria Clara. Na primeira noite fingi não ouvir, e até comecei a roncar sonoramente para convencê-la de que estava mergulhado em sono profundo. Na segunda noite, porém, ela esmurrou tão furiosamente a porta que tive de abrir. Quero você, ela disse ofegante, vamos já para a cama. Minha vontade de fazer sexo com ela era nenhuma; optei por mentir: disse que estava com gonorreia e que o médico me proibira de ter relações. Olhou-me, desconfiada, mas não disse nada. Na tarde seguinte, quando voltei do trabalho, estava à minha espera. Brandia uma foto, furiosa:

— É esta a sua gonorreia?

Era a foto de Rosa, que descobrira por acaso. Por causa da crise despedira a empregada (Ravachol tinha razão, os burgueses estavam se lixando para os trabalhadores) e agora ela própria arrumava os quartos dos hóspedes. No quarto que eu no momento ocupava sozinho, encontrara a foto que eu imprudentemente deixara sobre a mesa de cabeceira. Na falta de mentira melhor, eu disse a ela que a foto era de uma amiga gaúcha. Riu, teatral:

— Amiga? Você pensa que sou idiota, Valdo? Você pensa que a dedicatória inocente me engana? Não, Valdo, você está falando com uma mulher muito, mas muito mais experiente que você. E tem mais: para seu azar, eu conheço essa sirigaita. Estive várias vezes na pensão onde ela mora, tenho negócios com a dona. Que me falou muito dessa tal de Rosa, até o nome dela eu sei, uma anarquista maluca, louca por homem. Tome nota, Valdo: essa demente vai arruinar sua vida. Depois não diga que não avisei.

Àquela altura eu já tinha virado um verdadeiro ator. Admiti que tivera um caso com a Rosa, mas que fora uma coisa passageira: a mulher era maluca mesmo, não chegava aos pés da minha Maria Clara. Fui abraçando-a e, valendo-me da sua sempre mobilizável libido, levei-a para a cama. O desgosto que me causava a encenação não impediu que eu tivesse um desempenho razoável. Passamos a noite juntos, e de manhã ela aparentemente tinha me perdoado. Até me preparou um lanche ("Assim você não me esquece, nem no trabalho").

O Cristo agora subia rapidamente. O corpo, que Landowski deixara a cargo dos brasileiros — a ele, como artista, só interessavam a cabeça e as mãos —, estava quase pronto. Àquela altura eu era a mão direita do Joaquim. Para começar, energia não me faltava; aprendia muito rápido, era hábil e eficiente. Ele me encarregara de uma tarefa importante, o preparo da argamassa. Tratava-se de uma mistura insólita: areia, açúcar e óleo de baleia em proporções bem determinadas. Joaquim dizia que aquilo representava os três reinos da natureza: a areia era o reino mineral; o açúcar, tirado da cana, o reino vegetal, e o óleo de baleia, o reino animal. O fato de serem três, os componentes, evocava a Santíssima Trindade. A argamassa, concluiu Joaquim, orgulhoso de seu próprio raciocínio, era pois um símbolo religioso, mais um, naquela obra tão simbólica. Um comentário que ouvi sem dizer nada. Definitivamente, aprendera a ficar calado.

Naquela fase de conclusão do monumento, o canteiro de obras era um verdadeiro formigueiro humano. Além dos operários, havia ali um numeroso grupo de mulheres, donas de casa do Rio de Janeiro, que haviam se oferecido para ajudar no trabalho. Cortavam pequenos triângulos de tecido sobre os quais era colada a pedra-sabão, o mesmo material usado pelo Aleijadinho, e que formaria o revestimento externo do monumento.

Enquanto isso o país mergulhava na maior confusão. A eleição de Júlio Prestes desencadeara um movimento revolucionário composto de várias alas: políticos gaúchos — Getúlio Vargas, Oswaldo Aranha, Flores da Cunha, Lindolfo Collor, João Batista Luzardo, João Neves da Fontoura —, membros do movimento tenentista, que lutavam por reformas sociais, e até uma ala dissidente das velhas oligarquias: Artur Bernardes, Venceslau Brás, Afrânio de Melo Franco, Antonio Carlos Ribeiro de Andrada, João Pessoa. Mas Luís Carlos Prestes, a quem essa união desgostava, decidiu não participar da conspiração. Lançou então seu próprio manifesto revolucionário, declarando-se socialista e proclamando que a mera troca de governantes não resolveria os problemas do Brasil.

Conciliar as diferentes facções do movimento não era tarefa fácil, mas a 26 de julho daquele ano um fato veio inesperadamente catalisar o processo: o assassinato de João Pessoa, presidente da Paraíba e candidato derrotado à vice-presidência na chapa da Aliança Liberal. Sepultado no Rio em meio a grande comoção popular, João Pessoa virou mártir, o que deu à revolução um impulso decisivo. A 3 de outubro, sob a liderança de Getúlio Vargas e do tenente-coronel Góes Monteiro, começaram as ações militares, no Rio Grande do Sul, em Minas Gerais e no Nordeste. O governo, e a imprensa que o apoiava, procuravam minimizar os acontecimentos. O jornal conservador que a Maria Clara assinava, A Crítica, reconhecendo embora que havia prontidão nos quartéis, que piquetes de cavalaria estavam espalhados pelo Rio, afirmava: "Apesar do terrorismo de certos derrotistas, o rythmo normal da vida carioca não soffreu alterações de natureza alguma. O mesmo movimento dos dias communs, a mesma calma imperturbavel que é caracteristica, não se modificou. A cidade quase não commentou o que os boatos vehiculavam. Nas casas de diversões a concurrencia foi normal. Os cafés e logares publicos apresentavam o aspecto de sempre, algo mais vivo por ser sabbado — dia ordinariamente consagrado a expansões maiores. A Avenida — mostruario da elegancia e da futilidade do Rio — não se despovoou. Não se viam physionomias sobressaltadas, nem se ouviam commentarios reciosos. Estava sob a mais completa calma a cidade, hontem. E, o carioca, generoso, bom, nobre, e respeitador, teve seu somno absolutamente tranquillo". O jornal dizia que Getúlio, ministro da Fazenda de Washington Luís, havia se portado como "um Brutus em escala maior": assim como Brutus conspirara contra Julio César, "o Sr. Getúlio Vargas, depois de apunhalar pelas costas o amigo, apunhalou pelas costas o Brasil".

O certo é que Getúlio agiu rápido. No dia 10 de outubro lançou o manifesto O *Rio Grande de pé pelo Brasil* e partiu, por trem (mas não em vagão de carga), rumo ao Rio. Joaquim, que se proclamava neutro em matéria de política, divertia-se com aquilo:

— Pelo jeito vocês, gaúchos, querem tomar conta do Brasil. Têm direito. Afinal essa coisa de ficar lá na ponta do país empurrando a linha de Tordesilhas, brigando com castelhanos e criando boi, acaba cansando, não é mesmo? Bom é o Rio de Janeiro, a Avenida Central, a praia... Fiquem com tudo, amigos gaúchos, vocês merecem. Só peço uma coisa, Valdo: quando você se apossar do Cristo não me mande embora. Deixe-me pelo menos ficar como zelador da obra. Trabalho por qualquer trocado.

Eu sorria, mas a verdade é que me sentia confuso, atordoado: o que era aquilo, aquele movimento? Sim, gaúchos, e gaúchos da minha região — Getúlio era missioneiro —, mas o que queriam eles? Eu não tinha ideia, não sabia o que representava aquela revolução, que aliás ocorria com uma rapidez espantosa: em poucos dias os revolucionários chegaram à capital. O jornal A *Esquerda* comemorava: "O povo — depois de longa tyrannia e liberto, saltava, pulava, dando expansão á alegria immensa que o empolgava. Automoveis, repletos de militares, em fraternal mistura com o povo, passavam aos gritos de — Viva a Revolução! — Viva João Pessoa! — Viva Getulio Vargas!". Descrevia um episódio pitoresco: "Uma moça gentil e bella rasgava o vestido de cor rubra, para distribuir os pedaços entre o povo". E concluía: "Lenços vermelhos, bandeiras vermelhas, um delirio vermelho empolgou a capital". Jornais que faziam oposição ao movimento revolucionário foram atacados. Noticiava A *Noite*: "A população do Rio de Janeiro sabe que o edificio da A *Noite* foi assaltado, que as suas officinas foram quasi totalmente destruidas, que os escriptorios e empresas installados no arranha-céu foram roubados [...] Alguns communistas, auxiliados por individuos despedidos de A *Noite*, conseguiam arrastar grupos de individuos fluctuantes, sem classificação nem idéas [...] Um delles exigiu que arriassemos a bandeira nacional, hasteada no terceiro pavimento, gritando-nos: — Arrie a bandeira burgueza! Outro exigiu: — Levante a bandeira vermelha!".

Um grupo de oficiais-generais enviou um ultimato ao presidente Júlio Prestes, exigindo a renúncia: "Tem V. Excia. o prazo de meia hora, a contar do recebimento desta, para communicar ao portador a sua resolução e, sendo favoravel, como toda Nação livre o deseja e espera, deixar o poder com todas as honras garantidas". Diante da negativa do primeiro mandatário, a 24 de outubro os militares cercaram e tomaram o palácio Guanabara. Formou-se uma junta provisória de governo, que decidiu entregar o poder a Getúlio Vargas. A 31 de outubro ele chegava, de trem, ao

Rio de Janeiro e foi recebido entusiasticamente. A 3 de novembro de 1930, tomou posse como chefe do governo provisório.

O que significava aquele governo? O que pretendia? Qual sua orientação política? Perguntas, para mim, sem resposta. Sim, lenços vermelhos, sim, bandeiras vermelhas, sim, um delírio vermelho, sim, "arrie a bandeira burguesa" — mas era aquilo uma vitória dos comunistas, a vitória, longamente esperada, na batalha final, a tomada do poder pelo proletariado? Nesse caso, onde estava Astrojildo Pereira? E o que eu deveria fazer? Eu não sabia. Simplesmente não sabia.

Havia outro motivo, grande, de inquietação: Rosa. Mais uma vez ela sumira. Onde estaria? Liguei várias vezes para a pensão, mas aparentemente o telefone estava com defeito. Por fim consegui falar com a dona, de quem ouvi uma resposta impaciente:

— A ordinária sumiu, levou todas as coisas dela. E ficou me devendo dois meses de aluguel. Na certa foi se juntar a esses desclassificados que tomaram o poder. Se você encontrar aquela vagabunda, diga que se ela pisar aqui de novo eu rebento ela a pauladas.

Não, certamente Rosa não estava entre os que haviam aderido à revolução. Pelo contrário, talvez estivesse planejando, junto com o Coletivo Ravachol, outra revolução — para implantar o anarquismo no país. De todo modo, achá-la agora seria impossível. Eu não conhecia nenhum dos seus amigos anarquistas, e, mesmo que conhecesse, eles não me informariam sobre o paradeiro dela.

Naquele desamparo, acabei recorrendo ao Joaquim. Era com ele que eu falava a respeito; afinal, tratava-se de homem inteligente, bem informado. E descrente: o Brasil é um circo, dizia, essas coisas dos políticos não podem ser levadas a sério, isso aí não vai dar em nada. No 3 de novembro, porém, eu trabalhando (a ordem era continuar as obras, apesar da confusão), mandou me chamar. Tinha uma notícia para me dar: os gaúchos chegados ao Rio de Janeiro estavam, naquele exato momento, reunidos junto ao obelisco da avenida Rio Branco. Acrescentou, sorridente:

— Se você quiser ir lá, saudar seus conterrâneos, tem minha licença. Pode ficar fora o tempo que quiser.

Fez sinal para um homem que estava parado ali perto:

— Esse é o Cleto, motorista. O Cleto leva você até o centro.

Um tanto surpreendente, aquela amável oferta. Mas Joaquim, eu sabia, não brincava em serviço: atrás daquela proposta poderia estar um raciocínio astuto: nunca se sabe, de repente o garoto tem algum parente entre os chefes gaúchos, não custa mostrar simpatia pelo movimento, precisamos estar bem com essa gente.

Fui com Cleto até o lugar onde ele deixara o carro, embarcamos. À medida que nos aproximávamos do centro, o homem mostrava-se cada vez mais apreensivo: a última coisa que eu quero é me meter em confusão, dizia, nervoso. Acabou por deixar-me na avenida, a uns quinhentos metros do obelisco, para onde segui a pé.

Ali estavam os gaúchos. Não eram muitos: uma dezena de cavalarianos de chapelão desabado e uniforme militar. Um deles era extraordinariamente parecido com meu pai. Não me contive: corri para eles, o que os surpreendeu, mas, tão logo me identifiquei como conterrâneo, saudaram-me com entusiasmo. Havia inclusive um rapaz de Santo Ângelo, o Vicente, parente do Geninho, que me reconheceu e veio me abraçar. Estava muito orgulhoso: o comandante encarregara-o de preparar o grande ato em que os gaúchos amarrariam os cavalos no obelisco: cena que chamaria a atenção, que atrairia a imprensa — de fato, havia fotógrafos por ali.

— Fiz um bom trabalho, não te parece? — perguntou, sorridente.

Concordei: essa imagem vai ficar para a história, garanti-lhe. Previsão que, aliás, se revelou verdadeira.

Alguém bateu no meu ombro. Voltei-me: era o Bento que ali estava, naturalmente vestido de gaúcho. Radiante:

— É um grande momento, tchê! O Rio Grande agora comanda o Brasil!

Pediu licença ao Vicente, puxou-me para um lado e confidenciou: pretendia procurar o doutor Getúlio, seu conterrâneo, e oferecer-se para participar no governo revolucionário:

— Ele precisa de gente de confiança. Precisa dos gaúchos. Claro, não sou político, não espero que me dê um ministério. Mas uma chefia de repartição, mesmo pequena, viria bem... O que achas?

Fitava-me ansioso, como se minha resposta fosse um veredicto, como se de minhas palavras dependesse seu destino. Um desamparo tão evidente que minha aversão por ele deu lugar a uma espécie de piedade solidária: coitado, estava tão perdido quanto eu, aquele homem, que, pelo menos segundo dissera, não hesitava em degolar inimigos. Respondi que seu pedido nada tinha de absurdo, que lhe desejava sucesso.

— É o que eu espero! — Riu, satisfeito. — E, se a coisa funcionar, te convido para o churrasco de comemoração. Será um grande churrasco, podes ter certeza. Eu mesmo vou carnear a rês. Posso contar contigo?

Agradeci, mas ele já não me ouvia: estava mais interessado em se apresentar a um capitão que ali estava e que poderia levá-lo até Getúlio. Despedi-me dos cavalarianos e voltei para a obra. Para surpresa de Joaquim: você estava dispensado, rapaz, poderia ter ficado lá, celebrando com seus amigos. Olhou-me por alguns instantes e deu-se conta de que eu não estava celebrando coisa alguma. Mas, homem inteligente, nada me perguntou. Mudou de assunto, disse que conversara com os engenheiros, deles obtendo boas novas: tudo indicava que a obra ficaria pronta em breve.

— Poderá ser inaugurada pelo Getúlio — disse. — Será um grande acontecimento para a Igreja, para o governo, para o Brasil e para o mundo.

Olhou o relógio:

— E agora vá para casa. Vá namorar.

Naquela noite fiquei andando muito tempo pelas ruas do Cosme Velho. Triste e amargurado, não queria voltar para a pensão, onde sem dúvida me esperava a Maria Clara. Entrei num boteco, pedi uma cachaça. Não costumava beber, mas precisava de um antídoto para a minha depressão. Um copo, depois outro, e outro... Pelas onze, o dono me mandou embora. Cambaleando, cheguei à pensão; abri a porta e ia entrar, quando das sombras ouvi uma voz:

— Espere um pouco, quero falar com você.

A voz vinha de um vulto corpulento, que de imediato reconheci: era o Hércules. O que estaria fazendo ali àquela hora? Por sua expressão, deduzi que se tratava de coisa séria — com a Rosa, talvez? Inquieto, perguntei o que acontecera. Ele disse que aquele não era um bom lugar para conversar: a qualquer momento um hóspede poderia chegar ou sair. Propôs que déssemos uma volta. Aceitei: um pouco de ar fresco ajudaria a dissipar os vapores alcoólicos, e para aquela conversa eu certamente precisaria estar lúcido, bem lúcido.

Por alguns minutos caminhamos em silêncio, ele pigarreando de vez em quando. Finalmente se deteve. Detive-me também. Voltou-se para mim:

— Você me perguntou o que aconteceu. Bem, em primeiro lugar tem essa tal de revolução, que, você sabe, não é revolução porra nenhuma, é briga interna das classes dominantes e não conta com o apoio do Partido Comunista; estamos preparados inclusive para enfrentar o Getúlio, se for o caso. Nosso grupo está reunido em caráter permanente, e eu até resolvi sumir por uns tempos. Meu palpite é de que, mais cedo ou mais tarde, teremos de partir para uma verdadeira revolução, para a luta armada.

Respirou fundo e continuou:

— Mas tem outras coisas, e é bom você estar informado a respeito, mesmo porque lhe interessam de perto. Para começar, o Partido destituiu o Astrojildo do cargo de secretário-geral. Sei que isso é um choque para você, mas achei que devia lhe contar — pessoalmente. Foi uma decisão acertada, Valdo, acredite em mim. O Astrojildo, eu já tinha lhe falado sobre isso, era muito autossuficiente: não aceitava a disciplina partidária, tinha ideias próprias sobre como fazer as coisas... Brilhante, sim, muito brilhante, mas talvez esse tenha sido o seu problema. Ele queria ser um pássaro colorido, só que o Partido não precisa disso, precisa de pássaros cinzentos, comuns, disciplinados, cumpridores das diretrizes. Uma coisa que o Astrojildo nunca aceitou. Pagou o preço: está fora da direção. É agora um militante como qualquer outro. E terá de se dedicar à causa, se não quiser ser expulso.

Eu o mirava, estarrecido. Astrojildo Pereira, o grande líder, o guru que Geninho venerava, o Astrojildo caíra em desgraça? E agora, como é que eu ficava? A quem procurar?

Como se tivesse adivinhado minha dúvida, Hércules continuou:

— Para você pode até ser bom, Valdo. Sei que você tentou inutilmente entrar no Partido recorrendo ao Astrojildo. E sei que não conseguiu nem mesmo falar com ele. Mas agora as coisas vão mudar, Valdo. Vamos aproveitar a conjuntura para crescer, para aumentar o número de militantes. Você pode entrar no Partido. Eu me encarrego disso. Você vê, é o meu grupo que agora está no comando, e um pedido meu será sem dúvida aceito. Não é uma boa notícia?

O que eu poderia dizer? Que não era uma boa notícia? E como não seria uma boa notícia, se eu estava prestes a realizar o que durante muito tempo fora meu sonho, se estava prestes a cumprir a promessa feita a Geninho, não importando se isso aconteceria através do Astrojildo ou do Hércules? Não cheguei a responder, mas ele partiu do princípio de que eu concordava, que aceitava a proposta, e me felicitou.

Deteve-se. Eu me detive também, à espera do que iria me dizer, algo sem dúvida importante. Olhou-me, pôs a mão, pesada e calosa mão, sobre meu ombro:

— Tenho um pedido a lhe fazer, Valdo. Um pedido para mim muito importante, como militante e como pai. Escute com atenção: eu sei que você tem contato com minha filha, a Rosa. Não me pergunte como consegui essa informação, mas consegui — também temos nossos olheiros, muitas vezes precisamos disso. A Rosa deve ter lhe contado — do jeito dela, claro — sobre nossa briga. Bom, Valdo, preciso terminar com isso, com esse conflito. Tenho de me reaproximar de minha filha. Minha mulher, coitada, sofre demais com a situação, eu também. Sei que é difícil, a Rosa faz parte de um bando de malucos, mas acho que podemos, sim, partir para uma reconciliação. E mais, acho que ela pode mudar, pode se dar conta da bobagem que é essa coisa de anarquismo e pode se tornar, como você, junto com você, militante do Partido. Seria o ideal. Então? Você fala com ela, Valdo? Fala?

Como responder àquela pergunta? Como atender àquele pedido? Rosa, no Partido Comunista? Pobre Hércules, estava sonhando. Mas não era o caso de lhe dizer isso, não naquele momento em que o pobre homem se mostrava a um tempo fragilizado e esperançoso. Minha resposta foi, portanto, positiva: ele e a Teresa podiam contar comigo. Mas, acrescentei, fazia tempo que eu não via a Rosa, nem sabia quando a encontraria. Hércules suspirou:

— É. Sei disso. Com toda essa confusão, ela deve ter desaparecido. Muitos camaradas, aliás, optaram por fazer a mesma coisa. Por precaução, não por causa de uma ameaça real. Nosso grupo aposta em algum tipo de acordo temporário com o Getúlio, numa trégua. Queremos que ele pelo menos nos deixe em paz. E, na medida em que seu poder se consolide, o homem vai nos deixar em paz. Aí nós nos prepararemos para o grande confronto. Que ocorrerá, pode estar certo. Pode ser daqui a um ano, daqui a cinco anos, mas ocorrerá.

Agora animado, continuou:

— A situação do país tende a se normalizar, Valdo. É a normalidade das classes dominantes, claro, a normalidade da fome e da opressão, mas normalidade política, de qualquer modo. E aí certamente a Rosa aparecerá e você poderá falar com ela. Não sei que relação vocês mantêm, Valdo, e isso no momento não interessa, mas você fará o que eu pedi, não fará?

De novo assenti com a cabeça. Ele consultou o relógio (era um dos poucos operários que vi com relógio, na época) e disse que precisava ir. Eu deveria procurá-lo em sua casa dali a dez dias.

Não fui. Não que não quisesse; queria. Viera ao Rio para entrar no Partido e, com ou sem Astrojildo, no Partido entraria, no mínimo como uma demonstração de coerência pessoal e de fidelidade à memória de Geninho. Mais: havia nisso um elemento de vingança contra a Rosa. Pensava ela que podia fazer comigo o que quisesse? Estava enganada, e eu provaria minha independência ingressando no grupo político que ela mais odiava. Certo, eu prometera a Hércules que falaria com ela, que tentaria uma aproximação. Isso eu faria, e ela que decidisse: continuaria rejeitando os pais, como até então? Ou se daria conta de sua maluquice? Quanto à nossa relação, ela também teria de decidir: se era para viver juntos, que o fizéssemos decentemente, não à maneira lunática dos anarquistas.

Não procurei Hércules, mas foi por outro, e sombrio, motivo.

Dois dias depois daquele encontro recebi uma carta de Fulgêncio com a palavra "Urgente", em letras garrafais, escrita no envelope. Mãos trêmulas, abri-o, com a certeza de que depararia com más notícias. E eram mesmo más notícias, péssimas notícias.

Meu pai tinha morrido. Coisa súbita, ataque do coração decerto. Como podes imaginar, meu neto, foi um golpe demolidor. Meu pai, meu pobre e sofrido pai, se fora. E só agora eu me dava conta de que nunca, mas nunca, tinha falado com ele para valer. Que espécie de homem era, quais os seus sonhos, quais os seus temores — eram incógnitas, perguntas para as quais nunca acharia respostas.

Fulgêncio entrava em detalhes; dizia que o coronel Nicácio se revelara um patrão muito decente — o enterro correra por conta dele. Claro, não deixava de ser o implacável proprietário; pedira de volta o rancho no qual havíamos morado, que lhe pertencia, e onde pretendia instalar o novo capataz. Segundo Fulgêncio, isso não chegava a ser problema: nossa mãe não poderia mesmo ficar morando sozinha no meio do campo. Por outro lado, não tinha condições de cuidar dela; estava desempregado, e por falta de dinheiro não pudera sequer enviar-me um telegrama com a notícia da morte de papai. Pior, engravidara uma menina cujo pai, sujeito feroz, queria obrigá-lo a casar. Ou seja, também enfrentava problemas sérios: "Não dá para contar comigo, mano". O coronel sugerira que mamãe viesse morar comigo no Rio; arcaria com as despesas da viagem. Fulgêncio concluía pedindo que eu aceitasse a proposta, a melhor solução para todos nós.

Não hesitei. Corri para o correio, mandei-lhe um telegrama urgente: mamãe poderia vir imediatamente, eu a acolheria.

No fim da semana lá estava eu, na estação, ansioso, esperando por ela. Como de costume o trem atrasou muito, mas finalmente chegou. Quando mamãe desceu, me emocionei: era uma mulher frágil, envelhecida, aquela que se abraçou a mim chorando. Ai, que desgraça, que desgraça, repetia, teu pai nos deixou, meu filho, teu pai nos deixou. Acalmei-a como pude, levei-a para a pensão, onde Maria Clara, a quem eu informara sobre o acontecido, nos aguardava e nos recebeu muito afavelmente. Ela se revelara surpreendentemente compreensiva: mamãe poderia ficar na pensão; faria um preço especial para ela. Talvez estivesse implícito nisso um aumento de minhas obrigações sexuais, mas teve o bom gosto de não tocar no assunto.

Os primeiros dias foram difíceis. Mamãe chorava muito, não queria sair do quarto. Maria Clara sugeriu que eu a levasse para passear; com tanta coisa bonita para ver no Rio, ela certamente se animaria um pouco. Mamãe resistiu; disse que se sentiria mal, passeando na bela capital, enquanto o marido jazia num túmulo. Insisti, porém, e consegui tirá-la da pensão. No começo, estranhou um pouco ("Meu Deus, que cidade grande"), mas logo começou a gostar do que via. O mar foi para ela um deslumbramento, como fora para mim. Apesar de minha insistência, recusava-se a vestir um maiô, para ela coisa de mulher sem recato, e a tomar banho de mar; quem sabe no futuro mudaria de ideia, disse, para me animar.

A seu pedido levei-a para ver o Cristo no Corcovado. Ficou emocionadíssima. A obra agora estava terminada; era para ter sido inagurada por Washington Luís a 12 de outubro de 1930, mas os planos haviam sido alterados por causa da vitória da revolução. Ao contrário do católico Washington Luís, Getúlio, segundo se comentava, era ateu; suas relações com a Igreja eram delicadas, para dizer o mínimo, o que contrariava as expectativas de muita gente (Joaquim, por exemplo) e criava um elemento de dúvida ainda não resolvido.

Diante do monumento, mamãe ajoelhou-se, rezou. Agora sei que as coisas vão melhorar, disse, Cristo está entre nós, Cristo nos protege. Abraçou-me, orgulhosa de ter um filho entre os construtores daquele monumento de fé: eu sabia que tu ias mudar, eu sabia que Jesus te salvaria.

O que poderia eu dizer? Fiquei quieto. A verdade era que mamãe não deixava de ter razão: eu realmente mudara. Não, porém, no sentido que ela imaginava. Minha atitude em relação ao monumento era agora de calma, até mesmo de indiferença. A cabeça e as mãos de Cristo, que antes me aterrorizavam, estavam lá em cima, distantes, neutras. Sim, era um monumento grandioso, mas, para mim, só isso: grandioso. Heitor Levy continuava contemplando-o com enlevo, com veneração (aliás, e como Joaquim, fizera questão de cumprimentar minha mãe), porém isso também já não me perturbava.

Em compensação — não sei se posso usar essa palavra, mas foi, sim, uma compensação, uma parcial compensação pelas agruras que eu sofrera —, nunca me senti tão próximo a minha mãe. Dava-me conta de que, a exemplo do que acontecera em relação a papai, sabia muito pouco sobre ela; mulher calada, voltada exclusivamente para a família e para a casa, não falava de si própria.

"Eu" era uma palavra que não figurava em seu vocabulário. Mas naqueles passeios eu a interrogava com insistência, perguntava coisas sobre sua vida. Ela relutava, mas acabava falando; com quem conversaria, senão comigo? Descobri assim coisas perturbadoras. Por exemplo: ela não sabia se casara com meu pai por amor. Na verdade nem sabia o que era isso, amor. Amor? Coisa de romances (que nunca lera), de filmes (que nunca vira), de canções (que nunca cantara; tinha vergonha de sua voz desafinada). Casara — cedo, aos quinze anos — porque, decidira seu pai, estava na hora de casar; o pretendente era de família humilde, mas conhecida, moço quieto, trabalhador — que mais se poderia querer? E assim viveram juntos muitos anos. Ela engravidara várias vezes, abortara, perdera dois filhos (que eu não conhecera) ainda pequenos. E de resto era trabalhar, trabalhar, trabalhar. Acender o fogo de manhã cedo, cozinhar, arrumar a casa, lavar a roupa, cultivar a pequena horta. Seu consolo era a religião, era aquele crucifixo que venerava, que passara por muitas mãos cristãs até chegar a ela. E, no entanto, havia inquietudes, ânsias secretas, desejos perturbadores. Uma noite, e depois de vacilar muito, falou-me do coronel Nicácio, que, como eu, ela deveria odiar; afinal tratava-se do verdugo de seu marido. Mas não era isso o que acontecia; na verdade, fascinava-a, aquele homem autoritário, violento; que tipo de fascínio era esse, não sabia e não queria descobrir. Nem eu lhe perguntei a respeito, embora suspeitasse de uma secreta paixão. Mas disso ela não falaria em hipótese alguma; a simples revelação daquele segredo já lhe exigira tremendo esforço, levara-a ao limite de sua condição de mulher pobre, inculta, infeliz, desnorteada. Tendo desabafado, ficou em silêncio, cabeça baixa. E eu nada disse. Abracei-a, apenas, abracei minha mãe, naquele momento transformada numa guriazinha, para quem eu subitamente era tudo, o filho em quem confiava, decerto, mas também o pai, o marido, o guia que o Astrojildo Pereira teria sido para mim, se eu o tivesse encontrado.

Durante três, quatro semanas, vivi quase que exclusivamente para mamãe. Ia trabalhar, claro, mas tão logo era possível voltava para a pensão, ficava conversando com ela. Durante aquele período não ouvi notícias, não li jornal, não tomei conhecimento do que estava acontecendo. E muita coisa estava acontecendo. Getúlio no poder tinha sido bem recebido pela população. Na marchinha *Ge-Ge*, Lamartine Babo proclamava: "Nós vamos ter transformação/ neste Brasil verde-amarelo". E a Escola de Samba Vai Como Pode (futura Portela) apresentou, naquele Carnaval, um samba-enredo homeageando-o.

Levei mamãe para ver o desfile. Ela, que nunca tinha ido ao Carnaval, ficou chocada com as "mulheres indecentes"; mas vibrou com a homenagem ao conterrâneo presidente, agora visto como o grande defensor dos pobres e dos gaúchos. Chegou a nossa vez, Valdo, dizia, emocionada, chegou a nossa vez.

Vargas tornou-se chefe de governo com amplos poderes; através de decretos com força de lei, suspendeu as garantias constitucionais, dissolveu o Congresso Nacional, os congressos estaduais, as câmaras municipais. Nomeou interventores para os governos estaduais, e para isso escolheu vários dos tenentes que haviam participado da Revolução.

Os hóspedes da pensão comentavam os acontecimentos, sempre com cautela, evitando comprometer-se. Maria Clara, porém, que não escondia seu desgosto com os atos do novo governo, protestava: isso é ditadura, melhor seria então trazer de volta o império (mas evitava alusões à origem gaúcha de Getúlio, ao menos diante de nós, mamãe e eu).

Opiniões que eu não discutia, mesmo porque a gratidão que

por ela agora sentia era muito grande. Por outro lado, ficou claro que, eventuais companheiros de cama à parte, eu continuava seu favorito. Problema: ela agora não podia vir ao meu quarto, que ficava ao lado do quarto de mamãe; seria arriscado. Astuta como era, logo achou a solução: eu é que iria ao quarto dela.

Fui. Várias vezes. Era um belo aposento, com cortinas de veludo, cama de dossel, uma *chaise longue*, muitos bibelôs; sobre a cabeceira da cama, uma foto do marido, homem imponente, de olhar severo e longos bigodes. Não era fácil foder diante daquela figura intimidante, mas isso não era problema para Maria Clara, e para mim também logo deixou de ser. Aliás, ela fazia questão de assinalar: eu era o primeiro homem com quem partilhava aquela cama. Nos casos que tivera com hóspedes da pensão, ela é que fora ao quarto deles.

— Neste aposento, antes de você, só o falecido. — Ria: — E, em imaginação, o Machado.

Duas semanas depois de ter chegado ao Rio, minha mãe fez um anúncio surpreendente: queria trabalhar. Surpreendente porque, dona de casa típica, nunca tivera um emprego. Mas lembrou que costurava muito bem; será que não conseguiria arranjar um emprego como costureira? Falei com Joaquim, que conhecia todo mundo, e de fato ele arrumou um lugar para mamãe numa pequena fábrica de camisas. No começo ela, mulher calada, estranhava um pouco a companhia das tagarelas operárias, que — em grande parte por causa do Getúlio — crivavam-na de perguntas sobre o Rio Grande do Sul. Acostumou-se, porém, e até participou da festa que o dono da fábrica organizou no Dia do Trabalho.

Como era de esperar, o cotidiano da população rapidamente voltou ao normal. A política, não. Sucediam-se as brigas. A facção dos tenentes exigia mudanças rápidas e profundas; a isso se opunham antigos donos do poder que também tinham apoiado a Revolução. Apostando na industrialização e na urbanização, Getúlio optou por gerar seu próprio esquema de sustentação, dando força aos sindicatos, criando a legislação trabalhista.

O viés populista só podia reforçar o radicalismo de esquerda. Em maio de 1931 circulou clandestinamente um manifesto assinado por Prestes. Joaquim, sempre alerta a tudo o que se passava no país, conseguiu um exemplar, mimeografado, que me mostrou. Dizia o texto: "A todos os revolucionários sinceros e honestos, às massas trabalhadoras que neste momento de desilusão e desespero se voltam para mim, só posso indicar um caminho: a revolução agrária anti-imperialista, sob a hegemonia incontestável do partido do proletariado, o Partido Comunista Brasileiro, seção brasileira da Internacional Comunista".

Geninho, pensei então, teria vibrado; e Hércules certamente estava celebrando: o líder da Coluna enfim encontrara o caminho; Prestes reconhecendo seu erro, e assumindo a liderança dos trabalhadores, o comunismo brasileiro poderia entrar em uma nova fase.

A mim, contudo, a notícia deixou acabrunhado. Ao contrário de Prestes, que finalmente vira a luz, eu não passava de um traidor de meus próprios sonhos. Ainda que momentaneamente, ainda que como resultado dos meus problemas pessoais, o fato era que tinha deixado de lado os meus ideais; nem sequer lia o *Manifesto*, que, contudo, estava na gaveta de minha mesinha de cabeceira, junto com o *Que fazer? (Chto delat?)*. E, cúmulo da irresponsabilidade, não respondera à proposta que Hércules me fizera. O mínimo que eu poderia fazer agora era procurá-lo. Mas o que lhe diria? Como explicar meu silêncio naquelas semanas? Mais, eu não me sentia em condições de, naquele momento, tornar-me um militante. Poderia alegar que estava passando por um período difícil, que minha vida mudara, que agora precisava cuidar de mamãe — mas o que tinha o Partido a ver com isso? A História não pode ficar esperando que as pessoas resolvam seus problemas pessoais, Hércules poderia me dizer, aliás com toda a razão: enquanto eu me debatia em dúvidas de natureza puramente emocional, operários estavam sendo explorados, crianças morriam de fome, o capitalismo se agigantava.

Esse dilema tirava-me o sono; tornei-me irritadiço, agressivo. Você está atormentado, dizia-me Maria Clara, e Joaquim até sugeriu que eu consultasse um médico. Finalmente, movido pelo remorso, decidi procurar Hércules para uma conversa franca, na qual falaria sobre minha situação, sobre minhas dúvidas, e ouviria o que tinha a me dizer. Desse diálogo, eu esperava, surgiria a decisão final.

Fui ao subúrbio, e de imediato constatei que a aparência da casa mudara muito — para pior. A pintura estava descascando; no jardim, antes bem cuidado, já não havia arbustos com flores; a grama morrera, deixando à mostra a terra seca, gretada. Mas o Rex continuava ali; saudei-o, amistoso — e então, camarada Rex, tudo certo? —, esperando que me reconhecesse, que festejasse minha volta com alegres latidos. Em vez disso rosnou, ameaçador. Não me atrevi a abrir o portão e entrar; prudentemente, optei por ficar do lado de fora, batendo palmas: "Ó de casa! Ó de casa!".

A porta se abriu e Teresa apareceu. Estava com péssimo aspecto, a pobre mulher: vestida com desmazelo, olheiras fundas, na face uma expressão atormentada. Olhou para os lados, certificou-se de que não havia ninguém por perto, fez-me entrar. Sentamos na sala de jantar, e durante longos minutos ficamos ali em silêncio, ela suspirando, o olhar perdido. Finalmente falou:

— Pois é, Valdo. Aqui estou eu, mais sozinha que nunca. Marido, filha... Não sei por onde andam. Simplesmente não sei.

Fiquei espantado: então Hércules desaparecera? Desta vez foi ela quem se surpreendeu: mas então eu não sabia? Sim, ele sumira. Chegara em casa uma noite, muito agitado, avisando que teria de sair de casa por algum tempo, coisas da política. Que a mulher não se preocupasse, assim que pudesse mandaria notícias.

— Não mandou notícias — disse, enxugando os olhos com um lenço. — Nenhuma notícia. Não sei se o homem está foragido ou preso, não sei se está vivo ou morto, se está no Brasil, ou na Rússia ou nos quintos do inferno. Não sei, Valdo, não sei de nada.

Eu também não sabia de nada. Certo, os comunistas não haviam apoiado o movimento de Vargas; mas significava isso que estavam sendo perseguidos? Que estavam preparando uma nova revolução, a verdadeira revolução de que falara Prestes em seu manifesto? Ou Hércules desaparecera por outras razões, quem sabe pessoais? Quem sabe a situação política era apenas um pretexto para sair de casa, para começar uma outra vida, talvez com uma nova mulher?

Teresa assoou ruidosamente o nariz, continuou:

— E a Rosa... A Rosa também corre perigo, tenho certeza disso. Eu esperava que com essa situação ela entrasse em contato comigo, nem que fosse só para dizer que continuava viva. Mas não, nisso ela é igual ao pai. Farinha do mesmo saco: loucos, os dois. Irresponsáveis. Me deixaram sozinha, completamente desamparada.

Eu escutava, calado, sem saber o que dizer. Ela me mirou fixamente durante algum tempo. Depois me interpelou, e não sem dureza, não sem mordaz agressividade:

— E você? Pelo jeito, não tem problemas. Anda pela rua lampeiro, visita os conhecidos...

A observação me deixou desconfortável, mas eu disse que, de fato, por enquanto, e felizmente, nada tinha me acontecido. Ela sorriu, irônica:

— Claro. Você é esperto, Valdo. Você dizia que queria entrar no Partido, ser comunista, mas a verdade é que está lá no seu emprego, participando da construção do Cristo Redentor, uma obra abençoada: ninguém botará a mão em você, garanto. Jesus protege você, não é mesmo? Porque vocês, os—

Interrompeu-se; dera-se conta de que estava cometendo uma injustiça:

— Desculpe, Valdo. Estou falando essas coisas porque estou nervosa, você sabe. Ponha-se no meu lugar: sozinha, passando dificuldades — você pode não acreditar, mas mal tenho o que comer —, sem saber o que pensar, o que fazer.

Algo lhe ocorreu, e ela me fitou, esperançosa:

— Mas você pode me ajudar. Escute: um dia antes de sumir, o Hércules me contou que você estava em contato com a Rosa. Que tipo de contato era esse, ele não disse, nem estou lhe perguntando. Mas, se é verdade, fale com ela, Valdo. Conte sobre esse inferno que estou passando. Preciso dela, Valdo. Preciso de minha filha. Eu sei que ela odeia o pai, mas o Hércules não está aqui, bem que ela podia me procurar. Ou então que marque um encontro em algum lugar.

Uma ideia lhe ocorreu, uma ideia que a fez sorrir, ainda que com melancolia:

— Quem sabe na obra do Cristo, onde você está trabalhando? Ouvi dizer que há muitas mulheres fazendo serviço voluntário lá. No meio delas ninguém repararia em nós...

Interrompeu-se, levou as mãos à fronte:

— Estou louqueando, Valdo. Não ligue: não ando muito

bem da cabeça. Com esta situação, acho que estou beirando a maluquice. Passo os dias falando sozinha... Você não imagina como sua visita me faz bem. E se você disser que vai me ajudar, que vai convencer a Rosa a se encontrar comigo, eu lhe ficarei grata para sempre. Rezarei por você, Valdo. Sei que você não acredita nisso, mas rezar, rezar com fé, rezar com confiança, ajuda muito, mesmo os que não são crentes.

De novo, e como muitas vezes acontecera nos últimos tempos, eu estava ali sem saber o que fazer, o que dizer. Não queria contar à Teresa que não via a Rosa havia muito tempo, que a filha dela era inconfiável; não suportaria ouvir tal coisa. De modo que optei por outra versão: disse que a Rosa também estava escondida (o que aliás bem podia ser verdade) e que, para encontrá-la, eu precisava esperar o chamado dela. Quando isso acontecer, acrescentei, peço para ela vir ver você. Teresa me abraçou, grata: eu sabia que podia confiar em você, garoto, sabia disso.

É vergonhoso admiti-lo, mas a verdade é que me senti aliviado quando saí de lá: a conversa fora penosa demais. Eu não estava preparado para ajudar ninguém, para servir de amparo a pessoas. Ao contrário, eu é que queria ser ajudado, amparado.

O dia não terminaria sem outra surpresa: numa parada de ônibus encontrei o Bento. Estranhei: já não estava vestido como gaúcho, usava roupas comuns, desenxabidas. Notou minha surpresa:

— Tu deves estar te perguntando: onde está o Bento que eu conheci, aquele gaúcho autêntico, orgulhoso? Onde estão as bombachas, as botas? Pois eu te digo, Valdo: estão lá em casa, guardadas, acho que para sempre, junto com a cuia do chimarrão, com os espetos do churrasco, com meu facão. Estou desiludido, Valdo, desiludido com nossa gente. Como te falei, esperava muito do Getúlio: afinal, conterrâneo tem de ajudar conterrâneo, não é mesmo? Fui procurar o homem lá no palácio. Nem me receberam, tu acreditas? Nem me receberam, os putos. Passei horas de pé numa sala de espera, e nada. Era um engravatado me encaminhando para outro, esse assunto não é comigo, fala com o Fulano, fala com o Beltrano, e todos dando desculpas, e todos mentindo... Lá pelas tantas perdi a paciência, berrei: vão tomar no cu, seus veados de merda, vocês não são revolucionários porra nenhuma, são uma cambada de aproveitadores. Aí chamaram os seguranças e me tocaram para fora. Se eu estivesse com o facão, Valdo, teria degolado uma meia dúzia. Mas eu não tinha ido ali para brigar, tinha ido para oferecer a um gaúcho a ajuda de outro gaúcho. Não adiantou nada, mas foi uma lição. Esse Getúlio para mim morreu; aliás, meu palpite é que o cara não dura muito; os inimigos, que não são poucos, vão acabar com ele.

Arrematou:

— Eu agora estou no jogo do bicho, para sobreviver. — Uma ideia lhe ocorreu: — Aliás, o amigo não quer fazer uma fezinha? A aposta é barata e pode render muito dinheiro, vale a pena.

Não, eu não queria fazer uma fezinha. Eu queria, meu caro neto, respostas para as perguntas que me atormentavam, e que não eram poucas. Não encontrava essas respostas, e a verdade é que a vida continuava. Para minha surpresa, a vida continuava. Eu acordava de manhã, tomava café, ia trabalhar. Tudo certo, tudo normal. Mamãe, agora recuperada, tinha projetos para mim: eu deveria estudar, quem sabe de início numa escola noturna, mais tarde na universidade. Ela garantiria nosso sustento: revelara-se ótima costureira, estava ganhando bem, poderia até arranjar serviço particular para fazer em casa. E mudara, mudara por completo. Aquela mulher quieta que estava sempre arrumando a casa, ou cozinhando, ou cerzindo, ou cuidando da horta, ou — principalmente — rezando diante de seu crucifixo, aquela mulher agora era outra: falava muito, contava histórias, ria. Só ficava triste quando lembrava do marido. E do Rio Grande. Gostava do Rio, mas sentia falta de nossa terra. Não queria que eu me tornasse carioca; achava que eu já estava com sotaque e me advertia para que usasse o "tu" em vez do "você". Todo dia, e apesar da dificuldade para arranjar a erva-mate (tinha de comprá-la no centro da cidade), preparava o chimarrão. Vira e mexe perguntava o que eu achava de voltarmos para o Rio Grande.

Voltar? Não, eu não queria voltar. Na verdade, não tinha a menor ideia do que pretendia fazer, do que deveria fazer. Passei por muitos momentos de dúvida e confusão em minha vida, mas aquele foi dos piores. Àquela altura eu já não sabia se queria mesmo afiliar-me ao Partido Comunista, e, mesmo que soubesse — como fazer para isso, agora que Hércules tinha sumido? Sobretudo, não sabia o que, exatamente, sentia pela Rosa, ainda que pensasse nela todos os dias. Pretexto para procurá-la eu tinha — o pedido de Teresa; mas encontrá-la seria praticamente impossível.

Por incrível que pareça, o único lugar em que eu me sentia tranquilo era o canteiro de obras do Corcovado. O Cristo terminado, a maior parte dos operários havia sido dispensada; mas Heitor Levy selecionara alguns para fazer a manutenção do monumento, enquanto a questão da inauguração não era decidida. Eu fora um dos escolhidos: o engenheiro elogiava muito meu trabalho. Já Júlio, que Levy sumariamente despedira, saiu falando na conspiração dos judeus (poucos anos depois, seria um dos primeiros nazistas brasileiros; sua foto apareceu num jornal: ele, de camisa parda, segurando uma bandeira com a suástica).

As tarefas se reduziam a pequeno consertos, a manter o local limpo. O salário continuava sendo pago em dia; o horário já não era rígido; Joaquim sugeriu que eu aproveitasse a oportunidade para estudar à noite. Ele mesmo me indicou um curso técnico, de curta duração, destinado a formar eletricistas.

— Eletricidade é o futuro — garantia ele.

O futuro para mim era uma incógnita, uma dolorosa incógnita, mas a ideia do curso era, pelo menos, uma coisa nova, que minha mãe, aliás, apoiava entusiasticamente; ainda não era a universidade, com a qual ela sonhava, o curso não me dava título de doutor, mas, quem sabe, poderia ser um passo nessa direção.

Fiz minha inscrição, pois. O curso funcionava num velho casarão no centro da cidade. A turma era formada de uns trinta alunos, quase todos jovens, mas havia homens feitos e até um sexagenário, para quem estudar era, nas suas palavras, "a fonte da juventude". Como eu, aquele pessoal trabalhava de dia; mas, diferentemente de mim, trabalhavam duro, eles. Volta e meia um adormecia de cansaço. O professor Alfredo, que dava a maioria das aulas, era um entusiasta; acreditava naquilo que ensinava: a eletricidade, proclamava, vai mudar o Brasil.

— Logo este país vai estar cheio de usinas. E cheio de fábricas. Vamos fabricar de tudo, como os países europeus, como os Estados Unidos.

Ainda que se rotulasse como esquerdista moderado, era um fã dos americanos; os Estados Unidos simbolizavam para ele o progresso, o avanço. Garantia que tecnologia nada tinha a ver com o regime econômico ou com o regime político: não dissera Lênin que o comunismo seria a soma do poder soviético mais a eletrificação? E não declarara Stálin que o ideal leninista se traduziria na combinação da eficiência americana com o espírito revolucionário soviético? Neste sentido, recomendava enfaticamente que estudássemos as ideias de Henry Ford. Ford, que havia trabalhado com Thomas Edison, este um pioneiro da tecnologia, criara uma espécie de doutrina baseada na padronização do produto e na linha de montagem. O objetivo era democratizar os frutos do progresso: o modelo A, com seu motor de 40 cavalos (capaz de fazer cem quilômetros por hora), freio nas quatro rodas, amortecedor hidráulico, uma obra-prima da modernidade, era contudo um carro desenhado para o povo, para as pessoas comuns.

O entusiasmo do professor, homem ainda jovem, era contagiante, e muitas vezes os alunos o aplaudiam; mas o que dizia só aumentava minha confusão ideológica. Comunismo e capitalismo eram coisas irreconciliáveis, tinham de ser coisas irreconciliáveis; aquele palavrório na verdade não passava de hábil maquiagem de um regime baseado na exploração do ser humano. No fundo, o professor Alfredo era apenas um reacionário que se apresentava como paladino do progresso.

Restrições à parte, eu gostava do curso. Não: eu adorava o curso. Não era o mesmo que estudar o *Manifesto*, longe disso, mas falava em coisas objetivas, palpáveis, úteis: geradores, acumuladores, dínamos, motores. Trabalhar com eletricidade era ingressar no terreno confortador da lógica científica, da precisão tecnológica: faça isso e acontecerá aquilo — sempre, sempre, sempre. Nenhuma margem para dúvida, ali: o polo positivo era positivo, o negativo era o negativo, e estávamos conversados. Nada de dialética, nada de uma coisa virar o seu contrário, nada de mentiras progressistas e verdades reacionárias, nada de crítica e autocrítica. Um alívio, portanto, ainda que inevitavelmente acompanhado de uma pesada culpa.

Eu aprendia rápido. Logo estava consertando aparelhos elétricos, e até montei um pequeno motor, que dei a Joaquim. Ele ficou muito contente quando o recebeu; agradeceu efusivamente, e comentou:

— Aliás, é o segundo presente que ganho hoje.

O primeiro presente fora a notícia, ainda não oficial, de que Getúlio e a Igreja tinham chegado a um acordo acerca da inauguração do Cristo. Estava marcada para 12 de outubro de 1931, um ano depois da data originalmente estabelecida. O que, dizia Joaquim, provava mais uma vez que no Brasil as coisas se ajeitam:

— Somos o país da conciliação, meu amigo. Nossa gente não quer revolução, nossa gente não é de briga.

Mais ou menos naquela época vendi para um sebo meus livros esquerdistas, inclusive os que Rosa me dera — mas não o *Manifesto* nem o *Que fazer? (Chto delat?)*. Não se tratava, propriamente, de desilusão ideológica. Eu atendia a um pedido de Maria Clara: a casa do outro lado da rua, residência de um rico e excêntrico simpatizante do anarquismo, tinha sido invadida pela polícia, que prendera o homem e levara grande quantidade do chamado material subversivo. Ela temia que algo semelhante acontecesse comigo:

— Você teve muitos contatos com gente de esquerda, bem pode alguém ter lhe denunciado.

Relutei um pouco, mas acabei concordando. O livreiro a quem procurei não estava muito interessado em literatura revolucionária; àquela altura, disse, o governo Vargas já mostrara que nada queria com comunistas, ou socialistas, ou anarquistas; consequentemente, a procura pelas obras de Marx, Engels, Lênin e Stálin diminuíra muito: mercado funciona, disse ele:

— Mesmo para a esquerda.

Curiosamente, foi aquele livreiro, homem muito bem informado, quem me deu notícias de Astrojildo Pereira. Como Hércules dissera, Astrojildo fora afastado da secretaria-geral do Partido Comunista; continuara filiado, mas as suspeitas sobre sua lealdade persistiam, e, antes que o expulsassem de vez, optou por solicitar seu afastamento do Partido que ajudara a fundar, e ao qual, segundo afirmava, permanecia fiel. Passou a escrever artigos de crítica literária para o *Diário de Notícias* (Machado era um tema favorito), mas, para sobreviver, tornara-se comerciante de frutas: vendia bananas, numa quitanda ou numa empresa, disso o livreiro não estava certo. Atividade inusitada para um antigo militante, tão inusitada, que Manuel Bandeira escrevera um poema a respeito. O livreiro tinha uma cópia, que leu para mim: "Bananeiras/ Astrojildo esbofa-se/ plantai-as às centenas, às mil:/ musa paradisíaca, a única/ que dá dinheiro neste Brasil".

Penoso, ouvir aquilo. Que Astrojildo escrevesse para um jornal, mesmo que burguês, eu podia entender; seu talento de escritor era bem conhecido, em algum lugar precisava publicar. Que falasse de Machado, do reacionário Machado, eu também podia entender: todo mundo sabia de sua paixão pela literatura, uma paixão intensa, que inevitavelmente levava a equívocos. Mas comerciante? Comerciante de frutas? De bananas, musas paradisíacas, talvez, mas sobretudo fonte de dinheiro? Se Astrojildo tivesse se retirado para o campo, para trabalhar a terra, para semear, para produzir, enfim, mesmo que em caráter de pequeno proprietário (não como kulak, aqueles fazendeiros que Lênin odiava, não como estancieiro tipo coronel Nicácio), isso seria admissível, ainda que o sujeitasse às penalidades do Tribunal do Povo. Mas o que ele estava fazendo era o desprezível papel de intermediário, comprando e vendendo. Ou seja, um comunista, um suposto comunista, vivendo do lucro, da mais-valia. E, pior, aquilo podia ser só o começo de um gigantesco desvio ideológico. O livreiro falava num comércio em pequena escala, mas comércio é comércio, comércio vicia, comércio estimula a ambição, a voracidade capitalista; Astrojildo, acostumado a pensar grande (afinal, o comunismo queria mudar o mundo todo), não se contentaria com uma pequena banca, ou uma pequena empresa de frutas. Breve estaria abrindo outra banca (ou outra empresa) e outra, e mais outra. Acabaria por açambarcar o comércio mundial de bananas, como fizera a gigantesca United Fruit norte-americana, símbolo do imperialismo, contra a qual os sindicatos caribenhos estavam naquele momento, naquele exato momento, lutando com denodo.

Por último, o grotesco detalhe representado pelo produto que comercializava. Bananas! Podia haver coisa mais ridícula? Não por outra razão, ditos populares recorriam à fruta para comparações galhofeiras: "Fulano é um banana", "As coisas estão sendo vendidas a preço de banana". Isso, claro, nada tinha a ver com a humildade do produto a ser vendido. Refugiado na Argentina, depois da odisseia da Coluna, Prestes importara cabos de vassoura, igualmente humildes; mas detentores, a meu ver, de uma certa dignidade, e até de um potencial revolucionário. Na hipótese de um levante da classe operária, cabos de vassoura poderiam servir de armas, rachando crânios burgueses, liquidando inimigos; no trem eu teria feito isso, se tivesse encontrado um hipotético rato (mas não, encontrara a Chica. Por onde andaria?). Agora — bananas? Como golpear alguém com uma banana, musa paradisíaca? Até a aparência servia, no caso, como definição ideológica. Cabos de vassoura e bananas eram produtos brasileiros, porém o cabo de vassoura era duro e reto, como se espera de um militante (coisa que afinal o Prestes se tornara); a banana, pelo contrário, era mole, encurvada, colorida, dissimulada, escondendo sob a casca a parte comestível.

E no entanto — no entanto! — Astrojildo, o vendedor de bananas, era o homem que eu tinha vindo procurar no Rio, o homem que poderia ter mudado minha vida. Agora ele era localizável; agora, eu poderia encontrá-lo. Poderia ir até a sua banca, poderia me apresentar, quem sabe conversar com ele. Mas não fiz isso, talvez receando ser contaminado por uma situação que, tudo indicava, tratava-se de um flagrante desvio político, o desvio que Hércules teria corretamente identificado. Se eu fosse procurá-lo, seria obrigado a pedir explicações acerca de sua estranha opção. Se me dissesse então, sim, Valdo, eu sei que o comércio é coisa de burguês, mas eu estou nisso apenas transitoriamente, como uma forma de ganhar a vida, e também para descobrir como pensa, sente e age o inimigo — tudo estaria, ao menos aparentemente, bem; mas se, ao contrário, afirmasse (quem sabe até despudoradamente): estou aqui porque gosto, porque adoro vender bananas, adoro conversar com os fregueses, adoro até quando regateiam o preço? Se tentasse me convencer, não, Valdo, você está enganado, o comércio não é a sacanagem que parece, o comércio envolve complexas trocas emocionais sem as quais a humanidade não sobrevive? Suportaria eu tal choque? Ou endossaria seus argumentos, caindo de vez na armadilha capitalista?

Não, não fui procurar Astrojildo Pereira. Ele permaneceria para sempre em minha memória como figura imaginária. Como símbolo, ambivalente, mas símbolo, de qualquer modo.

Rosa, porém, eu tornei a encontrar. Melhor dizendo: ela me encontrou.

Uma noite a aula do curso se prolongou e voltei muito tarde; passava das onze. Foi com surpresa que encontrei Maria Clara esperando por mim. Por sua cara amarrada, logo vi que se tratava de confusão.

Entregou-me um papelzinho:

— Deixaram esse bilhete para você.

De imediato reconheci a letra de Rosa. A mensagem era curta: "Precisamos nos ver". E dava o nome de um bar em Botafogo onde me esperaria na noite seguinte.

A custo contendo a emoção, e sem nada dizer, guardei o papelzinho no bolso. Fiz menção de ir para o quarto. Maria Clara me deteve, com um gesto firme, brusco, até:

— Fique. Quero falar com você sobre essa mulher.

O que me diria não era difícil de adivinhar: esqueça essa tal Rosa, ela é mentirosa, é louca, só vai complicar sua vida. Ah, sim, e havia o ciúme: sua ligação comigo não implicava nenhum compromisso, mas isso não impedia que visse na Rosa uma rival a ser eliminada de qualquer maneira. Previsíveis, portanto, suas advertências e ameaças, que vieram em catadupa, como eu esperava; mas o que eu não esperava era ver lágrimas em seus olhos. Agarrou-se a mim, suplicou:

— Não vá, Valdo. Por favor não vá. Esse encontro pode resultar numa tragédia para você, acredite. Não vá, estou lhe pedindo. E não é só coisa minha, não é só em meu nome que estou falando. É em nome de sua mãe, também. Temos conversado muito, Valdo, e posso lhe garantir: ela não quer ver você envolvido com gente perigosa, e essa Rosa é o próprio perigo, ela é uma armadilha mortal.

Não respondi. Desprendi-me dela e fui para o quarto. Deitei-me, vestido, e ali fiquei, a cabeça na maior confusão. Os pedidos de Maria Clara não haviam me abalado, e nem mesmo a referência dela à minha mãe, que tinha tudo para ser chantagem emocional, mas a perspectiva do encontro me deixava dividido: de um lado, a ansiedade em rever Rosa, abraçá-la, beijá-la; de outro, a dúvida: seria a mesma Rosa? Não teria ela encontrado outro cara, me desculpe, Valdo, eu gosto de você, mas o Fulano é o homem da minha vida?

Enquanto eu estava ali torturado pela dúvida, bateram à porta. Praguejei baixinho: a última coisa que eu queria naquele momento era falar com alguém. Fiquei imóvel, bateram de novo e não tive remédio:

— Entre.

Minha mãe, claro:

— Vim ver se precisas de alguma coisa...

Não sabia mentir, mamãe: ficava vermelha, gaguejava, e foi o que aconteceu naquele momento. Na verdade tinha vindo por causa do bilhete. Maria Clara obviamente recorrera a ela: seu filho teve um caso com uma mulher meia louca, uma anarquista, ela sumiu, mas agora voltou, quer se encontrar com o Valdo, na certa vai criar mil problemas, a senhora não pode permitir que essa maldita estrague a vida do rapaz, ele vai acabar na cadeia, ouça o que lhe digo, a senhora é do interior, mas eu, que sou daqui, da capital, sei como são essas coisas.

Ainda deitado, respondi:

— Não, mamãe. Não preciso de nada. Tu sabes que eu não preciso de nada, que está tudo bem.

Ela vacilou, mas resolveu ir mais adiante:

— Veio uma moça aqui à tua procura...

— Eu sei, mãe. É assunto meu, podes deixar que eu resolvo.

Começou a chorar. Com um suspiro, levantei-me da cama e fui abraçá-la. Ela gemia: por favor, filho, não te metas com essa gente da política, isso é desgraça na certa, e nós já tivemos desgraça bastante com a morte do teu pai.

Tranquilizei-a como pude, disse que àquela altura já tinha criado juízo, que ela podia ficar descansada. Levei-a até seu quarto, voltei, deitei-me. Achei que não conseguiria dormir, mas não foi o que aconteceu: caí num sono bruto, pesado, do qual só despertei na hora de ir para o trabalho.

Encontrei Joaquim excitadíssimo: agora era oficial, a inauguração fora mesmo marcada para o 12 de outubro, dia de Nossa Senhora Aparecida. Estariam presentes Getúlio Vargas, o cardeal do Rio, dom Sebastião Leme, ministros, autoridades civis e militares, representantes do Papa. O momento culminante ocorreria quando as potentes lâmpadas destinadas a iluminar a estátua fossem acesas, o que seria feito mediante uma verdadeira e inédita façanha tecnológica: da Itália, o cientista Guglielmo Marconi, inventor da telegrafia sem fio, emitiria um sinal de rádio que seria captado por uma estação em Dorchester, na Inglaterra, e, retransmitido para uma torre em Jacarepaguá, no Rio, faria as luzes se acenderem logo depois das 19 horas.

— Será sensacional, Valdo — bradava Joaquim. Fez uma pausa e acrescentou: — Sensacional, mas complicado: pouca gente aqui tem experiência com essas coisas, de modo que vamos ter que nos preparar muito bem para evitar um fiasco.

Colocou a mão em meu ombro:

— E você, meu amigo, com seu conhecimento de eletricidade, poderá ajudar muito.

Eu, ajudar? Como? Recém começara o curso, e, embora já tivesse aprendido bastante, não me considerava preparado para participar de uma operação tão complexa e de tanta responsabilidade. Foi o que eu disse, mas Joaquim nem me ouviu: para ele minha colaboração já era coisa decidida. Naquela tarde haveria uma reunião com os engenheiros e com técnicos em eletricidade, e ele avisara que eu estaria presente. O que me deixou ainda mais alarmado. Ponderei que minha presença poderia parecer estranha para aquelas pessoas; afinal, e pelo menos oficialmente, eu não passava de um auxiliar de pedreiro. Joaquim insistiu: os caras que discutiriam o sistema elétrico eram de uma empresa contratada, ele queria ter alguém de confiança presente.

Acabei concordando, e depois do almoço dirigimo-nos para a reunião. Onde, claro, fui recebido com surpresa e desconfiança por aqueles senhores sisudos, engravatados. Mas Joaquim não deu bola para isso: apresentou-me como "o nosso homem para assuntos de eletricidade".

A discussão do complicado plano levou várias horas. Para dizer a verdade, eu mal ouvia o que falavam, tão nervoso estava por causa do encontro com a Rosa. Quando finalmente terminamos, dei-me conta de que já não haveria tempo de voltar para a pensão: teria de seguir direto para o Botafogo. Um dos técnicos me deu uma carona até a Voluntários da Pátria; com alguma dificuldade, encontrei o lugar, um pequeno e enfumaçado bar, situado numa ruazinha transversal.

Da porta, avistei Rosa. Estava sentada sozinha a uma mesa, de costas para mim. Usava um vestido escuro muito simples e uma boina preta, e fumava um cigarro, o que para mim era novidade — mas previsível, numa contestadora.

Mais uma vez, vacilei. Deveria entrar? Mas entrar para quê? O que me esperava, ali? Um encontro casual — quanto tempo, queria saber como você vai — ao fim do qual ela desapareceria de novo, quem sabe para sempre? Eu não podia me iludir, não devia me iludir: a possibilidade de ela cair em meus braços, voltei porque te amo, agora ficaremos juntos, essa possibilidade era remota, remotíssima. Mas paixão, mesmo frustrada, é coisa muito forte, capaz de despertar absurdas esperanças. Entrei, fui até a mesa onde estava.

Voltou-se para mim, e de imediato constatei que tinha mudado. Talvez por causa das vicissitudes pelas quais passara, tinha aparência envelhecida; a diferença de idade entre nós era agora mais evidente. Perdera um dente, um dos caninos; seu sorriso não era dos mais atraentes. Mas era a Rosa, a minha Rosa, e não pude resistir: abracei-a, impetuoso. Calma, sussurrou ela, calma, as pessoas estão olhando, não vamos chamar a atenção.

Fez com que eu me sentasse, perguntou se eu queria tomar alguma coisa — um vinho, como ela, uma cerveja?

Aceitei um copo de vinho. Um vinho forte, que me deixou tonto, mas que pelo menos me deu coragem para interrogá-la, para fazer, desabrido, as perguntas que estavam trancadas na minha goela: onde diabos ela estivera, todo aquele tempo? O que fizera? Por que não dera notícias?

Muito calma, apagou o cigarro no cinzeiro.

— Fugi — ela disse. — Tive de sair do país.

Logo depois da vitória da revolução, recebera a notícia inquietante: a polícia estava atrás do Coletivo Ravachol. Não que Rosa e seus companheiros fossem considerados particularmente perigosos; não, não era o caso. Mas Getúlio tinha aliados que odiavam o anarquismo, e estes haviam mobilizado as forças da lei para acabar de vez com o movimento. Avisado, o grupo decidira se dispersar, pelo menos por algum tempo, cada um indo para seu lado:

— Peguei minhas economias, comprei uma passagem de navio e fui para a França. Tinha contatos com os anarquistas em Paris; procurei-os, receberam-me muito bem, aceitaram-me na organização deles. Não podiam me sustentar, então tive de trabalhar. Arranjei um emprego numa fábrica de automóveis, a Renault. Trabalho duro, mas eu estava feliz. Aprendi muita coisa convivendo com os operários. Antes eu era uma anarquista, digamos, sentimental, teórica; agora, não. Agora estava descobrindo o que fazer de concreto, de prático, na luta política. Participei de muitas reuniões, de seminários, cheguei até a dar uma conferência, verdade que para pouca gente, sobre o anarquismo no Brasil. Muito bom. Muito bom mesmo.

Algo lhe ocorreu, algo que a fez sorrir:

— Além disso, eu estava na França, a França da revolução, a França de Ravachol. E eu sonhava com o Ravachol, Valdo.

Sonhava muito com o Ravachol. Sonhava que estávamos fazendo amor. E, no meu sonho, ele era um grande amante.

Um erro. Em relação a mim, um erro. Pior: uma ofensa, não justificável nem mesmo por sua devoção à memória (e à suposta potência sexual) de um anarquista legendário. Ela deu-se conta, corrigiu-se:

— Claro, não estou falando de nossa relação, Valdo; na cama você é imbatível, Ravachol algum chega a seus pés. — Riu: — Mas mesmo assim foi engraçado, ter sonhado com ele. Você não acha?

Não, eu não achava engraçado Rosa ter sonhado com um anarquista morto. Ao contrário, a história me fez mal. Cada vez mais ficava claro que éramos pessoas muito diferentes; ela, a revolucionária, mulher estranha, ainda que fascinante, a mulher que sonhava com o Ravachol; eu, um guri desnorteado, perdido, sem rumo na vida. Mas guardei essa conclusão para mim: é verdade, respondi, teu sonho foi mesmo muito engraçado.

Pediu que eu contasse sobre mim: como tinha passado aquele tempo, o que estava fazendo.

Hesitei. O que poderia dizer? Respondi qualquer coisa vaga, disse que havia lido os livros que ela me deixara, que gostara muito; que, como todos os brasileiros, aguardava para ver o que aconteceria com o Brasil de Getúlio.

Ela me escutava sorridente, amistosa. De súbito, ficou séria:

— Tem um assunto sobre o qual precisamos falar. Um assunto muito importante, um assunto decisivo.

Inclinou-se para mim e perguntou em voz baixa:

— Você trabalha na construção do Cristo no Corcovado, não é verdade?

Aquilo me deixou estarrecido. Eu nunca lhe falara de meu emprego, nunca. Morreria de vergonha se ela me dissesse, com todo o desprezo do mundo, algo tipo "um cara que tem um mínimo de dignidade jamais aceitaria dar seu esforço para a construção de um ídolo religioso, um monumento ao atraso, ao reacionarismo". De algum modo, ela descobrira o meu segredo; só que, surpreendentemente, não parecia revoltada nem chocada. A indagação fora feita num tom absolutamente neutro, um tom que, nela, estava longe de ser habitual.

Percebendo minha surpresa, sorriu:

— Você deve estar se perguntando como descobri que você é operário lá no Corcovado. Nós sabemos muito mais coisas do que imagina, Valdo. A maneira como obtemos nossas informações é sigilosa, naturalmente, mas neste caso posso lhe falar: um de nossos companheiros conhece o Joaquim, mestre de obras do Cristo, e dele ouviu muita coisa sobre você. Sei o que você faz, sei que está concluindo um curso de eletrotécnica e que está se saindo muito bem, tanto que o Joaquim quer aproveitar seu conhecimento.

Acendeu outro cigarro e continuou:

— O lugar em que você trabalha, o curso que está fazendo, isso não tem importância. Melhor dizendo: não tinha importância. Agora tem. Tem muita importância. Tem toda a importância do mundo. Sabe por quê, Valdo? Sabe por quê?

Deu-se conta de que estava falando alto — o cara da mesa ao lado lançou-nos um olhar aborrecido — e baixou a voz:

— Porque, meu querido Valdo, meu amado Valdo, meu gaúcho do coração, meu companheiro de causa, você vai fazer parte de um plano. Um grande plano internacional, algo que vai, acredite, marcar a história do nosso mundo. Vai consagrar para sempre o movimento anarquista brasileiro. E vai transformá-lo definitivamente num militante. Deixe eu lhe mostrar uma coisa...

Apanhou uma bolsa da cadeira ao lado e dela retirou fotos, que me mostrou.

— São monumentos famosos, que você decerto conhece.

Esta aqui é a torre de Pisa, a famosa torre inclinada... Esta é a Coluna de Nelson. Fica no centro de Londres e foi construída no século dezenove, em homenagem ao almirante Nelson, que venceu a batalha de Trafalgar, a mais importante das guerras napoleônicas... Esta, claro, é a torre Eiffel, em Paris. Esta é a estátua da Liberdade, em Nova York, que você também conhece, símbolo da ideologia americana.

Guardou as fotos, tirou um cigarro do maço, acendeu-o:

— Pois o grupo francês estava estudando a possibilidade de repetir em escala mundial a façanha do Ravachol, destruindo esses monumentos — à bomba, que é, por assim dizer, a grande arma do anarquismo, o nosso símbolo. E a questão era: por qual deles começar? Qual seria o mais importante?

Deu uma longa tragada:

— Eu estava na reunião como convidada. Teoricamente deveria apenas ouvir, não me manifestar. Mas aí me ocorreu uma ideia que de imediato me entusiasmou, me surpreendeu, aquela coisa de "Como é que eu não pensei nisso antes?". Pedi a palavra. Quero lembrar a existência de um outro monumento, eu disse, um monumento que está para ser inaugurado e que será notícia no mundo inteiro, é por ele que a gente deve começar.

Olhou-me demoradamente:

— Imagino que você saiba de que monumento eu estava falando, Valdo.

Eu sabia? Talvez no fundo soubesse, sim, do que ela estava falando; mas simplesmente me recusava a admiti-lo e disse que não, que não sabia, que não tinha a menor ideia de que monumento seria aquele. Ela então tirou da bolsa uma quinta foto: era do Cristo Redentor quase concluído.

Meu espanto foi tal que simplesmente fiquei mudo: não consegui dizer uma única palavra. O que ela provavelmente nem notou, porque já prosseguia, muito animada:

— Nada sabiam a respeito, meus companheiros anarquistas. Cristo Redentor? Sim, um deles tinha ouvido falar que se tratava de um projeto do Paul Landowski, um artista reacionário, um carola. Mas tanto ele como os outros concordavam em um ponto: o Brasil, país atrasado, de periferia, país que quase nunca está no noticiário internacional, o Brasil seria um lugar pouco adequado para um grande atentado: a coisa não teria nenhuma repercussão na imprensa mundial, e repercussão na imprensa era por eles considerado fundamental. Além disso, perguntou uma mocinha metida a engraçada, quem se encarregaria de preparar os explosivos, os índios canibais? Todos acharam graça, eu fiquei irritada: vocês estão muito enganados, eu disse, vocês são uns preconceituosos, o Brasil progrediu muito, está se tornando uma potência mundial, um novo centro do capitalismo, e esse monumento, esse Cristo gigantesco, é uma prova do que estou dizendo. Falei, falei, e, modéstia à parte, fui tão categórica, tão convincente, que eles acabaram aceitando meus argumentos. Puseram minha proposta em votação e a decisão foi praticamente unânime: destruir o Cristo Redentor.

Calou-se, triunfante. Em seguida falou-me do plano, deu-me alguns detalhes. Estava perfeitamente informada acerca da situação da obra. Sabia, por exemplo, da controvérsia sobre a inauguração do monumento, sabia da nova data, sabia quem estaria na inauguração — e sobretudo, coisa que fez questão de frisar, sabia que as lâmpadas seriam acesas mediante um sinal emitido de um aparelho operado pelo italiano Marconi.

— Este detalhe é importante, Valdo. Na verdade, é o detalhe decisivo, vai facilitar tremendamente nossa tarefa. De acordo com nosso plano, o sinal vai acionar os detonadores das bombas espalhadas no monumento. Uma coisa elementar, como você deve saber, uma simples conexão dos fios da rede do Cristo com os fios dos explosivos. No momento culminante, no momento em que as luzes se acenderem, bum!, aquilo tudo vem abaixo, o Cristo voará em pedaços, a cabeça rolará morro abaixo. Uma coisa que Ravachol e Emma Goldman adorariam ver. Uma cena que marcará o começo de uma nova era, uma era sem riqueza e pobreza, sem religião, sem governo, a era da mais completa liberdade. As massas aderirão a nós. Tomaremos o poder, mas apenas para devolvê-lo ao povo. E nos consagraremos como revolucionários.

Bateu com o punho na mesa, transfigurada:

— Você será o novo Ravachol, eu, a nova Emma Goldman!

O homem da mesa ao lado tornou a nos olhar com raiva e reclamou:

— Se vocês continuarem falando alto, vou exigir que o dono do bar mande vocês embora.

Rosa não lhe deu a mínima importância: voltou-se para mim, sorrindo, pegou o copo, tomou um gole de vinho.

— Muito bom, este vinho. Não é vinho francês, mas serve.

Agora vinha o que ela sem dúvida considerava o momento decisivo do nosso encontro:

— Você deve estar se perguntando qual é o seu papel nesta história, Valdo. Pois fique sabendo que é um papel importantíssimo. Você é absolutamente fundamental para o êxito do plano.

Sempre falando baixo, mas escandindo bem as palavras, anunciou:

— Você, Valdo, ligará os detonadores das bombas, que são três, à rede elétrica do monumento.

Olhou-me, como que avaliando o efeito de suas palavras, e continuou:

— Fácil, Valdo, facílimo. Veja: você é empregado da obra, empregado de confiança, pode entrar em qualquer lugar, conhece os detalhes do Cristo, sabe se mexer lá dentro. Mais: agora você tem conhecimentos de eletricidade, pode fazer as conexões dos fios sem medo de errar. Em meia hora você dá conta da tarefa: coloca as bombas em um lugar bem escondido, liga os detonadores. E temos tempo para isso, ainda falta uma semana para a inauguração.

Corrigiu-se:

— Para a grande explosão, melhor dizendo.

Sorriu, tomou minha mão, beijou-a demoradamente:

— E depois disso voltaremos a viver juntos. Na França, quem sabe. Você não conhece a França, vai adorar Paris. Os cafés, as livrarias... E tudo ficará muito melhor quando nós, os libertários, tomarmos o poder.

Olhou o relógio:

— Preciso ir, ainda tenho um encontro.

Tirou da bolsa uma folha de papel, escreveu um número de telefone.

— Este é meu contato. Me ligue amanhã. Vamos combinar a entrega do material, que já está todo providenciado.

Lembrou-se de uma coisa:

— Ah, sim. Você deve estar se perguntando de onde sai o dinheiro para tudo isso. Não se preocupe. Temos uma patrocinadora, por assim dizer. Uma senhora riquíssima — sua vizinha no Cosme Velho, aliás — cujo marido foi preso e torturado pela polícia. Quer vingança e diz que dinheiro não será problema. Felizmente, não é? Arranjar explosivos, detonadores, não é coisa barata. Se você precisar de alguma coisa, de alguma ferramenta, de algum equipamento, é só dizer que a gente providencia na hora. Vamos indo?

Chamou o garçom:

— A conta, por favor. E ligeirinho, que estamos com pressa.

Enquanto isso — enquanto o garçom calculava a despesa, enquanto Rosa fazia um comentário qualquer sobre o tempo ("Meu Deus, que calor está fazendo, calor assim não é comum na primavera") —, num elegante palacete do bairro de Santa Teresa um outro diálogo ocorria, entre um pai, rico industrial, e seu filho, um jovem de vinte e dois anos. O homem acabara de chamar o rapaz a seu escritório e lhe dizia: no ano passado, nesta mesma época e nesta mesma sala, você me pediu um automóvel; na ocasião eu lhe respondi que a situação política estava muito complicada, que o futuro dos negócios era incerto e que eu não achava prudente gastar uma grande quantia num carro. Bem, agora posso lhe dizer, e com muita alegria, que tenho amigos no novo governo e que, segundo me garantem, as perspectivas para minhas empresas são excelentes: a partir de agora ganharei muito dinheiro. Resolvi, portanto, atender a seu pedido, o pedido de meu único filho, do filho que eu adoro e que, a propósito, está de aniversário amanhã; olhe pela janela e me diga o que você vê. O rapaz olhou pela janela e não pôde conter uma exclamação de assombro e de alegria: na entrada do palacete estava estacionado um carro preto, reluzente, novinho em folha. É, disse o empresário, um Ford Modelo A, lançamento recente nos Estados Unidos, motor de 40 cavalos, capaz de fazer cem quilômetros por hora, freio nas quatro rodas, amortecedor hidráulico: esse carro lhe pertence, meu filho. Entregou as chaves e os documentos ao rapaz, que abraçou-o, beijou-o, e precipitou-se escada abaixo; entrou no carro e arrancou à toda velocidade: ia para o Botafogo, onde morava a noiva, para mostrar-lhe o automóvel. E ia feliz, cantando a plenos pulmões, ultrapassando outros carros, e ônibus, e carroças: no Rio, no Brasil, no mundo, ninguém poderia ser mais veloz do que ele, ninguém. Nem mais veloz, nem mais feliz.

Veio a conta, Rosa pagou, saímos. Na rua ela se deteve, ficou um instante imóvel, o olhar perdido; depois se virou para mim, abraçou-me e me beijou. Um beijo longo, apaixonado, um beijo que eu não haveria de esquecer e cujo significado foi para mim motivo de uma dúvida que não mais me abandonou: era aquele o beijo que selaria para sempre a nossa união, o beijo de uma mulher que encontrou o homem de sua vida? Ou era o sinal de gratidão da revolucionária para com o jovem que, naquele momento, se transformava (ou assim a ela parecia) num companheiro de causa, disposto a tudo, a correr todos os riscos, a fazer todos os sacrifícios? Ou, ainda, era o beijo de uma militante política calculista, um beijo destinado a seduzir de vez um ingênuo candidato a cúmplice?

Não sei. Só sei que depois que nos despedimos saí andando, tonto, perturbado, em parte por causa do vinho, em parte por causa daquela conversa espantosa. O que aconteceu depois transformou-se numa confusa, sombria lembrança que, até hoje não consigo, e acho que não quero, evocar: eu atravessando uma movimentada rua, e de repente os faróis de um carro (um Ford modelo A, como soube depois) aproximando-se célere, uma buzina soando, o choque terrível — e não me lembro de mais nada.

O próprio motorista levou-me às pressas para um hospital, onde fui internado e onde passei várias semanas. Meu estado era muito grave: trauma cerebral, numerosas e disseminadas fraturas, baço rompido, uma infecção que não cedia. Mais de uma vez os médicos disseram a mamãe que não garantiam minha sobrevivência e que provavelmente tratava-se de um caso perdido. Mas disso eu não me dava conta; estava praticamente em coma, só ocasionalmente recuperava algo da lucidez. Lembro-me da enfermaria, onde estavam vários doentes, todos em estado grave; lembro-me de seus gritos, de seus gemidos; lembro-me do homem no leito ao lado do meu e que todos os dias tratava de me animar: coragem, rapaz, você vai sair dessa, milhões saíram. Ah, eu abraçaria os milhões que haviam saído daquela, bem que eu os abraçaria, se estivessem ali ao redor da minha cama, torcendo por mim.

Pessoas vinham me visitar; mamãe estava ali todos os dias, claro; deixara o emprego para ficar a meu lado. Maria Clara também aparecia, e Joaquim; Heitor Levy veio uma vez, disse que estava rezando por mim, que Jesus me ajudaria, você trabalhou por Cristo, Cristo trabalhará por você. Uma noite abri os olhos e ali estavam Hércules e Teresa, mas isso foi, acho, uma alucinação. Quanto a Rosa... Se veio, não a vi; e nunca perguntei por ela a ninguém.

As dores eram insuportáveis, e mais de uma vez tiveram de me aplicar morfina; mas o pior eram os sonhos, melhor dizendo, os pesadelos, as visões. Sempre a mesma coisa: eu dentro do Redentor, nas vísceras de um Cristo gigantesco, descomunal — longos, estreitos, tortuosos túneis que percorria afanosamente, tentando mover um corpo que não me obedecia, sobre o qual não tinha controle. Meu objetivo era um só: precisava conectar ao sistema elétrico que ali havia um pequeno dispositivo que levava comigo, uma espécie de caixa de cor vermelha — um detonador? É, certamente um detonador. Desse detonador saíam dois fios, que eu deveria ligar a outros dois fios. Mas onde estariam, esses dois fios? Eu não fazia a menor ideia, ninguém me instruíra a respeito, teria de achá-los por mim mesmo, e, de novo, isso era uma coisa martirizante, obrigava-me a rastejar quilômetros e mais quilômetros dentro daqueles túneis, que, diferentes das vísceras humanas ou animais, não eram forrados por uma mucosa úmida, quente e macia, mas por um concreto duro, frio e áspero, o atrito com o qual gerava um sofrimento inenarrável. De repente eu encontrava a ponta de uma lança; lembrava as pontas das grades decoradas que eu vira na serralheria onde Hércules trabalhava, mas era, eu sabia, a ponta da lança com a qual o anônimo legionário romano trespassara o flanco de Jesus; e um frasco, contendo um papel no qual provavelmente estavam escritos os nomes dos familiares de Heitor Levy e talvez uma prece: Cristo, recebe-nos em tuas entranhas, Cristo, abençoa-nos, Cristo, protege-nos. Mas eu não podia parar para examinar a ponta da lança, não podia abrir o frasco e ler o que estava escrito no papel; nada deveria me deter, nada, porque eu tinha uma missão a cumprir e ia em frente, ofegante, desesperado, repetindo para mim mesmo a palavra de ordem: ligar o detonador aos fios, ligar as bombas ao destino do mundo, ligar, ligar, ligar. Se eu conseguisse fazer a ligação, tudo então adquiriria sentido e eu poderia — morrer? É, morrer: eu pensava na morte como o alívio final daquele indescritível sofrimento, o golpe de misericórdia que tantas vezes vi meu pai desferir nas reses. A explosão que destruiria o monumento acabaria também comigo, eu voaria em pedaços, mas em pedaços já estava, isso não importava, eu aceitaria qualquer coisa que me libertasse daquele medonho labirinto, daquele insuportável calvário.

Certa manhã, para minha surpresa, grata surpresa, acordei quase sem dor. Junto ao meu leito duas atendentes conversavam e, olhos semicerrados, fiquei escutando o que diziam. Falavam da inauguração do Cristo Redentor, ocorrida alguns dias, ou muitos dias antes. Não me contive; soerguendo-me, interpelei-as: inauguração? De que inauguração vocês estão falando? Não foi sabotado, o Cristo?

Miraram-me, surpresas, depois trocaram entre si um olhar compreensivo cujo significado era óbvio: coitado, passou muito mal, ainda está delirando. Não, esclareceu uma delas, não aconteceu nenhuma sabotagem, pelo menos não falaram nisso, o

Cristo foi inaugurado com uma festa muito bonita, correu tudo bem. Pena foi o imprevisto, acrescentou a outra. Que imprevisto?, indaguei, e logo pensei em Rosa e seus companheiros: teriam sido detidos lá, no Corcovado? Mas não, tratava-se de um outro imprevisto, algo relacionado à iluminação do monumento: parece que o equipamento pelo qual o sinal de Marconi chegaria ao sistema elétrico havia falhado; mas que em seguida as luzes haviam sido acesas graças à pronta iniciativa de um suboficial do Exército, Gustavo Corção.

Animadas com minha melhora, falaram-me dos discursos de Getúlio Vargas e do cardeal dom Sebastião Leme, e também do grande desfile que se seguiu: milhares de fiéis portando lanternas, caminhando, orando, entoando hinos; no mar, embarcações igualmente iluminadas. Um espetáculo arrebatador, garantiam-me as duas. Para comprová-lo, uma delas trouxe-me o exemplar do *Diário da Noite* que falava da inauguração. "O dia estava nublado", dizia a notícia, e isso fora interpretado como mau sinal, mas, quando chegou o momento decisivo, "de dentro da massa de nuvens, as fulgurações de luz romperam bravamente a escuridão da noite. Três minutos após, os rolos pardacentos se dissipavam e o Cristo branco, com as suas mãos imensas de perdão e de ternura, fulgia no topo da montanha, inundado de claridade".

O Cristo fulgira. Se o Cristo fulgira, o plano de Rosa não fora adiante. Por quê? Por causa do problema com a transmissão do sinal de Marconi? Ou ela não havia conseguido ninguém para conectar os explosivos em meu lugar? Ou será que tinham, sim, incumbido alguém da tarefa (talvez a própria Rosa) numa tentativa que, contudo, não obtivera êxito? Ou — possibilidade ainda mais inquietante — será que em nosso encontro no bar não havíamos falado de sabotagem alguma, tudo não passando de um delírio resultante do trauma que eu sofrera?

Só Rosa poderia dar-me a resposta, mas onde estava a Rosa? Saberia ela que eu havia sido atropelado? Ou estaria imaginando que meu desaparecimento era de fato uma deserção, eu, o cretino, o traidor, o vira-casaca, tendo abandonado o barco do anarquismo, a heroica nau da ação revolucionária? Mas era possível, sim, que soubesse do que ocorrera comigo; segundo mamãe, mais de um jornal noticiara o atropelamento. Rosa teria decidido não vir ao hospital para não complicar ainda mais a minha vida...

Enigmas, enigmas. Astrojildo Pereira, Rosa: seria meu destino depender, para decisões cruciais, de pessoas misteriosas, fugidias, pessoas a meio caminho entre seres humanos reais e personagens imaginários? Seria meu destino debater-me em dúvidas constantes? Você é um cara atormentado, disse-me um atendente do hospital, os outros pacientes se queixam de que você passa a noite falando e gritando. A revelação me deixou alarmado, aterrorizado mesmo. Eu falava durante o sono, eu gritava? E o que gritava? "Rosa, não me abandona!"? "Astrojildo, me espera!"? "Geninho, me perdoa!"? "De pé, ó vítimas da fome!"? Era isso que eu gritava? Saltei da cama, agarrei-o:

— É verdade? É verdade que eu passo a noite falando e gritando? E o que é que eu falo, o que é que eu grito? Me diz, por favor, eu preciso saber, isso é importante para mim, me diz, me diz, prometo que não vou gritar mais, pode até botar esparadrapo na minha boca, mas me diz...

Olhou-me, surpreso, na certa pensando Deus, esse rapaz está mal mesmo. Disse que não sabia o que eu falava, trabalhava só de dia, mas que perguntaria ao colega do turno da noite. Se perguntou ou não, não sei; nunca mais tocou no assunto. Mesmo porque, e felizmente, eu estava melhorando: o médico anunciava uma alta próxima. A rigor eu ainda não tinha condições para isso, passara por várias cirurgias e estava convalescendo, mas aquele era um hospital de indigentes, muita gente esperava pelo meu leito.

Vamos voltar para o Rio Grande, anunciou minha mãe, notícia que recebi em silêncio; era uma decisão, não uma consulta, não uma pergunta; movia-a uma determinação que nela eu nunca vira, que me emocionava, e que em mim encontrava eco. Sim, eu queria voltar: na minha cabeça o retorno equivaleria a um recomeço, à busca de um novo caminho no qual eu já não cometeria erros, não sofreria.

Mas não seria uma viagem fácil. Com uma perna e um braço engessados, eu mal conseguia me mover; viajar de trem, portanto, nem pensar. Maria Clara tinha a solução: iríamos de navio, um navio de linha, confortável, no qual teríamos um camarote só para nós: presente dela, claro. Para que você não se esqueça de mim, cochichou a meu ouvido, quando, eu ainda no hospital, veio trazer as passagens.

Foi uma longa viagem, aquela, a primeira e a última que fiz de navio. Eu passava muito tempo sentado numa cadeira preguiçosa no tombadilho, tomando sol (é bom para a saúde, garantia um médico que viajava conosco), olhando as ondas, as gaivotas que nos seguiam. O navio desceu ao longo da costa sul, chegou ao porto do Rio Grande, depois subiu pela lagoa e, por fim, atracou em Porto Alegre, onde, no cais, esperava-nos meu irmão, àquela altura casado (que remédio?) e trabalhando com o sogro, no interior. Conversamos, trocamos ideias e decidimos, mamãe e eu, ficar na capital, para ali começar a nova vida.

Hospedamo-nos num hotelzinho da Cidade Baixa, e mamãe tratou de conseguir emprego. Teve sorte: dois dias depois estava trabalhando como costureira numa indústria de confecções; mais tarde se associou a uma senhora que tinha um ateliê de costura. Juntas, conseguiram razoável clientela, o que lhe dava um bom rendimento e nos permitia levar uma vida confortável, ainda que modesta.

Ao contrário do esperado, minha recuperação foi lenta — e complicada. Consolidadas as fraturas, cicatrizadas as feridas, entrei em depressão, tive até pensamentos suicidas. Por insistência de mamãe, procurei um psiquiatra e passei um período internado, coisa que não gosto de lembrar. Depois, e por recomendação do médico, comecei a trabalhar como eletricista. Saí-me muito bem. Modéstia à parte, não me faltavam conhecimento e habilidade; eu era capaz de desmontar e montar um motor elétrico de olhos fechados. De olhos fechados, já pensou? Uma vez fiz isso num programa de auditório da Rádio Farroupilha. A plateia quase veio abaixo de tanto aplauso; aquilo só fez aumentar meu prestígio, que já era grande. O pessoal me apontava na rua: olha ali o cara que monta e desmonta motor de olhos fechados. Choviam clientes. Abri uma empresa que cresceu muito, ganhei dinheiro. Não enriqueci, mas sempre tive o suficiente para viver bem.

Um dia, caminhando pelo centro de Porto Alegre, quem encontro? A Chica. Quase não a reconheci. Em primeiro lugar, porque mais de dez anos tinham se passado; ela não era mais uma guriazinha, era uma mulher. E uma mulher bonita, vistosa, muito bem-vestida. Contou-me que tinha casado — com o padrasto, que ganhara na loteria, ficara muito rico e morrera de derrame cerebral, deixando a jovem viúva muito bem de vida. Convidei-a para jantar, aceitou, encontramo-nos mais vezes; começamos um caso, brigamos, recomeçamos, por fim casamos. Tivemos dois filhos, teu pai e teu tio Jader, arquiteto; temos cinco netos: uma vida feliz, bem feliz. Chica, pobrezinha, faleceu pouco depois do teu nascimento. Foi uma pena não a teres conhecido. Como foi pena não teres conhecido tua bisavó, também falecida, mas isso há muito mais tempo.

Falei-te em enigmas. Um deles foi decifrado uns seis anos depois: descobriu-se quem era o rapaz que havia beijado a mão do moribundo Machado de Assis. Tratava-se, como dona Doroteia adequadamente deduzira, de um grande leitor, apesar da pouca idade. Fã de Machado, esse jovem soubera pelos jornais que o grande escritor estava morrendo. Então, naquele 28 de setembro de 1908, tomara a barca da Cantareira em Niterói, onde morava, desembarcando no cais Pharoux, na Praça xv. Dali, e porque não tinha dinheiro, seguira a pé para a casa do Cosme Velho, onde acontecera a cena famosa.

O rapaz que beijou a mão do Machado de Assis, meu neto, era ninguém menos que o Astrojildo Pereira. Seu ato foi expressão de uma admiração sincera que ultrapassaria a juventude e duraria a sua vida, que acompanhei a distância: Astrojildo tornou-se um estudioso da obra machadiana, sobre a qual escreveu artigos e livros.

Fico me perguntando que efeito essa revelação teria sobre o jovem aspirante a revolucionário que um dia fui. Provavelmente me deixaria indignado, revoltado; mas será que, por causa disso (e apesar do pedido de Geninho), eu teria me recusado a viajar para o Rio de Janeiro? Será que eu não consideraria Astrojildo um safado disfarçado de comunista, um cara abjeto, quem sabe até um doente, um tarado viciado em beijar mãos de escritores famosos, ou de intelectuais, ou de políticos? Poderia, esse detalhe, ter mudado minha vida?

Não sei. Minha única fonte de informações a respeito do Astrojildo era o Geninho, e ele provavelmente não sabia da história com o Machado. Mas acho que, mesmo que soubesse, mesmo que alguém tivesse lhe revelado o que acontecera (talvez um dos comunistas que, como Hércules, detestavam o Astrojildo), teria guardado segredo; não contaria nada a ninguém, muito menos aos companheiros, e muito menos a mim, o guri que ele estava ajudando a descobrir o comunismo. Seu silêncio teria como objetivo, em parte, preservar a imagem do líder, em um movimento que precisava desesperadamente de líderes; mas creio que não era só isso. Era mais, era algo que, hoje sei disso, transcende a política. No fundo, meu neto, a todos nós comove a imagem do jovem apaixonado por literatura que, por razões conhecidas ou desconhecidas, claras ou obscuras, beija a mão de um velho, moribundo escritor. Quando eu digo "todos nós" estou, naturalmente, fazendo uma generalização, propositadamente ignorando aqueles que jamais perdoaram ao Astrojildo o seu gesto. Não é meu caso, te garanto. Não é o meu caso.

Agora: por que não é meu caso? Porque deixei de ser comunista? Mas eu não deixei de ser comunista, pela simples razão, meu neto, de que nunca me tornei de fato comunista. Não ingressei no Partido, não assinei ficha, não respondi, por escrito, com um entusiástico e enlevado "sim" às perguntas do questionário: "É contrário ao regime capitalista?", "Concorda com a necessidade de uma atuação tendente à abolição completa do regime capitalista?", "Concorda com o programa comunista?", "Aceita a Revolução Russa como fato histórico proveniente do próprio desequilíbrio do regime capitalista e como um dos maiores movimentos de transformação social?", "Aceita como necessária neste momento histórico a ditadura do proletariado?".

Essas perguntas continuaram, por algum tempo, ressoando dentro de mim, mas depois se transformaram num longínquo e indistinto murmúrio. Em Porto Alegre eu já não tinha contato com ninguém do Partido; não encontrei nenhum Geninho (e, restrições à parte, nenhum Astrojildo Pereira) que me orientasse, que esclarecesse minhas dúvidas, dúvidas essas que com o tempo foram sendo esquecidas, deslocadas por outras questões mais prosaicas: um problema de rim que me acompanhou por anos, uma briga com um sócio que terminou na Justiça (ganhei o processo). Eu acompanhava a luta dos comunistas apenas pelos jornais. Em 1935, quatro anos depois de nossa chegada a Porto Alegre, eclodiu o fracassado levante que depois ficaria conhecido como Intentona Comunista, dirigido contra o governo de Getúlio e chefiado por Luís Carlos Prestes. Foi basicamente um movimento de militares; a Internacional Comunista, que, de Moscou, o desencadeara, acreditava que a partir daí haveria uma mobilização geral e maciça de operários e camponeses, o que não aconteceu. Quatro anos depois, em 1939, era assinado, pela União Soviética e pela Alemanha nazista, o pacto de não agressão que deixou perplexos e confusos, quando não revoltados, os comunistas no mundo todo. E depois veio a denúncia dos crimes de Stálin por Kruschev, a queda do muro de Berlim...

Muita gente nunca perdoou as mentiras, os enganos, a perda de seus sonhos. Não é meu caso. Na verdade, tenho mais saudades do que rancores. Tenho saudades não do comunismo, que nunca cheguei a viver na prática, mas da visão do comunismo que me animava, a visão de um mundo justo, igualitário. Uma visão que foi partilhada — mas devo te dizer que se tratou de uma surpresa para mim, e também de um sobressalto, como já verás — por teu pai. Um guri maravilhoso, o nosso Fernando, um guri bonito, alegre, inteligente; gostava muito de ler, em criança devorava os livros de Monteiro Lobato e os infantis do Erico Veríssimo. Era um excelente aluno, o primeiro de sua turma. Eu esperava que fizesse vestibular para engenharia eletrônica, que tomasse conta da firma que eu fundara; mas não fiquei contrariado quando disse que preferia medicina. Não sei bem a razão dessa escolha; atribuo-a à influência de um vizinho médico, o doutor Ramiro, um clínico geral de quem teu pai, menino ainda, gostava muito. Ficavam horas conversando, o doutor Ramiro contando entusiasmado as aventuras que tinha vivido como médico do interior, o guri Fernando ouvindo fascinado. Quando chegou a hora de fazer vestibular, não hesitou: optou pela medicina. Foi aprovado e começou o curso. O ano era 1964. Não sei se isso te diz alguma coisa, mas para a minha geração, e sobretudo para a geração de teu pai, diz muito: foi o ano do golpe militar. Àquela altura, política não me interessava mais; de vez em quando eu procurava algum vereador, fazia alguma doação para um partido; mas tudo isso, devo te confessar, por puro interesse: negócio é negócio. Eu queria estar bem com o governo, com qualquer governo, de esquerda, de direita, de centro; prestava serviço para órgãos públicos, precisava daquilo para ir tocando a empresa. Sentia remorsos, culpa? Um pouco, talvez. Meus sonhos juvenis tinham ficado para trás, como que envoltos por um denso nevoeiro, semelhante àquele da viagem de trem para o Rio. Com o tempo eu ia esquecendo o que lera, o *Manifesto Comunista* (que, contudo, guardava como recordação de Geninho, junto com o *Chto delat?* do Lênin). Do hino da Internacional Comunista, só lembrava o primeiro verso, o "De pé, ó vítimas da fome". Eu não imaginava que o conflito político viesse, literalmente, a bater à minha porta. Veio.

Diferentemente do pai, o jovem Fernando não parecia muito interessado em política. Só raramente falávamos sobre isso, e, na sua biblioteca (ele morava conosco), eu não via livros de Marx nem de Engels nem de Lênin nem de Stálin; só ficção, boa ficção. Ah, e poesia: Drummond, João Cabral, Bandeira, Mario Quintana.

Mas de repente isso mudou. É que na faculdade teu pai (vou chamá-lo de Fernando, porque antes de ser teu pai ele era o Fernando, meu filho) começou a conviver com o pessoal de esquerda, um grupo de jovens que já era muito ativo na militância e que, com o golpe, ficou mais ativo ainda. E aí eram reuniões, e demonstrações de protesto, e elaboração de material contra a ditadura... Na parede do quarto, o Fernando afixou um retrato do Che Guevara, por quem tinha profunda admiração: ali estava um médico que soubera ver além dos limites da profissão, que não queria apenas curar doentes, queria curar a sociedade enferma.

Enfim, mudou, o Fernando. Saía cedo para a faculdade, voltava de madrugada, às vezes nem voltava, deixando a Chica muito nervosa: fala com ele, pedia, tenho certeza de que nosso filho está correndo perigo. Mas falar como? Fernando não era de muita conversa, nem eu. Agora: eu sabia perfeitamente o que estava acontecendo; de alguma maneira, ele refazia minha trajetória rumo à militância, sem para isso precisar de nenhum Astrojildo Pereira. Esperava que, como eu, ele não chegasse a se comprometer seriamente; por isso fiquei muito alarmado quando o pai de um colega dele telefonou-me: nossos filhos estão falando em participar da guerrilha, disse, quase em pânico.

Na conjuntura que então vivíamos, aquilo era de fato muito preocupante. Eu tinha de fazer alguma coisa, e fiz. Chamei o Fernando para uma conversa particular; tratando de controlar minha ansiedade, alertei-o: estás correndo riscos, meu filho, toma cuidado, esse pessoal não brinca em serviço, eles prendem, eles matam.

A reação dele chocou-me. Olhou-me com raiva: queres que eu seja como tu?, perguntou, furioso. Queres que eu renuncie aos meus ideais como tu renunciaste, queres que eu me torne um burguês acomodado, um capitalista reacionário como tu? O que será do Brasil se nós, jovens conscientes, não assumirmos um papel de vanguarda?

E continuou: ele, como estudante de medicina, como futuro médico, tinha obrigação de participar da resistência. Porque pobreza, bradou, significa doença; sem uma grande reforma agrária, sem a estatização das empresas e dos bancos, sem um governo comunista, o Brasil estará perdido. Por isso era preciso lutar contra a ditadura. E por isso ele lutaria contra a ditadura, de armas na mão se fosse o caso. Se fosse o caso de colocar bombas nos prédios que sediavam a repressão, ele faria isso. Na verdade, acrescentou, já estava até recebendo treinamento para isso.

Aquilo me deixou assustado: não imaginava que estivesse tão envolvido na atividade política. Aquela história de bombas... Parecia que eu estava vendo a Rosa na minha frente, conclamando-me a destruir o Cristo Redentor.

Eu não sabia o que dizer. Simplesmente não sabia o que dizer. Só consegui pedir que tivesse muito cuidado, que aquilo não era brincadeira, que ele podia se dar muito mal.

Nem respondeu. Mirou-me com desprezo e saiu batendo a porta. E eu fiquei esperando pelo pior.

Duas noites depois a campainha soou, insistente. Estávamos na sala vendo tevê, Chica e eu, e ela me olhou assustada. Por boas razões, como constatei, quando abri a porta e de imediato reconheci um dos homens que ali estava, de terno e gravata: era um delegado do DOPS, Departamento de Ordem Política e Social. Acompanhava-o o auxiliar, sujeito alto, forte e com cara soturna.

O delegado, que me conhecia, cumprimentou-me cortesmente; disse que o DOPS recebera uma denúncia, e que estavam ali para revistar a casa em busca de material subversivo. Tinham inclusive mandado para isso.

O que teria feito o jovem Valdo, no meu lugar? Resistiria?

No pasarán, só entram por cima de meu cadáver? Talvez. Mas eu já não era o jovem Valdo. Meu sangue já não fervia à vista de reacionários. Além disso, meu neto, e por surpreendente que possa parecer, eu estava tranquilo: no dia anterior olhara os livros no armário do Fernando e nada havia encontrado de comprometedor. Entrem, por favor, eu disse. Chica, a meu lado, estava nervosíssima, chorando e torcendo as mãos. Pedi que fosse para o quarto: deixa esse assunto comigo, eu resolvo.

Entraram, e logo ficou claro que sabiam o que queriam, e que sabiam onde procurar o que queriam. O delegado perguntou, seco, onde era o quarto de meu filho, o estudante de medicina.

Fomos até lá. Fernando estava no quarto. De imediato deu-se conta de que se tratava de policiais; mas não se mostrou perturbado. Podem revistar à vontade, disse. Ficou sentado na cama enquanto os dois homens, em silêncio, tiravam objetos do armário, abriam as gavetas da cômoda, inspecionavam o roupeiro. Não acharam nada de suspeito e aparentemente já iam embora, mas então o delegado olhou mais uma vez ao redor; algo lhe ocorreu, e mandou o auxiliar espiar embaixo da cama.

Não deu outra: ali estava a mochila com o material que procuravam. Acredita você, meu neto, que era uma mochila parecida àquela que eu tinha usado quando viajara para o Rio de Janeiro em busca de Astrojildo Pereira? Uma mochila de tipo militar, simples, com fivelas de metal. Os livros que continha eram apenas dois, e de imediato os reconheci: o velho exemplar do *Manifesto Comunista* que Geninho me dera, e o *Que fazer?* (*Chto delat?*), de Lênin, que eu nunca devolvera. As duas obras haviam sido, sem cerimônia, confiscadas por Fernando.

O delegado pegou o *Que fazer?* (*Chto delat?*), sentou-se numa cadeira e, sem pressa, começou a folheá-lo. Inspeção de rotina, em busca de elementos que depois pudessem figurar em seu relatório? Ou teria ele algum interesse, mesmo que remoto, por aquelas obras, pelo que significavam? Dir-lhe-iam alguma coisa, representariam para ele algum tipo de apelo afirmativas como "A sociedade divide-se cada vez mais em dois vastos campos opostos, em duas grandes classes diametralmente opostas: a burguesia e o proletariado"; ou: "O capitalismo destrói todos os laços familiares do proletário e transforma as crianças em simples objetos de comércio, em simples instrumentos de trabalho", ou ainda: "Os proletários nada têm a perder a não ser suas cadeias"? Estaria eu diante de um antigo rebelde que, em algum momento de sua juventude, decidira mudar o mundo, os caprichos do destino depois alterando seu rumo?

Impossível dizer, e isso, de qualquer modo, não vinha ao caso. O que importava naquele momento era a real ameaça que se configurava em relação ao meu filho. Dois livros considerados subversivos formavam então suficiente massa crítica para indiciar alguém, para desencadear o processo repressivo. O passo seguinte seria o delegado dizer ao rapaz: "Acompanhe-me, por favor. Vou interrogá-lo no DOPS". O que, eu sabia, poderia ter consequências sombrias. Não vacilei. Antes que o homem falasse qualquer coisa, adiantei-me:

— Esses livros são meus, delegado. O senhor pode ver que, na dedicatória do *Manifesto*, está o meu nome.

O homem fitou-me demoradamente. Sem uma palavra, apanhou o *Manifesto*, abriu-o, leu a dedicatória; constatou que de fato o livro tinha sido a mim dedicado por alguém chamado Geninho, que ele não conhecia, mas que certamente era, ou havia sido, um membro do Partido Comunista. Por causa da dedicatória, obviamente: "Ao meu camarada Valdo, com votos de que participe com confiança e com coragem na construção de um mundo melhor". Camarada: não amigo, não colega — camarada. Ninguém, a não ser um comunista, usaria aquele termo, e disso ele estava ciente. Mas provavelmente o resto da frase deixava-o desconcertado. Participar com confiança e com coragem na construção de um mundo melhor, isso incriminava alguém? Construção, afinal, não era revolução; não envolvia luta armada, nem atentados, nem ataques a quartéis. E um mundo melhor... quem não sonha com um mundo melhor? De modo que, quanto àquilo, quanto à dedicatória, eu estava tranquilo. Mesmo, porém, que ele me detivesse para averiguações, eu não ficaria preocupado: minha condição de empresário dava-me relativa proteção. E, sendo detido, eu, ao menos momentaneamente, ganharia o respeito de meu filho, e também do jovem Valdo, que, de algum lugar no passado, estaria a me mirar.

O delegado olhou-me de novo. Eu sabia que estava me avaliando, estava me colocando na balança imaginária que usava para calcular o peso do componente subversivo, do componente de ameaça à ordem política e social que poderia estar presente em qualquer pessoa. Perguntava-se quanto do Valdo, a quem fora dedicado o *Manifesto*, estaria presente no maduro e circunspecto senhor à sua frente: dez por cento, trinta por cento? Os minutos se escoavam, a História avançava, e ali estávamos, imóveis, à espera do veredicto do tribunal interior do delegado, pelo visto muito mais complicado que o Tribunal do Povo. Por fim ele decidiu:

— Vamos embora — disse ao auxiliar. E para mim: — De qualquer maneira, teremos de confiscar este material. São livros proibidos, serão incinerados.

Para nós dois:

— Abram bem o olho. A próxima visita poderá ter consequências bem mais sérias.

Pegaram os livros e foram embora.

Por um momento ficamos ali, imóveis. Fernando não dizia nada, mas sua revolta era mais que evidente. Quanto a mim, estava aliviado, claro, mas dava-me conta da ironia, dolorosa ironia, envolvida naquele desfecho, uma ironia expressa na pergunta: de quem eram, mesmo, os livros apreendidos? No caso do *Manifesto* eu não mentira, o livro era meu; já no caso do *Que fazer? (Chto delat?)*, bem, aí era diferente. Geninho não chegara a me dar o pequeno volume, só o emprestara. Mas nunca o pedira de volta. Por quê? Porque morrera antes de poder fazê-lo? Talvez. Mas será que no fundo não esperava que eu fizesse da obra de Lênin um guia doutrinário? Será que o empréstimo não fora uma doação tácita, ou um ato semelhante ao do atleta que, na corrida de revezamento, passa o bastão ao companheiro de equipe? Mesmo que do ponto de vista formal eu estivesse mentindo, mesmo que estivesse me intitulando proprietário de um livro que a rigor não era meu, Geninho, o verdadeiro dono, certamente rotularia a minha afirmativa como uma mentira progressista, uma mentira mais que justificada no confronto com representantes de um órgão que defendia o governo autoritário e, através dele, o capitalismo, a injustiça social. Geninho me absolveria. Geninho: que saudades eu tinha dele. Que saudades eu tenho dele.

Chica ficou muito abalada com o episódio. Tentei tranquilizá-la: aquilo era rotina, estava acontecendo com um monte de gente. Mas o delegado falara numa "próxima visita", e cada vez que a campainha soava ela saltava da cadeira, assustada. Quanto a mim, meses depois tive um sonho; nele via o delegado queimando o *Manifesto* e o *Que fazer? (Chto delat?)* — no mesmo velho fogão em que eu incinerara o *Dom Casmurro*. Eu tentava impedir que fizesse isso, queria salvar pelo menos a folha com a dedicatória, mas o esforço foi inútil. Só cinzas restaram dos livros.

Os anos que se seguiram foram, em matéria de atuação política, de amargura para o Fernando. Por alguma razão, briga de facções decerto, ele (para alívio de Chica, e, devo dizer, para meu alívio também) afastou-se da militância estudantil, mesmo porque, formado, dedicava-se cada vez mais à medicina, especialmente à cardiologia, que era para ele verdadeira paixão. Tão bom revelou-se na especialidade, que o diretor do hospital onde fez residência conseguiu-lhe uma excelente colocação em uma das mais prestigiosas universidades americanas. Aceitar a proposta foi uma decisão difícil, que lhe exigiu muito tempo, e sobre a qual não queria falar: isso é assunto meu, dizia, tenho de resolver sozinho. Mas até hoje lembro de sua expressão atormentada no momento em que, no aeroporto, despediu-se de nós. O que sentia? Tristeza, por se separar da família, dos amigos, dos colegas? Culpa, por deixar o seu país, o Brasil, ao qual com tanto fervor prometera se dedicar? Ou a obscura, inexplicável angústia que a todos nós, em maior ou menor grau, em algum momento acomete?

Não sei. O certo é que, como ele próprio dizia, estava seguindo o seu caminho, como eu seguira o meu. Talvez interrogando-se, como tantas vezes me interroguei: fazer o quê? Uma pergunta que não corresponde exatamente à leninista questão do "que fazer?" (*"chto delat?"*); é, por isso, menos objetiva, mais inquietante — e mais adequada à nossa, muitas vezes precária, condição humana.

Um ano antes do teu nascimento fomos ao Rio de Janeiro, Chica e eu: uma nostálgica volta ao nosso passado comum. Ela quis ir ao Corcovado; durante o tempo em que lá permanecera não chegara a conhecer de perto o monumento. De minha parte, eu tinha um plano, que, na minha cabeça, poderia resultar numa fantástica aventura, talvez a derradeira aventura de minha vida: pretendia alugar um helicóptero e chegar junto à cabeça do Cristo, mirar de novo os olhos, o nariz, a boca, a barba, o cabelo, fotografar de perto aquela face que conhecera tão bem. Mas o gerente do hotel me garantiu que, por razões de segurança, isso não seria permitido. Teríamos de fazer como todo o mundo: subir ao Corcovado e olhar a estátua desde a base, usando binóculos para ver os detalhes.

No dia marcado amanheci com febre e fiquei acamado. Chica foi sozinha e, metódica como era, anotou os dados fornecidos pelo guia turístico. Ficou sabendo, assim, que a estátua tem trinta metros e três centímetros de altura, que a base, onde está a capela, mede oito metros; que a envergadura é de vinte e nove metros e sessenta centímetros, sendo que, por razões de estabilidade, o braço esquerdo é quarenta centímetros menor que o direito; que o Cristo olha para baixo, para o Rio de Janeiro; que no interior da estátua existem escadas em zigue-zague, e que Jesus tem um coração esculpido no peito.

Sim, essa visita eu perdi. Mas no dia seguinte, e tal como previsto em nosso roteiro, fomos ao Pão de Açúcar.

Gostamos muito, tiramos várias fotos.

Como é bonito, o Brasil. Como é bom viver. Ai, meu neto. Como é bom viver.

1ª EDIÇÃO [2010] 3 reimpressões

ESTA OBRA FOI COMPOSTA EM ELECTRA PELO ESTÚDIO O.L.M. E IMPRESSA
EM OFSETE PELA GRÁFICA BARTIRA SOBRE PAPEL PÓLEN SOFT DA SUZANO
PAPEL E CELULOSE PARA A EDITORA SCHWARCZ EM DEZEMBRO DE 2013

A marca FSC® é a garantia de que a madeira utilizada na fabricação do papel deste livro provém de florestas que foram gerenciadas de maneira ambientalmente correta, socialmente justa e economicamente viável, além de outras fontes de origem controlada.